JEAN-LUC BANNALEC

Jean-Luc Bannalec est le pseudonyme d'un écrivain allemand qui a trouvé sa seconde patrie dans le Finistère sud. Après *Un été à Pont-Aven* (2014), il écrit la suite des aventures du commissaire Dupin dans *Étrange printemps aux Glénan* (2015), *Les Marais sanglants de Guérande* (2016) puis *L'Inconnu de Port Bélon* (2017), *Péril en mer d'Iroise* (2018) et *Les Disparus de Trégastel*. Plus récemment a paru *Les Secrets de Brocéliande* (2020). Tous ses romans ont été publiés aux Presses de la Cité et repris chez Pocket.

LES SECRETS DE BROCÉLIANDE

DU MÊME AUTEUR
CHEZ POCKET

LES ENQUÊTES DU COMMISSAIRE DUPIN

UN ÉTÉ À PONT-AVEN

ÉTRANGE PRINTEMPS AUX GLÉNAN

LES MARAIS SANGLANTS DE GUÉRANDE

L'INCONNU DE PORT BÉLON

PÉRIL EN MER D'IROISE

LES DISPARUS DE TRÉGASTEL

LES SECRETS DE BROCÉLIANDE

JEAN-LUC BANNALEC

LES SECRETS DE BROCÉLIANDE

Une enquête du commissaire Dupin

Traduit de l'allemand par Silke Zimmermann

PRESSES DE LA CITÉ

Titre original :
BRETONISCHE GEHEIMNISSE
KOMMISSAR DUPINS SIEBTER FALL

MIXTE
Papier issu de
sources responsables
FSC® C003309

L'éditeur de cet ouvrage s'engage dans une démarche de certification FSC® qui contribue à la préservation des forêts pour les générations futures.

Pour en savoir plus :
www.editis.com/engagement-rse/

ISBN 978-2-266-31361-2
Dépôt légal : mars 2021

à L.
à mon ami Helge

Un dañier bezañ bev
D'an deiz a hirlv !
Etre vivant de nos jours
est extrêmement dangereux !

Proverbe breton

LE PREMIER JOUR

— Le Val sans retour ! Nous y sommes, patron.

Les yeux du lieutenant Le Ber étincelaient. Son visage brillait de joie.

Georges Dupin et sa petite équipe du commissariat de police de Concarneau avaient fait bonne route, il leur avait fallu à peine plus d'une heure pour arriver à destination. Le commissaire conduisait, désinvolte comme à son habitude en matière de respect de la limitation de vitesse. Sa Citroën, encore vaillante en dépit de son âge avancé, avait été flashée à deux reprises. Ses lieutenants, Le Ber et Labat, étaient à l'arrière et Nolwenn, son indispensable assistante, sur le siège passager.

Nolwenn avait eu l'idée grandiose de conclure une pénible obligation professionnelle du commissaire dans la forêt de Brocéliande en excursion touristique, ce qui n'était pas allé sans une certaine réticence de son chef. Mais Nolwenn était déterminée, et même Labat, pinailleur par principe, avait trouvé l'idée excellente. Nolwenn avait fait remarquer que leur dernière sortie en commun remontait à plus de deux ans ; à l'époque, l'escapade les avait menés sur la côte nord-ouest de la Bretagne et, il le reconnaissait, Dupin avait apprécié. Son malaise aujourd'hui était plutôt dû au marché conclu avec son vieil ami Jean Odinot, un peu plus tôt dans l'année. Le policier parisien lui avait fourni d'importantes informations alors que son enquête était en panne et, en échange, Dupin avait promis à Odinot d'explorer certaines pistes dans une affaire non résolue. Impossible de se dérober, question d'honneur. D'ailleurs, il aurait fait beaucoup pour Jean Odinot, même sans promesse. Non, son problème ne concernait pas son vieil ami, mais la police parisienne. Après sa suspension à la suite d'une insulte cinglante adressée au maire – malheureusement proférée en public –, puis sa mutation en Bretagne, Dupin s'était juré qu'il n'aurait plus jamais affaire à elle. De plus, Odinot avait parlé, la veille au téléphone, d'une « histoire complètement absurde », ce qui n'était pas fait pour le motiver.

— Brocéliande !

Nolwenn avait tiré un petit livre d'un sac à provisions dont le contenu les nourrirait tous pendant plusieurs jours si d'aventure ils venaient à se perdre dans la nature sauvage.

— *Brocéliande !* reprit-elle. Que d'évocations dans ce simple mot prononcé avec vénération par toute l'Europe médiévale ! Le dernier royaume des fées. C'est ici qu'ont pris forme certaines histoires merveilleuses parmi les plus belles ayant su toucher le cœur des hommes.

Il s'agissait de la première visite de Dupin à Brocéliande, officiellement forêt de Paimpont, la plus grande forêt de Bretagne – et surtout la plus célèbre de

France et d'Europe, cela allait de soi. Indubitablement l'épicentre breton du fantastique, l'endroit mythique par excellence, légende de toutes les légendes. Et compte tenu de la quantité de légendes qu'on trouvait en Bretagne, ce n'était pas peu dire.

Dupin s'était préparé à voir Le Ber et Nolwenn endosser le rôle de guides touristiques avec plus de ferveur encore que de coutume afin de faire bénéficier le groupe de leur science, et ce si possible sans retenue. Et il s'était juré de rester de marbre.

— Le mieux serait de nous garer près de l'église du Graal. C'est le meilleur point de départ, indiqua Nolwenn.

Ici, tout renvoyait aux légendes. Sur les panneaux, on pouvait lire : *Eglise du Graal*, *Lac de Lancelot*, *Perron de Merlin*, *Tombeau du Géant*...

Le Ber avait détaché sa ceinture et se penchait vers eux.

— Sept mille sept cents hectares de forêt ! Des bois et de la lande, parsemés d'étangs et de lacs. C'est ce qui reste de la forêt majestueuse qui couvrait toute la Bretagne au temps des Gaulois. Elle a la forme d'un dragon endormi – on le distingue très bien du ciel ! L'interprétation usuelle a fait de *broce*, « forêt », et de *liande*, « lande », l'origine du nom, mais en réalité celui-ci vient de la langue celtique et signifie « la forteresse de l'Autre Monde ». D'innombrables légendes celtes et bretonnes se déroulent ici, des histoires extraordinaires, millénaires pour certaines. Mais c'est au roi Arthur et aux chevaliers de la Table ronde que Brocéliande doit sa plus grande gloire. Comme vous le savez (simple artifice rhétorique de Le Ber censé capter l'attention), Arthur revêt une importance capitale pour nous, Bretons ! Plus que quiconque, il personnifie la résistance ! Une de nos plus nobles vertus (la grandiloquence de Le Ber s'accentua encore), le cœur de notre âme, une ténacité dans la défense des plus nobles idéaux. Egalité, fraternité, bonté, voilà les principes qui marquent le règne d'Arthur. Les Bretons ont cru fermement au retour d'Arthur, nous lui sommes restés fidèles.

— On n'est même pas sûr qu'Arthur ait existé, murmura Labat, qui regardait par la vitre avec une apparente indifférence.

L'insinuation glissa sur Le Ber sans le perturber une seconde.

— La légende elle-même et son immense influence, elles, sont incontestables. Ajoutons que, outre la force et le pouvoir de l'aura d'Arthur, des découvertes de plus en plus nombreuses tendent à prouver que toutes ces histoires merveilleuses possèdent des fondements véridiques.

— De nombreux récits de la légende arthurienne se déroulent dans cette forêt, ajouta Nolwenn.

Le minuscule village du Val sans retour, sur la bordure occidentale de la forêt, s'appelait Tréhorenteuc. A gauche de la route se dressaient quelques maisons éparses, à droite s'étendait un champ moissonné. Dupin aperçut l'église et le cimetière. Pas de doute, le lieu était enchanteur. Depuis qu'ils avaient quitté la nationale, un quart d'heure auparavant, ils traversaient des paysages comme Dupin les aimait : de douces collines, une nature présentant toutes les nuances de vert, des bosquets, des routes sinueuses et de jolis villages.

C'étaient les terres intérieures bretonnes, l'Argoat, un mélange bien particulier de culture et de nature.

Le Ber repassa la tête entre les sièges avant.

— Dans la première transcription française au milieu du XIIe siècle de l'*Historia regum Britanniae*, de Geoffroy de Monmouth, la forêt décrite est clairement située en Bretagne. L'auteur des romans qui racontent la geste d'Arthur est Chrétien de Troyes, qui vécut entre 1135 et les années 1180. Il était originaire de Champagne…

— Excellent ! Voilà une bonne base pour stimuler l'imagination ! intervint Labat.

Le Ber ne se laissa pas dérouter.

— Chrétien de Troyes a repris les comptes rendus de l'*Historia* et de très anciens récits celtes, transmis oralement, des aventures d'Arthur et des chevaliers de la Table ronde. Il en a tiré cinq romans… qui, d'ailleurs, se trouvent sur votre bureau depuis quinze jours, patron.

Le commissaire s'efforça de garder le regard fixé sur la route devant lui. Il avait bien vu les volumes épais, mais avait consciencieusement omis de s'y intéresser de plus près.

— Quoi qu'il en soit, continua Le Ber, les romans de Chrétien de Troyes ont été suivis d'autres récits, certains de grande valeur littéraire, ainsi que d'innombrables versions populaires. Il faut imaginer toute la littérature arthurienne comme un parterre de fleurs au printemps : ça pousse dans tous les sens. La narration est intemporelle, la matière inépuisable, toujours renouvelée, éternelle.

Le Ber s'exaltait.

— Le mieux, c'est de vous garer ici sur le bord, indiqua Nolwenn.

— J'ai posé un autre livre sur votre bureau, une édition du célèbre *Lancelot-Graal* qui compte parmi les adaptations majeures de la légende arthurienne. De très nombreux récits se situent ici, dans la forêt. Des histoires du jeune Arthur, de Merlin, le plus grand mage de tous les temps, de la fée Viviane, de Morgane, la demi-sœur d'Arthur, de Lancelot et d'Yvain, le chevalier au Lion. Il faut…

— Nous y sommes.

Dupin s'arrêta à tout juste vingt mètres de l'église. Il sortit de voiture, suivi par l'équipe, et respira profondément. Ici aussi, à l'intérieur des terres, le temps était magnifique. La forêt se trouvait à peu près à mi-chemin entre les côtes nord et sud – entre la Manche et le golfe du Morbihan, entre Saint-Malo et Vannes –, où les nuages aimaient à s'attrouper. On était à la mi-août, un moment particulier où l'on perçoit une pointe de mélancolie car c'est alors que l'été bascule, que des nuées sombres traversent le ciel, accompagnées de pluie et de tempête, et que les premières feuilles sont arrachées des arbres – tout l'inverse de ce que l'on vivait quinze jours auparavant, et l'on se frotte les yeux, car soudain l'ambiance a changé : la lumière se fait plus douce, veloutée et dorée, même en plein midi. Bien sûr, la chaleur est toujours là, et cela peut durer jusqu'à fin octobre.

Mais aujourd'hui, en cette journée exceptionnelle, l'automne semblait bien loin. Quand ils étaient partis de Concarneau peu après treize heures, le thermomètre affichait vingt-sept degrés et le soleil brillait de tous ses feux dans un ciel limpide et d'un bleu profond.

Ils s'étaient regroupés derrière la voiture, devant le coffre qui contenait leurs affaires.

— On revoit le plan pour aujourd'hui ? demanda Nolwenn, pétillante d'énergie. Les lieutenants et moi, nous allons d'abord chez Marie-Line, à la Maison des Sources.

Même ici, Nolwenn connaissait tout le monde, ça allait de soi. Elle regarda sa montre.

— Ça va être l'heure de votre rendez-vous, patron. Vous nous rejoindrez ensuite. De préférence avant seize heures, ajouta-t-elle avec un froncement de sourcils.

Dupin avait prévu à quatorze heures trente une entrevue avec Fabien Cadiou, l'homme qu'il devait interroger pour le compte d'Odinot. Il espérait bien qu'elle ne durerait pas aussi longtemps.

— Chez Marie-Line, nous pourrons trouver livres, cartes et tout le nécessaire, poursuivit Nolwenn. Et manger un petit quelque chose, ce sera délicieux.

Elle leur parlait depuis plusieurs jours de cette Maison des Sources, un salon de thé agrémenté d'une librairie et d'un espace d'animations.

— Je suppose que vous aurez besoin d'un café après votre rendez-vous, ajouta-t-elle. Ensuite, nous commencerons notre visite : d'abord l'église du Graal, puis le Val sans retour, qu'on appelle aussi le Val périlleux ou le Val des faux amants.

— L'important, dans le Val, ce n'est pas ce qu'on voit… mais ce qu'on ressent, confia Le Ber, écarquillant les yeux et baissant la voix pour les impressionner.

— Quelle honte ! Nous voler comme ça notre plage ! s'écria Labat d'un ton indigné, empêchant la remarque de Le Ber de produire l'effet escompté. Nous devrions porter plainte !

Il balança dans le coffre le journal qu'il avait lu pendant le trajet. Personne ne réagit puisque, depuis une bonne semaine, les journaux de la région ne parlaient que de cette histoire : pour illustrer la beauté unique de leur littoral, les Corses – d'ordinaire appréciés en Bretagne – avaient eu l'audace de publier des photos d'une plage bretonne. Les Bretons s'en étaient vigoureusement offusqués, même si, en secret, le constat que la Méditerranée utilisait des images de Bretagne pour sa publicité les remplissait de fierté.

Nolwenn ignora le commentaire de Labat.

— Vers sept heures, sept heures et demie, nous irons à l'hôtel. J'ai réservé le dîner pour huit heures et demie.

Nolwenn s'était longuement concertée avec Le Ber. Finalement, ils s'étaient mis d'accord sur l'hôtel La Grée des Landes à La Gacilly, avant tout pour tester le restaurant, qui avait reçu des critiques élogieuses. Ils appréciaient la bonne chère et commençaient toujours les préparatifs d'un voyage par le choix de la table.

— Le domicile de Fabien Cadiou n'est pas loin de la Maison des Sources, patron, trois minutes maximum. Nous pouvons faire un bout de chemin ensemble, et puis vous bifurquerez. Allons-y !

Le Ber, de pied en cap en tenue de randonnée et muni d'un sac à dos comme s'il attaquait l'ascension du mont Blanc, était déjà en route. Labat, lui, portait un jean, un tee-shirt et un fin blouson kaki. Nolwenn était impeccable, comme toujours.

Le Ber se retourna.

— Je vous l'ai déjà dit, patron : Fabien Cadiou est une sommité, un chercheur de notoriété mondiale en ce qui concerne la légende arthurienne.

Dupin ne répondit pas. Il avait refoulé le lien entre Arthur et Cadiou.

— Vous avez pensé à commander un menu vegan pour moi, Nolwenn ? demanda Labat.

Depuis peu, le lieutenant et sa femme, coach en arts martiaux à Lorient, s'étaient convertis au véganisme. Dupin n'avait a priori rien contre ; en revanche, l'excès de zèle dont faisait preuve Labat, qui frisait le prosélytisme, lui tapait sur les nerfs et le mettait régulièrement en fureur.

Sans un soupçon d'ironie ou de provocation, Le Ber décrivit son menu du soir :

— Pour moi, ce sera une belle fricassée d'escargots avec du beurre persillé, puis un carré d'agneau dans sa croûte d'herbes et de noix sauvages.

Il avait étudié la carte avec application, et on pouvait presque l'entendre déguster son repas.

— Et demain, reprit Nolwenn, le programme comprendra la visite de la fontaine de Barenton, la célèbre source d'eau miraculeuse, puis Paimpont, qui est pour ainsi dire au centre de la forêt, et…

— C'est par là, patron, intervint Le Ber en désignant un large chemin de gravier sur leur droite. A environ trois cents mètres. Le vieux manoir se trouve en bordure de forêt. Et la Maison des Sources est pratiquement devant nous, là-bas. Vous ne pourrez pas la manquer.

Dupin avisa un muret derrière lequel s'épanouissait un grand massif de roses trémières masquant une très vieille maison en pierres rougeâtres.

— Granit rose, lâcha-t-il.

Depuis ses vacances en Côtes-d'Armor, il prêtait attention aux différents types de roches de la région. L'objection de Le Ber ne se fit pas attendre :

— Si je peux me permettre, patron, c'est de l'ardoise, pas du granit. Du schiste pourpré, une des roches de la forêt avec le grès et le schiste gris. Le Val sans retour, dans lequel certains se sont déjà perdus, est creusé dans cette ardoise. Sa teneur inhabituelle en fer met en déroute les boussoles – et les sens. Vous savez d'où vient la couleur ?

Résigné, Dupin soupira en secouant la tête.

— Sept fées vivaient sous le lac, et y cachaient leurs trésors. Elles s'étaient juré de ne jamais se montrer aux humains. La plus jeune trahit le serment et révéla son existence à un jeune homme qui longeait le lac à cheval. Les sœurs aînées décidèrent de le tuer pour empêcher qu'on les découvre, mais la benjamine fut prise d'une telle fureur qu'elle trancha la gorge de ses six sœurs pendant leur sommeil, et prépara ensuite avec leur sang une potion qui rendit la vie au jeune homme. On dit que le sang des sœurs, qui fut absorbé par le schiste pendant sept jours, lui a donné sa teinte.

Dupin quitta la chaussée goudronnée. Il n'était pas d'humeur à épiloguer.

— A tout de suite, alors.

— Comme convenu, pas après seize heures, commissaire ! lança Nolwenn.

— Au plus tard, murmura Dupin en accélérant le pas.

Le gravier crissait sous ses pas. Le chemin contournait un grand laurier, puis la vue se dégageait sur la fameuse forêt qui ondoyait sur le relief. Imposante, dense, secrète, elle semblait défier quiconque d'y pénétrer. Un voile sombre la recouvrait, pas précisément hostile, mais néanmoins peu accueillant. Les prés et champs tout autour étaient en revanche inondés de soleil, l'herbe y était d'un vert presque éblouissant. On pouvait douter de l'appartenance de la forêt au monde réel, physique comme temporel.

— N'importe quoi, lâcha Dupin en secouant la tête.

Il devait avoir entendu trop d'histoires. Ce n'était qu'une forêt, après tout, rien qu'une forêt.

Dupin arriva rapidement au vieux manoir. L'ardoise rouge, trois étages que coiffait un toit pointu gris foncé, la belle architecture massive et pourtant élégante donnaient au bâtiment des allures de tour.

Comme l'avait annoncé Le Ber, la demeure se dressait sur une frontière : une moitié s'avançait dans le pré, l'autre dans la forêt.

Dupin longea la maison par la gauche et déboucha à l'arrière dans une grande cour rectangulaire ceinte d'un haut mur de pierres grossièrement jointées. Une odeur lourde, terreuse, boisée et humide imprégnait l'air sensiblement plus frais. Le mur évoquait presque une fortification, comme s'il s'agissait de défendre l'accès du manoir à ce qui pouvait surgir de la forêt, de cette contrée sauvage qui s'étendait aussitôt passée cette clôture, ce domaine enchanté abritant quantité d'animaux en liberté – sangliers, fouines, blaireaux, effraies, loutres, castors – qui atteignaient peut-être des tailles extraordinaires. Sans doute y trouvait-on aussi de luxuriantes plantes vénéneuses prêtes à vous étouffer…

Dupin avisa dans un coin de la cour un cabanon en bois et un véhicule tout-terrain maculé de boue. Seule la lumière du soleil à son zénith pouvait pénétrer dans cet enclos ; elle peinait à franchir le rideau d'arbres qui s'élevait bien au-dessus du mur.

Dupin s'avança vers les larges marches en pierre menant à la porte d'entrée du manoir. Une simple plaque de laiton sous la sonnette indiquait : *Blanche Cadiou – Dr Fabien Cadiou*, et une autre plaque, plus grande : *Brocéliande – Le Parc de l'Imagination sans limite*.

Apparemment, la forêt n'avalait pas seulement la lumière mais aussi les sons. Dupin n'entendait pas le moindre bruit.

Il appuya sur la sonnette et regarda autour de lui. A droite de l'entrée, sur le gravier, une table bleue était entourée de cinq chaises d'acier de la même couleur. L'ensemble paraissait neuf. On avait posé sur la table un objet de forme insolite, une sorte de récipient.

Dupin sonna de nouveau et attendit. Il jeta un coup d'œil à sa montre : quatorze heures trente-quatre. Il était à l'heure. Il sonna une troisième fois, plus longuement, puis recula de quelques pas.

— Il y a quelqu'un ?

Il inspecta la façade, où s'alignaient trois fenêtres par étage. L'une était ouverte, au deuxième comme au troisième.

— Monsieur Cadiou ? Je suis le commissaire Dupin… Du commissariat de Concarneau… Nous avons rendez-vous !

Soudain, derrière l'écho de ses paroles, il entendit un bruit bizarre, une sorte de grattement. Il se retourna d'un coup. Son regard surprit une forme blanche, masquée en grande partie par le feuillage, qui fuyait sur le faîte du mur. L'instant d'après, elle avait disparu, comme volatilisée. Un chat ?

— Bon sang ! lâcha-t-il.

Où était donc passé ce Cadiou ? La fatigue s'emparait du commissaire. Il avait besoin d'un café. Ou de deux. Claire et lui avaient déballé des cartons jusqu'à trois heures du matin. Sa vie à lui, sa vie à elle, parmi les cartons empilés au milieu du salon de la maison qu'ils avaient décidé de louer. Un chez-soi pour eux, idéalement situé à un jet de pierre de la plage du Miné, en périphérie de la ville, avec vue sur la mer et la baie. Ils avaient débouché une première puis une seconde bouteille de vin blanc au cours de la soirée, cherchant en permanence leur verre qui se cachait derrière un carton ou un autre. Claire avait raconté une histoire à propos de chaque objet qu'elle exhumait. Dupin sourit. Entre deux opérations de tri, ils étaient allés nager dans l'obscurité. L'eau était à la température inouïe de vingt et un degrés. L'été tout entier, semblait-il, s'était lové dans l'Atlantique. Ils allaient pouvoir se baigner pendant quelques semaines encore à son retour. Mais, avant tout, il restait des dizaines de cartons à vider. Dupin prévoyait d'être à la maison le lendemain dans l'après-midi.

Il se secoua et poursuivit le tour de la maison.

— Monsieur Cadiou ? Vous êtes là ?

Il tomba sur une entrée latérale, de plain-pied. La porte était entrouverte et Dupin la poussa sans plus attendre.

— Monsieur Cadiou ?

A sa droite, un escalier descendait à la cave ; à sa gauche s'ouvrait un couloir étroit qui se terminait par une volée de trois marches devant une porte, ouverte elle aussi.

— Je suis le commissaire Dupin, nous avons rendez…

Son portable sonna.

— Oui ?

— Où êtes-vous passé ?

La voix à l'autre bout du fil était encore plus revêche que la sienne. Dupin n'avait pas fait attention au numéro, et ça se retournait encore une fois contre lui. Le préfet Guenneugues !

— Dans la forêt enchantée, répondit-il. Notre sortie d'équipe, vous vous souvenez ?

Bien entendu, le préfet ignorait tout du service que Dupin rendait à Odinot, de sa petite enquête policière personnelle. Il n'était d'ailleurs pas plus au courant de la participation de Dupin à la résolution de l'affaire criminelle de cet été sur la côte de Granit rose[1].

— Il y a des attroupements devant certaines boulangeries de Concarneau, poursuivit le préfet. Le beurre ! Il s'agit du beurre ! Des gens en colère sont dans la rue.

C'était la guerre des prix entre les grossistes, les chaînes de distribution et les producteurs, et pas

1. Voir, du même auteur, chez le même éditeur, *Les Disparus de Trégastel*.

seulement en Bretagne mais dans toute la France. L'exportation du beurre français était en hausse considérable et les gains attendus bien plus attrayants que ce qu'offrait le marché national. En conséquence, le beurre se faisait rare depuis quelques jours. Si rare, en fait, que de nombreuses boulangeries, des restaurants et des petits supermarchés se trouvaient en rupture de stock. La denrée manquait dans des dizaines de milliers de foyers et une « crise du beurre » nationale avait été proclamée. Si les Français étaient les champions du monde toutes catégories de la consommation de beurre, la Bretagne se trouvait particulièrement touchée – en état d'urgence, pour ainsi dire. A rebours du bon sens – et avec l'aide des médias –, la situation s'était encore aggravée : en début de semaine, un habitant de Vannes avait mis en vente sur Internet une demi-livre de beurre demi-sel pour deux cent cinquante euros. Et ce n'était pas un cas isolé – une sorte d'atmosphère de fin de monde régnait. Des tartines sans beurre ? Des crêpes ? Un gâteau breton ? Plutôt mourir !

— Je pense que les forces de l'ordre ont les moyens de contrôler la situation, répliqua Dupin, imperturbable.

— Mais ça pourrait dégénérer en émeutes ! En 1789, on ne manquait que de pain !

Il fallait mettre la fébrilité du préfet autant sur le compte de l'ambiance générale que sur le tempérament nerveux qui le caractérisait.

— Si la révolution éclate, nous reviendrons, monsieur. Vous pouvez compter sur nous.

— Oui, mais…

— Je vais devoir vous laisser, monsieur. Nous sommes en ce moment dans l'église du Graal.

Dupin raccrocha. Une église était toujours une bonne excuse. Il lui fallait se hâter s'il voulait rejoindre à temps la Maison des Sources. Où il pourrait enfin boire un café. Mais avant, il devait aussi appeler Jean Odinot pour clore l'affaire. Tout cela l'énervait prodigieusement.

Depuis la porte, il appela encore, avec plus d'impatience et en élevant la voix.

— Monsieur Cadiou ! Je suis en bas !

Sans plus attendre, Dupin emprunta le couloir et gravit les marches. Il déboucha dans une grande pièce regroupant cuisine et salon. La pénombre régnait malgré le soleil, mais elle ne l'empêcha pas de distinguer clairement l'homme qui gisait dans une mare de sang sur les dalles de pierres claires. D'un bond, Dupin fut à son côté et s'agenouilla.

— Monsieur ? Monsieur ? Vous m'entendez ?

Aucune réaction. Il tâta le pouls, guettant un battement. Le corps lui parut anormalement froid.

— Et merde !

Il saisit son portable.

— Service d'aide médicale d'urgence, annonça une voix d'homme.

— Ici le commissaire Dupin, du commissariat de Concarneau. Un homme a été abattu par balles. A Tréhorenteuc, au manoir de Fabien Cadiou. Quand vous entrez dans le village, vous…

— Nous venons de Ploërmel, nous savons où c'est. Quel est son état ? Fonctions vitales ?

— Pas de pouls, pas de respiration perceptible. Température corporelle en baisse. Je pense qu'il est mort.

— Combien de blessures par balle, et où ?

— A l'abdomen. (Dupin souleva avec précaution le polo gorgé de sang.) Deux blessures.

Dupin pianota sur son téléphone. Nolwenn, Le Ber et Labat étaient sûrement assis tranquillement au café de la Maison des Sources.

— Ça a été rapide, commissaire ! Nous…

— Je suis tombé sur un cadavre, Nolwenn. Probablement Cadiou, chez lui. C'est moi qui l'ai trouvé. Mort, autant que je puisse en juger.

Il faisait les cent pas en observant avec attention la silhouette allongée.

— C'est une blague, commissaire !

Toutefois, le ton laissait entendre que Nolwenn ne mettait aucunement en doute ses paroles.

— J'ai appelé le Samu.

— Vous avez appelé la police ? Vous devriez… Je pense… Nous sommes ici en mission officieuse.

Eh oui…

— Je trouverai bien une excuse.

— Laquelle ?

— J'y réfléchis.

— Vous pensez que c'est Cadiou ?

— Je… Attendez un instant…

Cadiou était un chercheur, spécialiste de la légende arthurienne, et dirigeait une association culturelle locale. Dupin trouva rapidement son portrait sur Internet.

— Oui, c'est lui. Docteur Fabien Cadiou, directeur du Centre de l'imaginaire arthurien, confirma-t-il.

— Nous sommes en chemin.

Par une porte donnant sur l'entrée principale, Dupin avisa un autre couloir, au fond duquel devait se trouver l'escalier qui menait à l'étage. Il s'y engagea, portable à l'oreille. Jean Odinot mit un certain temps à répondre.

— Alors, comment s'est passé l'entret… ?

— On a tiré sur Cadiou. Je viens de le trouver chez lui, probablement mort. Le Samu arrive.

— Quoi ?! Cadiou est mort ?!

— C'est quoi, cette histoire, Jean ?

Au premier étage, Dupin entra dans ce qui semblait être le bureau, à en juger par les étagères remplies de livres qui montaient jusqu'au plafond. Hormis un désordre ordinaire, il ne constata à première vue rien d'anormal, aucun signe d'une intervention extérieure.

— Je… J'ai… (Dupin n'avait encore jamais entendu son ami bégayer.) Je n'ai aucune idée de ce qui arrive. Georges, nous…

— Pour commencer, nous avons besoin d'une histoire plausible pour expliquer ma présence ici. Dans quelques minutes, la gendarmerie va débarquer, ainsi qu'un commissaire de Rennes, Thierry Quéméner, je suppose.

Dupin n'avait aucune envie d'affronter tout ça, ni de se trouver dans l'obligation de se justifier. Mais il n'avait guère le choix. Le conflit qui l'avait opposé au commissaire de Trégastel, en charge de l'enquête, avait compliqué sa dernière affaire. Dupin avait péniblement évité un éclat, lequel aurait pu mener à une plainte auprès de l'IGS ou à une procédure disciplinaire à son encontre.

— Je m'en occupe, Georges, dit Odinot dont la voix avait retrouvé son timbre habituel.

— Ça veut dire quoi ?

— Laisse-moi faire.

La seconde pièce, une chambre spacieuse avec un lit double, ne révéla rien d'insolite, pas plus que la salle de bains adjacente. Dupin monta au deuxième étage : un autre bureau avec trois tables de travail, méticuleusement rangées le long du mur face à la porte, et encore une chambre, une salle de bains. La disposition des pièces était la même qu'au premier étage.

— Tu as eu l'occasion de téléphoner à Cadiou, Georges ? demanda Odinot.

— Après notre conversation à nous ? Non. Je ne lui ai parlé qu'une fois, la semaine dernière. Et toi ?

— Non plus. Tu as découvert quelque chose de suspect dans la maison ?

— Je cherche encore. Rien pour l'instant.

Au troisième étage, c'était différent. Une unique grande pièce occupait tout le niveau, meublée de deux canapés, d'une commode et de tapis colorés qui réchauffaient les murs nus. L'ensemble était douillet mais l'épaisse couche de poussière omniprésente indiquait que personne n'y était venu depuis un bout de temps.

— Ça ne me dit rien qui vaille, dit Odinot. Odette Laurent va de nouveau demander l'exhumation de son mari, et le juge devra y donner suite.

Lors de leurs deux courtes conversations téléphoniques, Odinot avait résumé l'affaire qui exigeait la rencontre avec Cadiou. Au début de l'été, un historien parisien, Gustave Laurent, était mort en Angleterre au cours d'un voyage de recherche : crise cardiaque. Malheureusement, il s'agissait du frère d'un politicien très en vue. Pire encore, il était marié à une femme d'une méfiance maladive qui avait réfuté l'hypothèse d'une mort naturelle, bien qu'aucun indice ne laissât soupçonner le contraire. Son époux souffrait depuis un certain temps d'hypertension et le médecin traitant n'avait guère été surpris par son décès. Elle avait fait pression sur son beau-frère, lequel à son tour avait bousculé le préfet de police, qui était tombé à bras raccourcis sur Jean Odinot. Gustave Laurent avait voyagé avec un groupe de scientifiques dont Cadiou faisait partie ; de plus, celui-ci entretenait des liens d'amitié avec la victime. La police avait bien sûr interrogé tout le monde, sans toutefois mener l'enquête approfondie exigée par la veuve. La pression était montée et, pour finir, Odinot – et par conséquent Dupin – avait reçu l'ordre d'interroger de nouveau Cadiou. Celui-ci étant en déplacement à ce moment-là, la rencontre n'avait pas été possible plus tôt. D'ailleurs, personne en dehors de la veuve ne s'était montré particulièrement pressé.

— Raconte-moi tout ce que tu sais, exigea Dupin. Tout, tu entends, je…

Il s'interrompit. Qu'est-ce qu'il racontait ?

— Non, laisse tomber, Jean. Ce n'est pas mon enquête ! Je m'éclipse avant même qu'elle ne commence, c'est clair ?

Dupin était très sérieux.

— Je te rappelle tout de suite, Georges.

Et Odinot raccrocha sans que Dupin pût ajouter un mot. Le commissaire redescendit au rez-de-chaussée, où il se posta à côté de Cadiou. Il se passa la main dans les cheveux.

— Quel merdier !

Il régnait une intense agitation dans la maison.

Nolwenn, Le Ber et Labat étaient d'abord arrivés, suivis de près par les secouristes, la gendarmerie de Ploërmel et celle de Plélan-le-Grand. On attendait le médecin légiste et l'équipe scientifique de Rennes, ainsi que le commissaire Thierry Quéméner. Dupin ne le connaissait que superficiellement – un type plutôt agréable, du genre tranquille, assez corpulent, pas loin de la retraite. Cela dit, même sa bonne disposition devait avoir des limites.

« Mort, et depuis un bon moment, avait diagnostiqué le jeune secouriste sans s'avancer à donner une idée plus précise de l'heure du décès. Manifestement, on n'a plus besoin de nous ici », avait-il ajouté avant de quitter les lieux.

Devant les gendarmes, Dupin avait évoqué quelque chose au sujet d'une « sortie d'équipe » et d'un « curieux hasard ». Pour l'instant, ils avaient d'autres soucis et n'avaient pas insisté.

L'équipe de la gendarmerie était dirigée par le colonel Roland Aballain. Il avait assigné différentes tâches à ses hommes, qui inspectaient à présent le gravier de la cour à la recherche de traces de pneus et de pas. Ils avaient pris la précaution de se garer près de la route, et seuls les secouristes étaient entrés dans la propriété. Le Ber et Labat avaient offert leur aide, contre le souhait de Dupin, mais celui-ci n'avait cependant pas voulu intervenir.

Le colonel Aballain avait contacté l'épouse de Cadiou – le pire moment pour un policier. Elle se trouvait à Paimpont et deux gendarmes étaient partis la rejoindre.

Nolwenn et Dupin se tenaient dans la cour, à l'écart.

— Nous n'avons pas de mensonge convaincant à leur faire avaler, commissaire, alors je vous conseillerais de dire la vérité. Du moins en partie. (Voilà une attitude peu orthodoxe, pensa Dupin.) Ne mentionnez pas vos investigations passées à Trégastel, mais dites que votre ami parisien, le commissaire divisionnaire Jean Odinot, a sollicité un service et vous a demandé de vous entretenir avec Fabien Cadiou. Dommage qu'il y ait des morts dès que vous apparaissez quelque part, ajouta Nolwenn sur un ton de reproche.

— Je pense que…

Dupin s'interrompit lorsqu'il vit Thierry Quéméner tourner le coin de la maison et se diriger vers eux. Il alla à sa rencontre – ça ne pouvait pas faire de mal de se montrer amène, ne serait-ce que pour prendre congé plus vite. Il suivrait les conseils de Nolwenn, c'était toujours préférable. Peut-être pourrait-il se sortir de cette histoire sans trop de dommages.

— Commissaire Quéméner, dit-il d'un ton jovial en tendant la main, je…

Son téléphone sonna et le nom de Jean Odinot s'afficha. Même si c'était mal venu de prendre l'appel, il le fallait. Jean lui indiquerait peut-être ce qu'il devait dire à Quéméner.

— Un moment, je vous prie.

Dupin se détourna et s'éloigna de quelques pas. Dans son dos, il entendit Nolwenn sauver la situation :

— Commissaire Quéméner, comment allez-vous ? Et votre femme ? Je…

— Oui ? dit-il à voix basse.

— J'ai parlé avec mon supérieur, qui a eu le ministre en personne. C'est toi qui enquêtes. Officiellement, sur ordre de la police parisienne et de la police nationale.

— Quoi ?

— Tu seras détaché à cet effet pour diriger l'enquête. Les autorités locales auront l'ordre de t'assister.

Ce n'était pas une mince affaire de déstabiliser Dupin, mais Odinot y était parvenu.

— Comment ça ?

— Comme je te l'ai dit : l'affaire est à toi.

— Mais je n'en veux pas !

C'était la pure vérité.

— Tu ne trouves pas que ça a l'air d'une histoire particulièrement… intéressante, Georges ? Et nous allons de nouveau travailler ensemble, en tout cas un peu, et à titre officiel. Comme au bon vieux temps ! C'est quelque chose, non ?

Dupin resta sans voix. Jean s'amusait peut-être à ses dépens, mais lui ne trouvait pas drôle du tout la plaisanterie. A quelques mètres dans son dos, il entendit une sonnerie de téléphone.

— Tu es toujours là, Georges ?

— C'est une blague, non ?

— Absolument pas. On est dans le même bateau. Et moi je suis ton référent parisien.

— Je…

— Je te rappelle tout de suite, Georges, je dois prendre un appel.

Dupin resta immobile quelques instants avant de se reprendre. Il tourna la tête vers Nolwenn. Elle lui jeta un regard interrogateur qui frisait la réprobation. A ses côtés, Quéméner mettait fin à un appel et sur son visage se dessinait une sorte de sourire. Il se dirigea vers Dupin, suivi de Nolwenn.

— Je vous prie de m'excuser, dit Dupin. C'était un… un appel important. J'étais obligé de le prendre, je…

— Je viens d'apprendre du préfet que c'est maintenant vous le chef ici, coupa Quéméner. Tant mieux. Ma belle-sœur fête ses soixante-quinze ans demain. A Nice. Ma femme s'inquiétait déjà, elle pensait que je ne pourrais pas l'accompagner. A cause du mort. Mais maintenant, tout s'arrange au mieux. L'affaire est à vous, cher ami.

Le commissaire de Rennes ne faisait rien pour cacher sa satisfaction. Dupin, lui, c'était l'envie de protester qui lui brûlait le bout de la langue. Tout cela ressemblait à une mauvaise pièce de théâtre !

— Pour être franc, le devança Quéméner, je suis plus que content de ne pas avoir à m'en occuper. Une personnalité très en vue et estimée, tuée par balles ? Et à Tréhorenteuc, qui plus est ? (Il eut un geste de refus de la main.) Bon, j'y vais. Bonne chance !

— Mais j'ai besoin de vous. Je veux dire, de quelqu'un d'ici, qui connaisse le coin, les gens… Quelqu'un qui a une idée de quoi il retourne.

Dupin se rendit compte à quel point son discours était désespéré.

— C'est sûrement lié au Saint Graal. (L'expression très sérieuse du commissaire contredisait le ton plaisant.) Et comme chacun le sait, à ce propos, il s'agit plus de la quête que de l'objet lui-même. Maintenant, c'est vous, le chevalier du Graal. Ah oui, avant que j'oublie : le médecin légiste aura du retard. Et je vous conseille de travailler avec le colonel Aballain. C'est un gendarme qui connaît son affaire, vous verrez. Un autochtone, qui plus est. Mon chef m'a dit aussi que vous pourrez faire appel à nos services.

— La scientifique, les spécialistes ? L'informatique ?

— Tout à fait. Tout passera par Rennes. Mais je vois que vous avez amené votre propre équipe. C'est bien pratique.

Dupin ravala sa réponse et Quéméner s'éloigna d'un pas léger.

— De la folie… C'est de la pure folie !

— *Notre* affaire ? En quoi est-ce *notre* affaire ? Qu'est-ce qu'il a voulu dire ? demanda Nolwenn en fronçant les sourcils.

— Le ministre et le préfet de police de Paris m'ont confié l'enquête sur la recommandation d'Odinot. En tant que… qu'enquêteur spécial détaché de la police parisienne.

Nolwenn n'eut pas le temps de répliquer, elle fut interrompue par le bruit d'une voiture qui approchait à grande vitesse, obligeant deux gendarmes à sauter de côté pour l'éviter. Une Volvo s'arrêta brutalement devant l'entrée du manoir dans un grand crissement de gravier. La portière s'ouvrit à la volée ; une femme en costume gris anthracite jaillit hors du véhicule et se précipita vers la maison. Dupin alla à sa rencontre d'un pas rapide.

— Madame Cadiou ?

La femme semblait ne pas remarquer sa présence. Elle lui jeta un regard vide d'expression et disparut dans la maison sans dire un mot.

Dupin la suivit et la trouva agenouillée à côté du mort, les yeux fixés sur le visage de son mari. Figés, ses traits ne montraient aucune émotion.

Dupin s'immobilisa dans l'encadrement de la porte. La scientifique n'était toujours pas arrivée et il voulait profiter de ce moment en tête à tête avec la veuve. Pendant quelques instants, celle-ci resta immobile.

— Je trouverai… l'assassin.

Dupin entendit à peine ces paroles qui, prononcées avec froideur, étaient tombées dans le silence tel un couperet. Blanche Cadiou se leva lentement. Dupin s'approcha d'elle. Sur son visage, il vit les larmes, la douleur et l'horreur, mais devina aussi une sorte de fureur intérieure.

— Commissaire Georges Dupin. Pouvons-nous faire quelque chose pour vous ? Voulez-vous que j'appelle un médecin ? dit-il avec gravité.

— Non.

Une réponse sèche et déterminée, qu'elle lui donna sans quitter des yeux le corps de son mari. Elle semblait avoir repris le contrôle d'elle-même.

— Savez-vous quelque chose, commissaire ? murmura-t-elle d'une voix plate.

— Non, rien pour l'instant. Et vous, madame, avez-vous une idée de ce qui a pu se passer ici ?

Cette fois-ci, elle posa sur Dupin un regard scrutateur.

— C'est vous qui dirigez l'enquête ?

Que pouvait-il dire ? Tel que c'était parti, malheureusement oui. Et même s'il essayait d'y changer quelque chose – et il le ferait –, ce n'était guère le moment d'évoquer le sujet.

— Oui, tout à fait, déclara-t-il d'un ton décidé. Je sais que c'est difficile, madame, mais… auriez-vous le moindre soupçon sur l'auteur de cet acte horrible ? Et sur son mobile ?

— Non, dit-elle en secouant faiblement la tête.

— Avez-vous remarqué un comportement inhabituel chez votre mari, ces derniers temps ?

Elle repoussa ses cheveux châtain foncé de son front.

— Il était comme d'habitude.

— Avez-vous connaissance de disputes ? De conflits ? Avec qui que ce soit ?

Elle secoua de nouveau la tête, comme absente, le regard toujours rivé sur le cadavre. Elle était en état de choc. Mais Dupin savait qu'un des principes de base de toute enquête est que tout le monde, sans exception, est suspect.

— Le moindre indice peut nous aider, madame. La plus petite indication, aussi insignifiante qu'elle vous paraisse, peut avoir son importance.

— Tout était normal. Il était comme d'habitude.

— Votre mari connaissait Gustave Laurent. Au début du printemps, il était…

A cet instant, un Le Ber très agité fit irruption dans la pièce en affichant une expression que Dupin connaissait bien. Quelque chose s'était produit.

— Patron ! Il y a eu un autre homicide. Nous avons un autre mort !

— Quoi ?

C'était insensé !

— Il y a eu un deuxième…

Dupin rejoignit son lieutenant, suivi de près par Labat, Nolwenn et le colonel Aballain.

— Qui est-ce, Le Ber ?

— Paul Picard, un professeur de Paris. Spécialiste du Moyen Age et archéologue. On vient de découvrir son cadavre dans la forêt… Près de la fontaine de Barenton. On vous y attend, patron, vous…

— Comment est-il mort ?

— Coups de couteau. Il a saigné à mort. (Le Ber prit une grande inspiration.) Ce n'est pas un hasard, patron. Quelque chose se passe ici. Vous avez…

— C'est de la folie, fit Dupin à mi-voix – mais tout le monde l'entendit.

— Un confrère, intervint Blanche Cadiou dans un chuchotement atone. Paul Picard est un collègue de mon mari. Un ami. Il est venu pour la réunion.

— La réunion ? Quelle réunion ? demanda Dupin.

Le Ber, qui avait retrouvé son sang-froid, semblait au courant.

— Une réunion sur les découvertes les plus récentes en termes de recherche arthurienne. Elle a lieu chaque année. Cette fois, il s'agit de fouilles sensationnelles.

Dupin faisait les cent pas. L'affaire avait pris des proportions incroyables en très peu de temps. Et lui qui n'aurait pas dû mettre le nez dans cette enquête ! Il devait absolument parler à Jean.

— Où a-t-elle lieu ?

— Au château de Comper, répondit Le Ber, au Centre de l'Imaginaire arthurien que dirige… dirigeait monsieur Cadiou. La réunion devait commencer maintenant, et durer jusqu'à vendredi après-midi. Sept scientifiques, la fine fleur de la recherche arthurienne. Les cinq autres attendaient, ils croyaient que leurs deux confrères avaient du retard.

— Ils sont encore là ?

— Au Centre, vous voulez dire ? Oui, autant que je sache.

— Ils devront… Ils devront rester. Personne ne quitte le Centre. Je…

— Me voici ! Où est le corps ?

Un homme chauve de petite taille apparut derrière Le Ber, et leur fit un signe de tête enjoué. Le médecin légiste. Dupin, par principe hostile envers les membres de cette profession, comprit tout de suite qu'il n'en serait pas autrement avec celui-là.

— On se retrouve dehors dans une minute, j'arrive, dit-il à Le Ber.

Il s'approcha de Blanche Cadiou.

— Peut-être quelque chose vous revient-il en mémoire ? (Il savait qu'il n'aurait pas fallu tant la presser, mais il y était contraint.) Au sujet du deuxième mort, je veux dire, le professeur de Paris. Que se passe-t-il ici, madame ?

Il la regarda dans les yeux, des yeux d'un marron profond et intense, de la même couleur que sa chevelure qui lui arrivait à l'épaule.

— Je ne peux vraiment rien vous en dire. Si seulement je le pouvais…

— Votre époux et la deuxième victime étaient amis, disiez-vous ?

— Ils ne se voyaient pas souvent, mais… oui, ils étaient amis.

— Et ils travaillaient dans des domaines similaires, si je comprends bien ?

— Oui, tout à fait.

Dupin se serait volontiers attardé pour poser davantage de questions, mais il devait se mettre en route.

— Bien, madame. Encore une fois, toutes mes condoléances. (Il se rendit compte que c'était la première fois qu'il lui exprimait sa sympathie.) C'est une terrible tragédie. L'officier de gendarmerie restera sur place. (Il faudrait quand même qu'il se souvienne du nom de ce colonel...) Vous pouvez vous adresser à lui à tout moment. Et si quelque chose vous revient en mémoire, je vous prie de m'appeler immédiatement.

La veuve tourna sans mot dire le regard vers le corps de son mari, déjà entre les mains du légiste. Les techniciens du labo n'étaient toujours pas arrivés.

— Je dois avant tout connaître l'heure de la mort. Merci de me tenir au courant sans tarder.

Le temps que le légiste ouvre la bouche pour répondre, Dupin était parti.

La route étroite et rectiligne était une fragile tranchée que la forêt semblait vouloir engloutir. Buissons et arbustes proliféraient sur les bas-côtés et, à certains endroits, les cimes des arbres formaient un auvent de verdure. La nature faisait savoir que la route, elle, était éphémère.

Après avoir essayé en vain de joindre Jean Odinot, Dupin s'était brièvement concerté avec Nolwenn, Le Ber, Labat et le colonel. Qui s'appelait Aballain, Dupin s'en souvenait enfin. Nolwenn devait se rendre à l'hôtel pour poser quelques questions et Labat resterait au manoir avec Aballain. Le Ber allait accompagner son chef à la fontaine où se trouvait la seconde victime.

Entre-temps, la scientifique était arrivée – pas moins de quatre personnes, dont un balisticien – et allait procéder aux recherches de routine : ordinateurs, téléphones portables et fixes, comptes en banque…

Finalement, la communication avec Odinot fut établie.

— Georges ? J'ai essayé de te…

— Deux ! On est à deux morts maintenant, Jean ! C'est insensé ! On a trouvé un professeur…

— Je sais, le commissaire de Rennes a lui aussi reçu l'information. D'ailleurs, il s'est dépêché de s'assurer que cela resterait exclusivement ton enquête. Comme les homicides sont sans doute liés, il ne veut rien avoir à faire avec ça.

— Mais moi non plus ! Il est hors de question que je m'en occupe !

— Même si nous le voulions, nous ne pouvons pas nous défiler, Georges. Nous sommes dedans jusqu'au cou, mais au moins nous y sommes ensemble.

— Et pourquoi Paris ne peut pas en charger quelqu'un d'autre, nom de Dieu ?

— Parce que tu es le meilleur ! Et moi je suis responsable. J'ai besoin de toi, Georges. Je n'avais pas idée de la tournure qu'allaient prendre les événements.

— Je…

Dupin se tut. Jean avait raison : ils étaient en plein dedans… Et il n'avait pas l'habitude de fuir les situations fâcheuses, quelles qu'elles fussent. Il se sentait tout de même chagriné, d'une part parce qu'il était une fois encore associé aux forces de police parisiennes – en tant qu'« enquêteur spécial », qui plus est –, d'autre part parce que cette affaire le mettait bizarrement mal à l'aise. De plus, il ne voulait pas laisser Claire se débrouiller seule avec leurs innombrables cartons.

— Fais-le pour moi, supplia Jean.

C'était une manœuvre habile de la part de son ami. Comment pouvait-il refuser ?

Le silence se prolongea et Dupin jeta un coup d'œil vers Le Ber, qui essayait en vain de prendre un air indifférent. Il soupira et enfonça l'accélérateur. La voiture bondit vers le sommet de la colline.

— Redis-moi tout sur cette crise cardiaque, Laurent et son voyage d'affaires. Et sur sa femme.

— J'ai téléphoné à madame Laurent, répondit Odinot d'une voix qui trahissait son soulagement de garder Dupin dans son équipe. Laurent a été occupé par des fouilles pendant tout le mois de mai. Ils étaient quatre chercheurs à travailler sur une colline dans le sud-ouest de l'Angleterre. Cadiou lui a rendu visite là-bas pendant deux jours. Ils se connaissaient plutôt bien. Ils avaient suivi le même cursus scientifique, partagé un poste à la Sorbonne en début de carrière et publié des articles en commun. Plus tard, la compétition s'est greffée sur l'amitié. C'est comme ça qu'elle a décrit la situation.

— Et ce Laurent est mort pendant que Cadiou était avec lui ? demanda Dupin, notant au passage la nervosité de Le Ber, qui ne cessait de gigoter sur son siège.

— Non, quinze jours après le départ de Cadiou. Il faut exhumer le corps de Laurent le plus vite possible. J'ai fait la demande auprès du juge.

Odinot et Dupin possédaient ce même trait de caractère – auquel il fallait se plier, mais qui allait de pair avec une réelle efficacité – de vouloir tout, tout de suite ; c'était une des raisons pour lesquelles ils s'entendaient si bien, une autre étant leur réputation, justifiée, de perfectionnisme.

— J'ai encore questionné madame Laurent au sujet de l'hypertension de son mari, poursuivit Odinot. Chaque matin, il prenait un bêtabloquant, un inhibiteur de l'ECA et des antagonistes du calcium. Reste que sa tension remontait en période de stress, avec parfois des pics inquiétants. Il est clair que quelqu'un aurait pu échanger ses médicaments contre d'autres plus dangereux ou un placebo. S'en procurer n'a rien de sorcier.

— Madame Laurent a mentionné Fabien Cadiou ?

— Elle l'exclut catégoriquement. Aucun soupçon le concernant, et, la connaissant, ce n'est pas peu dire. C'est elle qui voulait à tout prix que nous parlions avec Cadiou.

— A-t-elle précisé pourquoi ?

— Non, elle n'a fait que répéter qu'elle ne croyait pas à la mort naturelle de son mari.

— Sans avoir la moindre idée des raisons qui expliqueraient le crime ?

— Oui, tout juste. Nous cherchions des indices, d'où la nécessité d'une conversation avec Cadiou. Elle a insisté, dans l'espoir qu'il saurait quelque chose.

— Mais celui-ci n'avait apparemment rien trouvé de suspect, fit remarquer Dupin, qui réfléchissait à haute voix.

— Exact.

— Madame Laurent ne soupçonnait personne en particulier ?

— Non, elle ne connaît même pas les noms des autres participants aux fouilles.

— Qu'est-ce qui a déclenché ses soupçons ?

— Le comportement de son mari avait changé les derniers mois précédant son décès, mais elle n'a pas pu être plus précise. Il était absorbé plus encore que d'habitude par son travail, dont il ne disait mot, ce qui n'était pas son genre. Et toujours plongé dans ses pensées, comme absent.

— Autre chose ?

— Il était très tendu, mais elle a insisté sur le fait qu'il ne semblait pas se sentir menacé, et elle n'était au courant d'aucun conflit.

— Tu as les noms des autres chercheurs ?

— Oui. Ces trois-là, nous allons les cuisiner d'un peu plus près. J'ai aussi envoyé deux agents à l'appartement de Picard, dans le VIe arrondissement.

Pendant l'exposé d'Odinot, Dupin s'affairait dans la boîte à gants à la recherche de papier et d'un stylo, obligeant Le Ber à se contorsionner. Il ne trouva que la notice d'utilisation de sa voiture, fatiguée et jaunie, qu'il mit dans les mains du lieutenant. Celui-ci l'ouvrit et s'apprêta à prendre des notes.

— Qu'est-ce qu'on sait sur la relation du couple Laurent ? demanda-t-il.

Ce qui lui rappela qu'il devait téléphoner à Claire pour la prévenir.

— Un mariage heureux, selon madame Laurent.

Le Ber griffonnait.

— Tu y crois ?

— Pour le moment je n'en sais rien. J'ai rendez-vous avec elle à dix-sept heures trente.

Jean avait raison, il valait toujours mieux rencontrer les gens en chair et en os.

— Attention, c'est à droite ! s'écria Le Ber.

Dupin prit l'embranchement dans un crissement de pneus. Ils quittèrent la forêt, qu'ils se mirent à longer.

— Quoi d'autre ? Que sait-on au sujet des fouilles ?

Dupin devina une certaine inquiétude chez son lieutenant.

— Un château du temps d'Arthur, ou un truc du genre, répondit Odinot.

Le Ber, qui n'y tenait plus, intervint avec autorité.

— Ici le lieutenant Le Ber, commissaire. Je suis à côté du commissaire Dupin. Le château s'appelle Cadbury Castle, et la colline dont vous parlez constitue une curiosité archéologique. Dans la région, on se raconte des histoires arthuriennes depuis toujours. Il y a plus de cinquante ans, on a découvert un site qui correspond tout à fait à l'époque à laquelle on situe l'existence d'Arthur, entre 450 et 550. Certains tiennent ces fortifications pour celles du château de Camelot.

— Je comprends, commenta Odinot d'un ton neutre. Merci pour cette explication, lieutenant.

Dupin, lui, trouvait cela plutôt intéressant.

— Les fouilles ont révélé quelque chose de spectaculaire, Le Ber ?

— De nouvelles ruines, et impressionnantes.

— Et que cherchait-on ?

— Des traces des occupants du château : inscriptions, tablettes de pierre, écrits…

— On n'a rien trouvé ?

— Non, admit Le Ber, à l'évidence déçu de devoir donner une telle réponse. Mais on continue de fouiller.

Dupin en savait assez.

— Quelles sont les autres informations concernant Fabien Cadiou ?

— Nous n'en avons pas, précisa Oudinot. Jusqu'ici, nous n'avions aucune raison de nous occuper de lui.

— Et l'autre victime ?

— Rien non plus.

— Ici, nous ne faisons que commencer les recherches.

— Bien. N'hésite pas à tirer profit de ton statut, Georges. Tu es officiellement détaché de la PJ parisienne pour cette enquête. Ton équipe et toi, vous bénéficiez d'un soutien inconditionnel… pour presque tout.

Intéressant. Dupin n'avait pas encore envisagé la situation sous cet angle.

— D'accord, nous nous en chargeons, Jean. A plus tard.

Dupin conduisait vite sur la route sinueuse tout en réfléchissant au second cadavre. Il questionna Le Ber, qui avait pu interroger l'un des gendarmes qui s'étaient rendus sur les lieux.

— Qu'est-ce que ce professeur faisait dans la forêt ? On a trouvé quelque chose ?

— On ne sait encore rien de précis.

— il faudra que nous interrogions les autres chercheurs.

— Le colonel Aballain a envoyé deux agents de la scientifique au Centre pour examiner le bureau de Cadiou, indiqua Le Ber.

Cette affaire avait commencé de façon si décousue que Dupin n'avait même pas songé à prendre certaines mesures évidentes. Il lui faudrait encore du temps avant d'être à l'aise.

Ils étaient arrivés dans un petit village ne comptant pas plus de vingt maisons. Dupin ralentit.

— Folle-Pensée… dit Le Ber. Ici, les druides soignaient la folie avec l'eau de la source légendaire, la fontaine de Barenton.

« Folie » résumait assez bien tout cela, le terme avait caressé l'esprit de Dupin à plusieurs reprises pendant la dernière heure et demie. Il devrait peut-être boire une gorgée – une bonne gorgée – de cette eau de source…

— Nous devons nous procurer le plus rapidement possible la liste des chercheurs, et trouver tout ce que l'on peut sur eux.

— Bien, patron.

Ils traversèrent le village en un clin d'œil, puis Dupin accéléra.

— Il faudra bientôt bifurquer à droite.

Le Ber semblait soucieux. La route était sans visibilité, à présent à peine plus large que la voiture, et les virages serrés se succédaient.

— Attention, c'est ici !

Dupin leva à peine le pied et reprit de la vitesse après le tournant. Le Ber s'agrippa à la poignée de la portière.

— Je ne sais pas si vous l'avez lu dans les journaux, patron, mais la forêt est actuellement au centre d'une violente querelle – ou plutôt, elle en est l'objet depuis plus d'un an.

Dupin lisait tous les matins la presse, à commencer par les titres régionaux, *Ouest France* et *Le Télégramme*, et ratait rarement des informations d'importance, mais celle-ci lui avait échappé.

— Racontez-moi ça. Mais…

Soudain, une ombre traversa la chaussée. Dupin pila de toutes ses forces en donnant un brusque coup de volant. La Citroën se déporta sur la gauche, Dupin contrebraqua et reprit le contrôle du véhicule, mais trop tard. Dans un bruit infernal, ils ripèrent contre un arbre, et le rétroviseur fut brutalement arraché. Quelques mètres plus loin, la voiture s'arrêta dans un grincement douloureux et pendant quelques instants un silence lugubre régna.

— Nom de Dieu ! éructa Dupin. C'était quoi, ça ?

Le Ber mit du temps à répondre. Sa voix tremblait et son visage avait pris une teinte cireuse. Il tenta de se reprendre.

— Un animal, je pense. Nous l'avons échappé belle.

Effectivement, il s'en était fallu de peu qu'ils fassent plus qu'effleurer l'arbre. Ils se regardèrent.

— Vous êtes blessé, Le Ber ?

Le lieutenant secoua la tête, les ceintures de sécurité avaient fait leur office. Les deux hommes sortirent avec précaution et Le Ber examina les dégâts.

— C'est moche, commenta-t-il.

Dupin resta muet. Son regard détaillait le flanc de la Citroën, dépouillé de sa peinture et cabossé sur presque toute la longueur. De profondes éraflures marquaient la carrosserie. Que la portière ait pu s'ouvrir tenait du miracle.

— Qu'est-ce que ça pouvait bien être comme bête ? demanda Dupin, que le sujet semblait préoccuper plus que tout le reste.

— Rien de très grand. Je n'ai fait que l'entrevoir. Un renard, peut-être, ou une hermine. Peut-être seulement un lièvre.

— C'était… c'était blanc. Nous sommes à quelle distance du manoir des Cadiou ? En coupant par la forêt ?

Drôle de question ! D'où lui venait-elle ?

— A vol d'oiseau, peut-être…

Le Ber fut interrompu par la sonnerie stridente du portable de Dupin.

— Commissaire Dupin ? Ici la gendarmerie de Plélan-le-Grand. Je vous attends à la fontaine de Barenton. Quand pensez-vous être sur les lieux ?

— Nous y sommes presque. Le médecin légiste est là ?

— Il faut attendre qu'il en ait terminé avec Cadiou.

— Demandez-en un autre. Peu importe d'où.

— Mais…

— Qu'il se mette immédiatement en route. Ceci est une enquête spéciale mandatée par le ministère de l'Intérieur.

C'est vrai que ça sonnait bien ; l'espace d'un instant, il oublia ses genoux encore tremblants.

— Je comprends.

— Comme je l'ai dit, nous arrivons.

Au moment où Dupin raccrochait, le téléphone de Le Ber sonna.

— Ah, Nolwenn ! Très bien. Dites-moi tout.

Le soulagement perçait dans la voix de l'inspecteur ; après ce qui venait de se passer, il devait être content d'entendre la voix de Nolwenn. Il était tout ouïe et n'avait de toute évidence pas l'intention de mentionner l'accident.

— Un moment…

Le Ber contourna la voiture et alla récupérer la notice d'utilisation qui gisait à l'avant.

— Allez-y, continuez, reprit-il en coinçant l'appareil entre le menton et l'épaule pour pouvoir écrire. Merci, Nolwenn. Autre chose : nous avons besoin de la liste des conférenciers. Il y avait cinq personnes. Et de toutes les infos que nous pouvons obtenir sur eux… Oui, tout à fait. A plus tard.

Le commissaire s'apprêta à remonter en voiture. Il faudrait prendre rapidement rendez-vous avec un garagiste. Et Nolwenn préconiserait sans doute, une fois encore, l'achat d'une nouvelle voiture – ce qu'elle suggérait avec de plus en plus d'insistance depuis un bon moment.

Quand Le Ber claqua la portière de son côté, Dupin lui jeta un regard interrogateur.

— Nous avons les premières informations sur Paul Picard : historien spécialisé dans le haut Moyen Age, mais sans chaire. A aussi étudié l'archéologie, contrairement à Laurent, pour qui ce n'était qu'un hobby. Cinquante-huit ans. Il a été à plusieurs reprises chargé de cours à la Sorbonne et à l'étranger, dont trois ans à Londres en tant que professeur invité. Il semble qu'il était très renommé.

— Et ami avec Cadiou.

Dupin démarra et appuya doucement sur l'accélérateur. Il ne voulait pas l'admettre, mais il se sentait quand même un peu en état de choc.

Ils avaient dû abandonner la voiture car la fontaine de Barenton n'était accessible qu'à pied. Et ce n'était pas tout près. Le chemin forestier avait laissé place à un sentier, parfois très étroit, qui s'élevait en une pente régulière et sinueuse, avec de temps à autre des raidillons inattendus. La forêt se faisait de plus en plus dense et sauvage. Le Ber rassurait régulièrement son chef sur l'itinéraire et sur le fait que le sentier était bien balisé. Dupin soupçonnait que son lieutenant avait opté pour un trajet qu'il avait jugé « intéressant ». Ils n'avaient encore croisé personne.

Sur leur droite, le sentier remontait le cours d'un ruisseau follement romantique qui émettait par moments de mystérieux murmures. De rares panneaux, plus allusifs qu'indicatifs, ponctuaient le chemin menant à la fontaine. Seul, Dupin se serait sans aucun doute perdu dans la forêt ; Le Ber lui-même hésita à plusieurs reprises et ils durent même à un moment rebrousser chemin.

La forêt était impénétrable. Aux chênes, pins, châtaigniers et épicéas gigantesques succédèrent des hêtres démesurés et des haies d'aubépine qui voisinaient avec une grande variété de fougères et de mousses. Des lianes et du lierre grimpant enlaçaient les arbres, atteignant parfois les plus hautes branches. La palette de verts s'exprimait dans toutes les tonalités, du plus tendre au plus profond, enluminés de bleu, de marron, de jaune et de rouge.

Par instants, le sentier était plongé dans l'obscurité tant la végétation absorbait la lumière. On s'y sentait étranger, intrus ; on n'appartenait pas à ce monde. Plus encore, on avait l'impression que la forêt ne voulait pas des humains, et que les chemins que ceux-ci avaient dessinés seraient vite effacés. La chaleur ne se faisait guère sentir dans ces bois. Seules quelques rares trouées laissaient les rayons éblouissants du soleil estival éclabousser le sol. Mais cela n'empêchait en rien l'humidité de régner, avec cette odeur lourde caractéristique des essences sylvestres.

Pendant leur marche rapide, ni le commissaire ni son lieutenant ne lâchèrent leurs téléphones. Il fallait reconnaître que la réception était excellente. Le Ber terminait sa conversation :

— Ah oui. Je comprends, professeur. Merci beaucoup.

De son côté, Dupin avait fini de s'entretenir avec le légiste qui avait officié chez les Cadiou.

— Onze heures du matin, plus ou moins une heure. Le meurtrier était là bien avant moi, dit-il, parlant plus à lui-même qu'à Le Ber.

Il tira de la poche arrière de son pantalon la notice d'utilisation de la Citroën – il faudrait s'en contenter jusqu'à la prochaine papeterie… Cela dit, le format cahier du manuel lui convenait, de même que le gris du papier et la couverture relativement neutre. Dupin nota quelques-unes de ses réflexions sur la première page, se montrant plus rigoureux que Le Ber, qui en avait choisi une au hasard.

— Je viens de m'entretenir avec le directeur adjoint du Centre, l'informa le lieutenant. Le professeur Auffray Guivorch. Le seul Breton. (Précision inutile avec un tel nom. Pour Le Ber, cela semblait d'ailleurs le placer au-dessus de tout soupçon.) En fait, lui aussi participe à la réunion. Il a une explication pour la présence de Picard dans la forêt. Il y a quatre semaines, celui-ci a obtenu de Rennes une autorisation de fouilles. Dans les premiers rapports sur la fontaine de Barenton, il est déjà question d'une chapelle. Il s'agit d'en trouver des vestiges. Certains prétendent même qu'il y avait un château ici.

— Et que venait-il faire aujourd'hui ?

— Guivorch suppose que Picard voulait examiner les lieux. Comme je viens de le dire, celui-ci n'a obtenu l'autorisation que depuis peu. Il est arrivé hier de Paris et est descendu au Relais de Brocéliande, à Paimpont. Picard ne s'est pas montré au Centre.

Ils durent se hisser sur des pierres aux arêtes vives qui affleuraient et débouchèrent sur une sorte de plateau où la forêt semblait plus inaccessible encore.

— Ce professeur breton, il fait partie du groupe de ceux qui cherchaient un château ?

— Oui.

— Bien.

Dupin s'arrêta et regarda autour de lui tandis que Le Ber poursuivait son chemin.

— Nous y sommes presque. C'est une des fontaines les plus célèbres au monde. C'était déjà un lieu de culte dans la nuit des temps, et, pour les anciens Celtes, le royaume des fées et le domaine ancestral des druides. Depuis toujours, l'eau de la source est réputée produire des effets magiques. D'une température constante de dix degrés, parfois elle se met à bouillonner de façon imprévisible. (Le ton de Le Ber se fit dramatique.) Pour cette raison, on avait coutume d'évoquer « l'eau bouillante alors qu'elle est froide comme le marbre ». Si vous faites un vœu, et qu'à ce moment précis apparaissent des bulles dans la fontaine, alors celui-ci sera exaucé.

Dupin ne manquait guère d'idées pour en formuler un ou deux.

— Il arrive aussi qu'on voie une sorte de braise rouge dans l'eau, continua le lieutenant sur un ton plus factuel. A côté de la source se trouve une dalle de pierre appelée Margelle de Barenton ou encore Perron de Merlin. Quand on l'arrose d'une certaine façon avec l'eau de la source, il pleut. Pendant les années de sécheresse, des processions entières s'y rendaient. Celui qui a la maîtrise de ces rituels saura provoquer des tempêtes terribles, qui peuvent ravager le monde… dévastatrices, apocalyptiques !

Le portable de Dupin sonna avant qu'il pût commenter cette tirade. C'était le préfet. Dupin était très moyennement intéressé par l'aggravation de la crise du beurre, mais il valait mieux répondre.

— Allô, oui ? Sont-ils en train de prendre la Bastille ?

— J'ai appris, pour l'enquête spéciale, rétorqua le préfet, à l'évidence très remonté.

Puis un répit. Le commissaire prévoyait déjà ce qui suivrait : un laïus colérique de plus. Il aurait préféré pour l'éviter que la réception soit médiocre et il éloigna instinctivement le téléphone de son oreille. Peut-être ferait-il mieux de raccrocher…

— Je suis… comment dire ?… je suis extrêmement fier, cher commissaire. C'est une immense distinction pour la préfecture. Le ministre de l'Intérieur et la police nationale confient une enquête d'une telle importance au Finistère ! On ne peut imaginer plus grande reconnaissance. Je voudrais que vous en soyez conscient et que vous vous montriez à la hauteur. Vous enquêtez en mon nom, savez-vous ! Et je ne veux pas me couvrir de ridicule !

— Je tâcherai de vous éviter ça, répondit Dupin.

— Cela ne suffira pas ! déclara le préfet sur un ton dont la sécheresse surprit de nouveau le policier. Je veux dire : vous vous acquitterez de cette tâche avec brio et distinction, j'en suis certain, commissaire. Quoi qu'il en soit, un rapport quotidien me semble approprié. Ne serait-ce qu'à cause de la presse, que j'ai informée du statut particulier qui est le vôtre.

Comme si un double meurtre ne suffisait pas à attirer l'attention, il avait fallu que le préfet alerte les médias.

— Le ministre de l'Intérieur exige la plus grande discrétion, monsieur. Une directive des plus explicites.

— Ah ! Vraiment ? dit le préfet d'une voix horrifiée.

— La presse locale doit déjà être au courant, mais une diffusion au-delà serait tout à fait inopportune.

Suivit un long silence lugubre. Puis :

— Bon… Eh bien, je vous souhaite donc du succès dans votre enquête. Veuillez m'excuser, j'ai un problème à régler. (Deviner de quoi il s'agissait n'était pas bien sorcier : le préfet avait déjà dû convoquer une conférence de presse.) Donnez de vos nouvelles, Dupin. Commissaire, je veux dire. Au revoir.

Dupin eut un grand sourire satisfait. Dommage que le temps lui manquât pour savourer cet instant, d'autant que Le Ber avait repris le fil de son exposé. N'avait-il pas, depuis des semaines, collecté un grand nombre de légendes et d'histoires en prévision de leur excursion ?

— Dans l'univers arthurien, plusieurs événements majeurs prennent place ici : Merlin, le plus grand mage de tous les temps, y rencontre la fée Viviane et c'est le début d'un amour éternel. La fée Morgane chante ses tristes complaintes dans le Val sans retour. Mais c'est dans l'histoire d'Yvain, le chevalier au Lion, le neveu d'Arthur, peut-être le personnage le plus remarquable de la Table ronde, que la source tient son rôle le plus important… (Le Ber s'interrompit.) Regardez, patron, là-bas !

On apercevait au loin trois personnes à travers les arbres. C'était sûrement le lieu du crime. Ces dernières heures, Dupin avait été occupé par tant de choses, et la situation s'était révélée si confuse, qu'il en avait oublié de poser les questions essentielles.

— Au fait, qui a trouvé Picard ?

— Sans doute un promeneur. Nous allons tout de suite le savoir.

Ils contournèrent un bouquet d'arbres avant de se présenter sur le site de la fontaine. Le bassin, en forme de goutte, était bordé de pierres brutes disposées de manière irrégulière. Il mesurait à peu près un mètre et demi de long et dans sa plus grande largeur atteignait environ un mètre. Des pierres couvertes d'une mousse d'un vert tendre, des feuilles et des petites branches tapissaient le fond à peine recouvert d'eau. Un filet s'écoulait du bassin par une rigole dessinée par des pierres plus grandes ; à sa tête, une belle dalle de pierre, à moitié enfoncée dans le sol.

Seul un panneau masqué par des fougères évoquait les gardiens de la fontaine. Après toutes ces histoires, Dupin s'était attendu à autre chose.

— La voilà, dit Le Ber, curieusement laconique, après un long silence.

Il parlait d'une voix assourdie et son visage était empreint d'une profonde émotion. Peut-être le moment lui paraissait-il trop solennel pour des explications profanes.

Les policiers s'approchèrent de deux gendarmes et de l'homme qui avait probablement trouvé Picard. Dupin l'examina : de longs cheveux poivre et sel lui tombaient sous les épaules, des sourcils broussailleux surplombaient ses yeux bleu acier ; il portait sur une sorte de tunique en lin clair, une robe de feutre sans manches et une cape noire en laine. De sa ceinture pendaient des flasques, des talismans, des pelotes de fourrure. Il avait l'air de participer à des jeux médiévaux, sans pour autant donner l'impression d'être déguisé.

Un gendarme s'approcha.

— Je vous présente Inwynn, de son vrai nom Philippe Goazou. Il est conteur professionnel à Brocéliande. C'est lui qui a découvert le corps.

Le Ber y alla de son grain de sel :

— Il existe douze conteurs dont le métier est de transmettre les légendes de la forêt, en respectant la tradition narrative celte. Ils sont très estimés. Certains portent des vêtements et des noms qui évoquent l'époque arthurienne.

— Bien, éluda Dupin, qui voulait en venir à l'essentiel. Où est la victime ?

— Là-bas, vers le Hêtre de Ponthus, l'informa le conteur, qui avait à peine répondu au hochement de tête du commissaire. Venez.

Le Ber ne put s'empêcher d'intervenir.

— C'est un arbre vieux de trois cents ans. Pas aussi vieux que le Chêne à Guillotin, qui a au moins mille ans – certains disent mille cinq cents, ce qui signifierait qu'il aurait été planté à l'époque d'Arthur.

Il fut interrompu par le conteur.

— La forêt, monsieur, est bien plus que la forêt d'Arthur. Des milliers d'années auparavant, elle jouait déjà un rôle important dans ce monde. Ou, plus précisément : dans un autre monde. Elle fait partie d'un royaume beaucoup plus ancien.

L'homme avait haussé le ton, et la véhémence qu'on devinait prête à éclater fixait sans équivoque les limites : *Ici, c'est moi qui raconte les histoires de la forêt.* Le Ber ravala la réponse qu'il avait sur le bout de la langue.

Le conteur s'enfonçait avec aisance de plus en plus loin dans les sous-bois tout en observant la cime des arbres. Son pas était assuré, quand les autres avaient du mal à ne pas trébucher.

— Ce que vous voyez ici, dit-il en faisant halte, n'est pas la vraie forêt. Des milliers de personnes s'y promènent, mais peu d'entre elles la voient. La véritable forêt ne se trouve sur aucune carte, elle n'est pas accessible car nos pauvres sens sont incapables d'y pénétrer, elle ne peut être découverte qu'au plus profond de nous-mêmes. C'est la forêt seule qui décide de qui peut la voir, de qui peut y entrer… La forêt est l'être supérieur, pas nous. La forêt est un organisme vivant qui forme un tout. Elle est une et indivisible.

Et il reprit sa marche rapide.

Dupin comprenait en quelque sorte ce discours malgré son caractère exalté et teinté d'ésotérisme. Ne sentait-il pas lui-même depuis le début la puissance menaçante de ces lieux ?

Impressionnés, tous gardèrent le silence un instant, puis le conteur passa sous le ruban jaune tendu provisoirement autour des arbres. Les deux gendarmes avaient délimité un vaste périmètre. Un panneau discret annonçait : *Travaux archéologiques. Zone interdite.*

— Le voilà.

Ils étaient arrivés devant une large tranchée bordée de pierres de taille partiellement déterrées depuis peu, comme en témoignaient les monticules de terre fraîche. Un peu plus loin, les travaux semblaient avoir progressé davantage : quelques pierres éparpillées paraissaient provenir d'un mur.

Au milieu de la tranchée, le professeur Paul Picard était allongé sur le flanc, les bras le long du corps. On ne distinguait ni sang ni plaie.

— A vue d'œil, trois coups de couteau dans la région du cœur, dit le gendarme. Tué net.

Dupin s'agenouilla à côté du cadavre.

— Connaissons-nous son heure d'arrivée à l'hôtel hier ? demanda-t-il à voix basse.

— Pas précisément, mais ce serait aux alentours de vingt heures.

Le corps n'avait pas l'air d'avoir passé la nuit à cet endroit. L'expression détendue de Picard était déconcertante. On n'y décelait aucune douleur, aucun signe d'agonie.

Le conteur revint à la charge.

— Plus d'un a échoué à son examen de passage ici, dit-il en prenant une profonde inspiration théâtrale. A la Table ronde, les chevaliers d'Arthur entendirent un jour parler de Brocéliande et de la source occulte aux pouvoirs magiques, du puissant Chevalier noir et des étranges aventures qu'on pouvait vivre au sein de la forêt enchantée. Le jeune chevalier Yvain, le neveu du roi, qui est avec Lancelot sans aucun doute le chevalier le plus preux, décida de s'y aventurer.

S'il refusait de laisser la forêt se réduire à la seule histoire d'Arthur, Inwynn racontait néanmoins avec emphase, modulant sa voix et soulignant à bon escient son récit de gestes censés produire de l'effet.

— La puissante forêt et la source scellèrent son destin. Il rencontra bientôt un rustre qui lui indiqua le chemin de la fontaine de Barenton. Yvain mouilla la dalle de pierre avec l'eau de la fontaine, car il avait eu connaissance de ses pouvoirs. Une terrible tempête se déchaîna. Après son passage apparut le Chevalier noir. Gardien de la fontaine, il provoqua Yvain en duel. Celui-ci tua le Chevalier noir mais il fut grièvement blessé. A bout de forces, il réussit à atteindre un château où la maîtresse des lieux, Laudine, dame de la fontaine et épouse du Chevalier noir, le soigna jusqu'à sa guérison. Ils tombèrent amoureux et se marièrent. Pourtant, peu après leur union, la soif d'aventures tenailla de nouveau Yvain, des aventures qui n'avaient pour objet que de rehausser encore son prestige. Il décida de participer à un tournoi exceptionnel. En contrepartie, Laudine exigea son retour au bout d'un an très exactement. (Inwynn se tut un instant pour donner plus de poids à ses paroles.) Et arriva ce qui devait arriver : Yvain manqua le rendez-vous et Laudine le bannit. Il devint l'homme sauvage de la forêt, dans laquelle il erra, malheureux, des mois durant. Décidé à reconquérir son épouse, il remporta les épreuves les plus difficiles : il combattit des géants, des dragons, participa à de dangereux tournois, souffrit de la faim, de la solitude, et connut la misère. Puis survint la pire des épreuves : la folie. En effet, Yvain perdit la raison.

Apparemment, la folie était un sujet récurrent lorsqu'il était question de cette forêt. Dupin se leva et tourna autour du mort.

— Pendant son errance, Yvain se porta au secours d'un lion magique qui combattait un dragon. Le lion s'attacha à son sauveur et Yvain devint le chevalier au Lion. Grâce au félin, Yvain s'amenda ; il apprit à se battre non pour sa propre gloire, mais pour autrui. Ainsi, et aidé par un onguent magique, il recouvra la raison et obtint le pardon de Laudine. Enfin, Yvain devint le gardien de la fontaine.

Le conteur s'arrêta, à bout de souffle. Dupin s'engouffra dans la brèche.

— Comment avez-vous déniché le corps ? Que faisiez-vous là ?

La victime était bien cachée, loin de tout chemin ou sentier.

— J'avais un rendez-vous pour un conte, à la source, à quinze heures. J'arrive toujours un peu en avance pour pouvoir me fondre dans la forêt en toute quiétude. Je me promène hors des chemins balisés. C'est comme ça que je l'ai découvert.

— Par hasard ?

C'était une question bizarre, Dupin en était conscient, mais elle lui avait échappé.

— Le hasard existe-t-il ? Qu'en pensez-vous ?

— Vous étiez seul ?

— Oh oui !

— Et le corps était dans cette position ?

— Je ne l'ai pas touché.

— Qu'avez-vous fait ensuite ?

— J'ai appelé la gendarmerie.

L'homme glissa une main dans la bourse de peau attachée à sa ceinture et en sortit un téléphone de la dernière génération. Dupin lui jeta un regard interloqué. Oui, bien sûr, pourquoi ne posséderait-il pas un portable ?

— La forêt a bien voulu m'accorder cet appel à l'aide.

— Réception capricieuse, traduisit Le Ber.

Rien que de très normal en Bretagne.

— A quelle heure précisément l'avez-vous trouvé ?

Dupin avait tiré la notice d'utilisation de la Citroën et le stylo de la poche arrière de son pantalon, à l'étonnement manifeste d'Inwynn.

— J'ai appelé la gendarmerie à quatorze heures trente-six.

— Avec qui aviez-vous rendez-vous ?

— Avec un petit groupe des Pyrénées qui avait réservé. Je n'accepte jamais plus de huit participants.

— Nous les avons renvoyés, expliqua le gendarme.

— Et comment fait-on pour réserver avec vous ?

— En passant par le Centre de l'Imaginaire arthurien.

— Connaissiez-vous la victime ? Le professeur Picard ?

— Non.

La réplique était claire et nette.

Pendant l'échange, Le Ber avait inspecté les alentours.

— On suppose qu'il est venu examiner les travaux préliminaires des fouilles, dit-il.

— Ces fouilles sont un sacrilège ! s'exclama Inwynn avec colère. Les traces de l'histoire sont dissimulées aux yeux des hommes d'aujourd'hui pour une bonne raison. Nous ne devons pas y toucher, au risque de provoquer des malheurs inimaginables ! Ceux qui possèdent l'œil voient tout, même le passé. Les autres n'en sont pas dignes. Ils ne sont pas faits pour l'accepter.

De sombres vibrations animaient ses phrases. Un gendarme prit la parole :

— Il y a eu une levée de boucliers contre l'entreprise. De la part des conteurs aussi.

Inwynn hocha vigoureusement la tête.

— Combien de temps encore va-t-on tourmenter la forêt ? Combien faudra-t-il de blessures, d'humiliation, d'exploitation ? Les carrières, les routes et les champs pour lesquels on a abattu ses arbres… Et maintenant ces nouvelles fouilles, et bientôt le parc Disney !

— Voilà ce que je voulais justement vous raconter, patron. Dans la voiture, juste avant… (Le Ber hésita. Bizarrement, Dupin ne pensait déjà plus à leur accident.) La bagarre pour la forêt secoue la région depuis un an, et elle a gagné en violence ces derniers mois. En cause, le projet d'un parc d'attractions, un truc énorme. Il est question d'installer à grands frais des animations sur les différents lieux arthuriens, en s'appuyant sur des techniques et des technologies dernier cri, comme l'holographie, par exemple. Ici, à la fontaine, vous pourriez alors voir une projection en 3D d'Yvain qui combat le Chevalier noir. Depuis une tribune. On parle de huit emplacements…

Le second gendarme, petit et grassouillet, intervint pour la première fois :

— Cela créerait des centaines d'emplois dans notre région désavantagée économiquement. C'est que nous n'avons pas la mer, ici.

Il avait l'air intimidé. Et triste.

— C'est un sacrilège ! répliqua le conteur. C'est pourquoi une malédiction pèse sur ce projet. La forêt s'est manifestée il y a de nombreuses années, elle a flambé ! Flambé ! Elle s'est enflammée d'elle-même, croyez-moi.

— C'est l'épouse de Cadiou qui dirige la société à l'origine du projet, dit le premier gendarme sans prêter plus d'attention aux remarques d'Inwynn.

— Blanche Cadiou ? (Voilà qui était intéressant.) Comment s'appelle cette entreprise ?

— Le Parc de l'Imagination sans limite.

Ah oui, le panneau sur la porte… Dupin ressentit le besoin impérieux d'avoir une nouvelle conversation avec madame Cadiou. Devait-il se rendre chez elle, avant d'aller voir les scientifiques ?

— Qui est pour et qui est contre le parc ?

— Tous ceux pour qui la forêt signifie quelque chose détestent cette idée ! s'échauffa Inwynn. La résistance s'organise autour d'un comité de défense.

— Les politiciens sont pour à l'unanimité, de même que l'économie locale dans son ensemble, pas seulement le secteur de la gastronomie, dit le gendarme timide avec un regard vers Inwynn.

Dupin s'adressa au conteur :

— Vous êtes membre du comité de défense ?

— Bien entendu.

Il faisait celui qui n'avait rien à cacher. Selon l'adage que l'attaque est la meilleure défense, cela pouvait être une stratégie efficace. Ou la preuve d'une forte personnalité.

— Quelle était la position de Fabien Cadiou ? demanda Le Ber au gendarme.

— Aucune idée.

— Qu'en est-il des scientifiques, des participants à la réunion ? Que pensent-ils de ce projet ? insista Dupin.

— Ça, je le sais encore moins. Ils ne sont pas d'ici, sauf un.

— Où en est le projet ?

— Dans deux semaines, le conseil municipal va voter, puis ce sera au tour de Rennes. La région doit supporter une partie des dépenses. Mais si le vote échoue, tout tombe à l'eau avant même d'avoir commencé.

La position du gendarme, comme celle de son collègue timide, était claire. Dupin s'attendait à une réplique d'Inwynn, mais celui-ci garda le silence.

— Bon, autre chose ?

Il s'était adressé à l'ensemble des présents. Comme à chaque début d'enquête, il était fébrile et aurait voulu tout traiter en même temps.

— Non, fut la réponse du premier gendarme.

— Vous avez exploré le coin ?

— Oui, rien de particulier à signaler.

— Vous avez trouvé son téléphone portable ?

— Pas encore. Mais il l'a peut-être mis dans la poche arrière de son pantalon, du côté sur lequel il est allongé.

— La scientifique devra vérifier s'il avait un ordinateur portable.

— Bien sûr.

— Et le médecin légiste ?

— La priorité de l'enquête fonctionne à merveille, dit le gendarme, impressionné. On nous envoie quelqu'un de Rennes, qui devrait arriver d'un instant à l'autre. La scientifique aussi, d'ailleurs.

Aussi loin de tout, les choses prenaient plus de temps. Dupin devait s'en accommoder. Pour l'instant, il n'avait plus rien à faire ici.

— Bien. Tenez-moi au courant. Nous sommes basés à l'hôtel La Grée des Landes à La Gacilly. Demandez Nolwenn, mon assistante. Je vous remercie de votre aide, monsieur Goazou, dit-il en se tournant vers le conteur. Si quelque chose vous vient en mémoire, merci de nous le faire savoir. (Il fit un signe de la tête aux gendarmes.) Messieurs, nous y allons.

— Encore une chose, ajouta Inwynn pour conclure. Non seulement Yvain, mais aussi Lancelot, Tristan et même Merlin ont été en proie à la folie. Réduits à l'état de créatures sauvages, seuls et nus dans la forêt, ils ont été sauvés en ressuscitant près de la fontaine.

Dupin était certain qu'il y avait d'autres moyens d'échapper à la folie. Lui-même n'attendrait certainement pas la délivrance tout nu dans les bois. Il s'y prendrait plus tôt, avant même d'y succomber.

La phrase qui suivit son départ était encore plus inquiétante :

— Mais d'abord – et c'est une certitude –, votre âme connaîtra l'égarement, la divagation.

A vrai dire, la description du conteur concordait avec le cœur du métier de Dupin, du travail d'investigation. On n'aurait pu imaginer tournure plus précise.

Le commissaire devait reconnaître que le château de Comper, défendu par de hautes murailles, correspondait à l'image qu'on pouvait se faire d'un château enchanté. Il était constitué de parties distinctes, telle une chimère, et pouvait remonter à n'importe quel âge mythique.

Un pont franchissait les douves que la végétation avait comblées au cours des siècles, laissant par-ci par-là un étang. Puis le chemin conduisait vers une splendide entrée ornée d'une arche de pierres blanches et dont le portail, autrefois sans doute plein et résistant, avait été remplacé par une construction en fer finement forgé.

Dans les pièces d'eau se réfléchissaient des portions de l'imposante muraille, haute de sept ou huit mètres. Les pierres – rougeâtres, énormes, certaines érodées et couvertes de lichen, d'autres de mousse, où l'herbe poussait dans les fissures – semblaient jointées de manière si irrégulière qu'on craignait leur chute à tout moment. Ainsi, la fortification avait l'air massive et fragile à la fois.

Juste derrière l'entrée se trouvait une guérite en bois clair. La caisse.

— Bonjour ! C'est moi que vous cherchez ?

La question sonnait pratiquement comme un ordre. Une jeune femme énergique, avec des lunettes à monture noire et une natte blonde, interpellait Dupin et Le Ber, qui étaient passés devant le guichet sans s'arrêter. La question suivante fut encore plus autoritaire :

— Deux adultes ?

Le Ber réagit en premier, en bégayant :

— Nous… nous sommes ici à titre professionnel. Police nationale. Nous sommes attendus.

La jeune femme le détailla consciencieusement et la conclusion de son étude fut à leur avantage.

— Bien. Le directeur adjoint et les scientifiques se sont rassemblés dans la grande salle. Le mieux, c'est de passer par la librairie. L'entrée est sur le côté, vers le lac, dit-elle en pointant le doigt.

— Merci beaucoup, c'est très aimable, remercia Le Ber avec onctuosité.

La cour intérieure du château devait avoir fait l'objet d'une réfection récente, et ce avec beaucoup de faste, comme en témoignaient les grandes étendues de gravillons rouges et les pelouses bien entretenues. Le château lui-même était un bâtiment long et rectangulaire, très beau dans son austérité architecturale, avec une haute toiture pointue d'ardoise gris foncé et d'élégants oriels allongés. Les mêmes pierres rougeâtres étaient ici parfaitement assemblées, et on distinguait des joints récents plus clairs. Une porte, peinte dans des tons rouille du meilleur goût, s'harmonisait avec la couleur dominante.

En face du château, plusieurs petites maisons avaient autrefois hébergé les domestiques : servantes, ouvriers agricoles, cuisinières, responsable des écuries. Elles se situaient derrière la caisse. L'ensemble formait un monde à part, parfaitement agencé. Une des maisonnettes abritait un café.

Dupin et Le Ber longèrent le château à grands pas. En tournant le coin, une vue époustouflante s'offrit à eux.

— Le lac de Viviane, chuchota Le Ber d'une voix tremblante.

Ce fut seulement à cet endroit qu'ils découvrirent que les hautes murailles ne protégeaient le château que sur la façade et sur les côtés ; à l'arrière, ce rôle incombait au lac de dimensions impressionnantes qui commençait derrière la bâtisse et s'avançait loin dans la forêt. Sa surface était lisse comme un miroir et reflétait l'azur avec une intensité presque surnaturelle – comme s'il y avait deux ciels, avec un peu de terre entre eux. Les arbres y apparaissaient comme sur des miroirs déformants ; bizarrement, l'eau ne frémissait qu'à quelques endroits bien délimités du lac, alors qu'on ne sentait aucun souffle de vent.

— Ce lac est très profond, patron, et l'on y trouve de nombreuses crevasses et cavernes. Il est impossible d'en explorer le fond.

Dupin s'arrêta instinctivement, et Le Ber en profita pour montrer ses talents de conteur :

— En fait, ce n'est pas un lac, juste une illusion. Par amour éternel pour Viviane, Merlin a bâti ici un palais en pur cristal, entouré de jardins paradisiaques, si somptueux qu'il a voulu le protéger du regard des hommes. Il a jeté un sort qui ne dévoile aux humains qu'un lac. Elle est la célèbre Dame du Lac, vêtue de blanc, éblouissante…

— J'ai besoin d'un café, Le Ber, coupa Dupin.

Cela les ralentirait à peine et lui ferait le plus grand bien. De toute façon, il devait appeler Claire, même si ce ne serait pas facile.

— Bien sûr, patron. Il y a un café là-bas.

Les deux hommes travaillaient ensemble depuis sept ans et Le Ber ne s'étonnait plus de rien venant de son chef. Dupin hocha la tête et s'apprêta à traverser de nouveau la cour.

— J'ai pensé à quelque chose, patron.

— Oui ?

— Je me demande comment le tueur pouvait savoir que Picard se trouvait dans la forêt. Soit il l'accompagnait, soit ils se sont appelés. Ou alors tout le monde était au courant que Picard allait se rendre aujourd'hui sur le lieu des fouilles.

— Ou le tueur l'a suivi, compléta Dupin.

— Ou Inwynn est coupable. C'est lui qui avait la meilleure occasion. Il aurait pu se débarrasser du couteau et appeler les autorités.

Théoriquement, c'était possible.

— Il nous faut absolument le relevé des appels du portable de Picard.

— Ça risque de prendre un peu de temps, patron. Pour le moment, on ne sait même pas s'il en avait un.

— Je reviens, dit Dupin en s'éloignant.

— En attendant, je vais passer un coup de fil à Nolwenn.

Bonne idée. Dupin se dirigea vers le café.

Au cours du trajet, Le Ber l'avait familiarisé avec le Centre de l'Imaginaire arthurien. Le lieutenant était venu au mois de mai avec son jeune fils pour un spectacle de chevalerie : de la musique, des tournois et des combats à l'épée. Il avait aussi fait profiter l'équipe des nombreuses photos qu'il avait prises. C'était un père dévoué, ce que Dupin admirait ; d'ailleurs, quelques semaines auparavant, on avait appris que la famille Le Ber allait s'agrandir d'un autre garçon.

Le Centre, créé en 1988, était à la fois un pôle culturel, un musée et un institut de recherche. Il se consacrait en priorité à la geste du roi Arthur et de la Table ronde, et par conséquent à la forêt de Brocéliande en tant que contrée arthurienne majeure. En deuxième lieu, il s'intéressait aux mythes et légendes régionaux, ceux qui avaient tant enflammé le conteur dans la forêt. Le Centre organisait des visites guidées, des expositions, des spectacles, des lectures publiques, des séminaires, ainsi que des manifestations médiévales et des conférences scientifiques. Les travaux de recherches étaient menés en étroite collaboration avec l'université de Rennes.

— Deux cafés, s'il vous plaît.

Seules deux tables étaient occupées, et Dupin n'avait croisé aucun visiteur sur le site. Par une si belle journée, les vacanciers paressaient sur les plages et, pour les habitants, c'était un jour de travail comme les autres. De plus, Dupin avait vu à l'entrée que le château fermait ses portes à dix-huit heures ; les consommateurs présents avaient donc terminé leur visite.

L'endroit était douillet, avec de vieilles chaises en bois et des tables carrées. Les murs de pierre diffusaient une agréable fraîcheur. L'homme derrière le comptoir – dans la vingtaine, sûrement un job d'été – hocha la tête d'un air ennuyé et s'affaira sur le percolateur. Dupin s'assit près de la fenêtre d'où il pouvait observer Le Ber qui faisait les cent pas en téléphonant. Encore maintenant, toute cette affaire semblait saugrenue, et le commissaire espérait que le café ferait disparaître cette curieuse sensation.

— Voilà, fit le jeune serveur en posant sur la table des tasses en porcelaine qui avaient connu des jours meilleurs.

A petites gorgées, Dupin but le premier café, trop chaud mais excellent, suivi immédiatement du second. Puis, avec un « Bon ! » censé lui donner du courage, il sortit son téléphone. Il ignorait comment il allait s'y prendre, mais il devait le faire.

— Claire, c'est moi, dit-il en baissant la voix.

— Georges ! Je sors à l'instant de la clinique, pour mieux me jeter sur les prochains cartons ! Et toi, tu es en congé, petit veinard. Comment vas-tu ?

Jusqu'ici, aucun reproche dans la voix de Claire.

— Très bien.

La formule était mal choisie, compte tenu de ce qu'il allait devoir annoncer.

— Et votre excursion en équipe ? Vous avez rencontré Merlin ?

— Nous avons connu quelques… euh… incidents, Claire. Il y a eu deux meurtres, je te passe les détails mais c'est devenu mon affaire. Une histoire compliquée.

Le silence à l'autre bout se prolongeait et Dupin se prépara pour la suite. Claire voudrait sûrement en apprendre davantage, sachant pertinemment qu'elle n'obtiendrait pas grand-chose de Dupin.

— Je suppose qu'on ne peut rien y faire. Il te faut combien de temps ? Sois de retour demain soir, poursuivit-elle sans attendre sa réponse. Demain soir, tu m'entends ? Jusque-là, ça m'est égal.

Dupin entendit le claquement d'une portière : Claire était montée en voiture.

— Je fais au plus vite, dit-il.

Il la comprenait : il s'agissait du début de leur vie commune. Déjà l'excursion était tombée au mauvais moment, même si Claire ne s'était pas plainte. Il perçut un bruit de moteur.

— Pas besoin de me faire signe. Tu me raconteras tout demain soir.

Elle raccrocha. Elle n'avait pas semblé fâchée – mais ça ne voulait pas dire grand-chose. Bon, ça ne s'était pas trop mal passé, abstraction faite de l'ultimatum fixé pour son retour. Dupin pensa à celui posé par Laudine à Yvain et à ses conséquences déplaisantes.

Il soupira en cherchant Le Ber du regard. Il était temps de parler aux chercheurs. Deux de leurs confrères avaient été assassinés. Peut-être même un troisième, plus tôt, en mai.

La dame qui tenait la librairie aussi accueillante que poussiéreuse leur indiqua le chemin tout en leur adressant un sourire complice ; ils passèrent une porte étroite, suivirent un couloir aux murs couverts de panneaux informatifs jusqu'à un escalier exigu. Le Ber avait soigneusement noté les premières informations concernant l'équipe de scientifiques livrées par Nolwenn, sur quatre pages de la notice d'utilisation de la Citroën. Entre-temps, les journalistes s'attroupaient aussi bien chez Cadiou qu'à la fontaine. *Ouest France*, *Le Télégramme*, des envoyés spéciaux de Rennes, ainsi que trois journalistes de radio et – c'était à craindre – TVR, la chaîne de télévision locale. Le cirque médiatique ne faisait que commencer. Le Ber s'était entretenu avec Aballain : le bureau de Cadiou n'avait rien révélé d'inhabituel.

Dans le colimaçon étroit aux marches grinçantes qu'ils gravirent pour aboutir au troisième étage, Dupin éprouva le même léger vertige que lors de son ascension du phare de l'île de Sein. C'était sûrement là l'escalier de service. Les châtelains ne se seraient pas infligé une telle épreuve.

Fermé au public, disait le panonceau qui en interdisait l'accès. Les deux hommes débouchèrent dans une antichambre obscure à l'odeur de renfermé, face à une porte de bois sombre que Dupin ouvrit sans frapper. Ils furent assaillis par un bruit terrible, entre le gémissement et le croassement, comme un animal qu'on torture.

La salle aux boiseries foncées occupait plus de la moitié de la longueur de la bâtisse. La hauteur sous plafond était telle que la lumière diffusée par les quelques lustres s'évanouissait dans l'obscurité. Le jour que laissaient passer les oriels avec parcimonie, même au cœur de l'été, et les lampes étaient impuissants à combattre la pénombre.

Ici aussi, ça sentait le renfermé, un mélange de poussière et d'encaustique qui rappelait à Dupin l'odeur de la belle demeure bourgeoise de ses grands-parents parisiens. Le parquet grinçait plus encore que l'escalier. Devant les murs lambrissés s'alignaient des armures de chevaliers, et de part et d'autre des fenêtres à encorbellement de grandes gravures anciennes montraient des scènes fantastiques où l'on remarquait des chevaliers, des forêts, des étangs et des ruisseaux, des dragons et des sangliers gigantesques. Et un chevalier avec un lion.

— Enfin ! Il est temps ! C'est ignoble de nous retenir ici aussi longtemps ! protesta d'un ton outré une voix féminine distinguée qui résonna fortement dans l'espace.

En dépit de ses dimensions imposantes, la table ronde en bois qui occupait le centre de la salle semblait un peu perdue dans cette pièce immense. Les scientifiques étaient installés tout autour sur de grands sièges aux hauts dossiers tapissés somptueusement sculptés.

— Mesdames, messieurs, je suis le commissaire Georges Dupin.

Une annonce faite avec un calme ostensible.

Dupin avait repéré la propriétaire de la voix, une femme élégante d'un certain âge, au visage légèrement flétri.

— Et voici le lieutenant Le Ber, poursuivit-il. Je mène l'enquête sur les meurtres de Fabien Cadiou et de Paul Picard. Et, pour tout vous dire, sur un éventuel troisième homicide.

Il marqua une pause et parcourut l'assemblée du regard, puis il s'empara de la notice d'utilisation de la Citroën avant de reprendre :

— Le professeur Laurent, de Paris, qui occupait une chaire au Centre d'études supérieures de civilisation médiévale de Poitiers, est décédé au mois de mai de ce qui semblait une mort naturelle. Après les récents développements, nous faisons exhumer son corps.

C'était une entrée en matière promptement menée. Dupin était content de lui.

— Pardon ? Que dites-vous ?

Un homme au teint hâlé, grand et large d'épaules, se leva et s'approcha du commissaire en lui tendant la main. Il était vêtu d'un pantalon noir en coton et d'une chemise de même couleur aux manches retroussées. Son crâne chauve était singulièrement irrégulier.

— Mon nom est Auffray Guivorch. Je suis le directeur adjoint du Centre de l'imaginaire arthurien et, puisque nous sommes sur ce sujet, archéologue et historien, prof…

— Professeur à l'université Rennes 2 au département d'histoire de l'art et archéologie, coupa Dupin, chercheur sur un projet pour la Maison des sciences de l'homme en Bretagne à Rennes. Quarante-sept ans. Vous vivez… (il jeta un rapide coup d'œil sur ses notes) sur une péniche.

Voilà un détail curieux. Nolwenn avait sans doute eu des raisons de le noter.

— Une vie très agréable. Venez donc me voir pour un entretien approfondi, vous serez le bienvenu. (Le léger sourire de Guivorch disparut et sa mine se fit sérieuse.) Est-ce vrai que Gustave Laurent a lui aussi été tué ?

— L'enquête est en cours.

Dupin détailla de nouveau les visages des personnes assemblées. Aucune ne semblait particulièrement émue par le sort de ses confrères.

— C'est affreux, tout ça. Cruel.

L'autre femme du groupe était beaucoup plus jeune, autour de la quarantaine. Ses cheveux mi-longs à la coupe savamment asymétrique et ébouriffée, roux pâle aux mèches presque blondes, contrastaient avec ses yeux d'un bleu clair lumineux. Elle portait une veste noire cintrée. Très séduisante… dotée d'un très joli nez, fier et bien dessiné. Elle avait une manière de parler particulière, en articulant avec précision.

— Professeure Adeline Noiret, je suppose.

Nolwenn ayant noté « 71 ans » face au nom de Sibylle Bothorel, Dupin avait conclu que c'était elle la femme âgée qui se plaignait avec tant d'insistance.

— Vous êtes de Paris, reprit Dupin. Spécialiste de littérature médiévale et présidente de la Société de mythologie française. Epouse du professeur Bastien Terrier.

Dupin dirigea son regard vers l'homme mince en chemise bordeaux, aux boucles grises clairsemées et aux lunettes rondes assis à côté d'elle. Jamais encore il n'avait eu affaire à tant de professeurs et de docteurs à la fois.

— Professeur renommé d'archéologie médiévale à Lyon, soixante ans.

Bastien Terrier eut un sourire à la fois satisfait et narquois.

— Exact. Domicilié à Paris, crut-il important de compléter.

— Et vous, madame Bothorel, poursuivit Dupin en se tournant vers la femme âgée, vous occupez une chaire de littérature à la Sorbonne.

Sibylle Bothorel cligna des yeux mais garda le silence. Puis Dupin s'intéressa au plus jeune membre de l'assemblée.

— Et enfin Marc Denvel. Egalement de Paris. Docteur à vingt-deux ans. Un petit prodige, professeur invité à Oxford depuis presque deux ans, auparavant à Yale. Historien du Moyen Age.

Le jeune homme séduisant, aux épais cheveux blond foncé partagés par une raie de côté, hocha vigoureusement la tête. Il avait des lèvres pleines et des yeux verts aux cils très longs, et sa stature athlétique contrastait avec l'idée que l'on se fait des intellectuels. Il portait un pantalon de toile bleu marine et un polo moulant bleu ciel.

Le directeur adjoint Guivorch s'assit. Deux fauteuils le séparaient de la rousse Adeline – et devant ces places vides se dressaient des piles de papiers. Des documents concernant la réunion, supposa Dupin. Chaque place disposait d'une petite lampe de bureau au faible halo ; sauf celle devant laquelle se tenait le commissaire.

— Bien, dit Dupin, que pouvez-vous nous dire au sujet de vos confrères, ou sur ce qui pourrait avoir un rapport avec les homicides ? Tout peut avoir son importance.

Silence.

Dupin marqua une pause avant d'insister :

— L'un ou l'une d'entre vous a-t-il une idée de ce qui a pu provoquer leur assassinat ?

Devant l'absence de réponse, Dupin s'assit, montrant ainsi qu'il avait tout son temps. Il regarda Le Ber pour l'inviter à faire de même et crut voir un certain malaise sur les traits de son lieutenant. Quelque chose semblait le préoccuper. En passant derrière Dupin pour gagner un siège, Le Ber se pencha à son oreille et murmura :

— Le siège périlleux…

Encore une référence arthurienne… Personne n'avait entendu l'aparté et les regards curieux de l'assistance convergèrent vers les deux policiers.

— Je vous écoute, dit Dupin. Vous pouvez me raconter ce qui s'est passé ici ?

Le silence se fit plus embarrassé encore. Dupin chercha à lire sur les visages une quelconque émotion, mais tous paraissaient étonnamment indifférents, sans qu'il pût déceler si ce détachement était réel ou factice. Il posa la notice d'utilisation de la voiture sur la table ; Noiret et Guivorch y jetèrent un regard irrité. Le directeur adjoint fut le premier à rompre le mutisme général.

— Nous nous sommes bien sûr posé la question, ensemble et à titre individuel. Malheureusement, rien ne nous est venu à l'esprit.

— Vous vous trouvez en présence des chercheurs les plus renommés dans leur domaine. La science est la seule chose qui nous intéresse, ajouta Sibylle Bothorel avec arrogance.

— Quel est l'objet de votre réunion ?

La question de Le Ber était une bonne amorce.

— De débattre d'un certain nombre de sujets importants, relatifs aux résultats des récentes fouilles.

La réponse était venue de Bastien Terrier – celui avec les lunettes rondes et les boucles grises.

— Des absurdités, si vous voulez mon avis, intervint Sibylle Bothorel d'un ton coléreux.

— Vous n'êtes pas obligée d'assister aux débats si ça vous déplaît. Personne ne vous y contraint, votre présence est facultative.

La précision, glaciale bien que prononcée avec courtoisie, venait d'Adeline Noiret. Sa consœur se contenta de lui lancer un regard méprisant.

Cette réunion n'avait en réalité rien d'amical, en déduisit Dupin.

— Pour faire simple, expliqua Guivorch, il s'agit du sujet suivant : jadis, la geste arthurienne était considérée comme véridique ; plus tard, on l'envisagea comme une production artistique, de poésie et de fiction romanesque ; mais aujourd'hui, on se rend compte qu'elle contient plus de vérités historiques que ce qu'on avait supposé jusqu'ici.

— Dans le domaine de la littérature, ceci est sans importance, déclara brutalement Sibylle Bothorel.

Guivorch resta impassible et poursuivit :

— Ainsi, une nouvelle phase de fouilles liées à la légende arthurienne a été entreprise. Comme à Cadbury, en Angleterre, ou ici dans la forêt. Cela intéresse plusieurs domaines fondamentaux pour nous : l'archéologie, l'histoire médiévale, ainsi que les lettres et la linguistique. Quoi qu'il en soit, pour revenir à votre question : Bastien Terrier, Paul Picard et moi-même voulions présenter aujourd'hui un rapport plus précis sur les fouilles. Fabien Cadiou aussi, chacun dans son domaine. Nous avions prévu d'en débattre demain et après-demain.

— Les textes sont tout ce qui compte, affirma Sibylle Bothorel. L'archéologie se prend beaucoup trop au sérieux !

Dupin comprit qu'ici, comme partout, les différents experts étaient en concurrence, chacun convaincu que son domaine était prépondérant. Ce qui rendait la situation présente d'autant plus intéressante.

Le jeune professeur gardait le silence.

— Et vous, monsieur Denvel, l'apostropha Dupin, voyez-vous une possible raison au meurtre de vos confrères ?

Le jeune homme aux traits aristocratiques pencha la tête de côté, un mouvement réfléchi et mesuré, sans affectation. Il avait vraiment beaucoup de charme.

— Moi non plus, je n'en vois aucune. Non, les mobiles m'échappent, répondit-il avec un hochement de tête catégorique, sans montrer cependant la moindre arrogance.

On le sentait avant tout consterné, si ce n'est que Dupin crut déceler une légère ironie dans son ton.

— De quelles trouvailles archéologiques parlons-nous ? Et qui les a faites ? s'enquit Le Ber.

— Il s'agit surtout de Cadbury Castle. Depuis toujours, cette colline intéresse… commença Guivorch.

— Vous parlez du site des fouilles auxquelles monsieur Laurent a participé au mois de mai ? l'interrompit Dupin. Là où monsieur Cadiou a aussi séjourné pendant quelques jours ?

Monsieur Boucles Grises jouait avec ses lunettes, manifestement nerveux.

— Mon université joue aussi un rôle déterminant dans ce projet, dit-il.

Guivorch eut un sourire magnanime.

— Ainsi que quelques autres, précisa-t-il. Une équipe de Londres a commencé de nouvelles fouilles il y a trois ans, elle…

— Nous avions demandé l'autorisation un an avant, intervint Terrier, manifestement remonté. Mais on a donné la préférence aux Britanniques, et nous n'avons pu entamer les nôtres que plus tard. Et je voudrais ajouter un mot au sujet de Gustave Laurent, commissaire. Il était médiéviste, pas archéologue ! Je ne dis cela que pour rectifier une éventuelle erreur dans l'enquête. Il occupait un poste au Centre d'études supérieures de civilisation médiévale à Poitiers tout en résidant à Paris. Nous savons tous que le projet de Cadbury était la seule entreprise archéologique à laquelle participait Laurent, mais de fait en amateur.

— Au début des fouilles, à la fin des années 1960, on a mis au jour d'importantes fortifications qui datent de la moitié du premier millénaire, reprit Guivorch. Il a été établi qu'il s'agissait de la résidence d'une personnalité importante, mais dont l'Histoire n'aurait pas gardé trace.

— C'est ridicule, ça se terminera exactement comme les prétendues découvertes de Camelot au XIIe siècle. (La dose de sarcasme que Sibylle Bothorel instillait dans ses paroles était importante.) On avait identifié l'amphithéâtre romain, dont il ne subsiste que des vestiges, comme le château d'Arthur. Une interprétation erronée s'il en est ! Des dimensions formidables, une forme ronde, une architecture brillante – mais malheureusement, quasi totalement ruinée en l'an 400. Eh oui !

Ignorant ce commentaire acide, Terrier prit le relais.

— Ce dont il s'agirait ici est une véritable bombe. A la fin de l'année dernière, bien avant l'arrivée du groupe de Laurent, c'est nous qui avons trouvé une dalle de pierre avec l'inscription PATER COLIAVI FICIT ARTOGNOU. (Il inspira profondément.) Ce qui signifie : « Artognou, père d'un descendant de Coli, a fait bâtir ceci. »

Dupin se demanda où menait cette histoire.

— Vous attachez beaucoup trop d'importance à cette ardoise, cracha Sibylle Bothorel.

— Voici la théorie historiquement la plus plausible, dit Guivorch en dressant l'index. Arthur était ce qu'on appelle un roi mineur qui a occupé, après l'effondrement de l'Empire romain et le retrait des dernières troupes autour de l'an 410, une ou plusieurs des agglomérations coloniales romaines qui ont continué de prospérer au sud et à l'ouest de l'Angleterre jusqu'au milieu du VIe siècle. Il a organisé et mené la lutte contre l'invasion des hordes barbares des Angles et des Saxons. Il les a affrontées pendant des décennies, accompagné d'une communauté de chevaliers qui vivaient selon des préceptes très stricts : justice, égalité, charité, clémence, humanité.

Le jeune historien vedette prit la parole.

— Dans l'*Historia Brittonum* sont décrites douze batailles d'Arthur, le défenseur des Bretons insulaires. Il y porte le nom de « chef de guerre ». Le *chef de guerre* !

Dupin crut apercevoir un sourire bizarre se dessiner sur le visage de Denvel.

— Quel genre de pièces a-t-on trouvé lors des fouilles ? Des objets de valeur ? demanda-t-il.

Il en avait déjà assez de ces fouilles, mais il lui semblait raisonnable de poursuivre sur le sujet qui occupait tant le groupe de chercheurs. De plus, depuis sept ans qu'il vivait en Bretagne, la question d'un éventuel « trésor légendaire » agitait régulièrement les esprits.

Terrier faillit en perdre ses lunettes d'exaspération.

— Pour qui nous prenez-vous ? Nous ne sommes pas des béotiens, de vulgaires chasseurs de trésors !

— Quelques bols, assiettes et gobelets en or et en bronze, en fait très peu d'objets, précisa Gụivorch. Mais ils témoignent de la présence dans ce château d'un seigneur hors du commun.

— Et où se trouvent-ils maintenant ?

— Tous ont été répertoriés en bonne et due forme et sont désormais abrités au sein du département de conservation et de recherche scientifique du British Museum.

— Quelqu'un aurait-il pu en soustraire certains ? Simplement les emporter ? lança Dupin en jetant un regard tranquille à la ronde.

— Mais enfin, il existe une éthique ! s'emporta Terrier avant d'ajouter d'un ton plus calme : Et un contrôleur de l'Etat, assermenté, est présent en permanence.

C'était sûrement le cas, mais Dupin savait une chose : la cupidité rend les gens ingénieux et leur fait faire beaucoup de choses. Certains – nombreux – se montrent même prêts à tout.

Le jeune chercheur arthurien était occupé à pianoter sur son smartphone. Un « Numéro inconnu » s'afficha sur l'écran du téléphone de Dupin qui ignora la sonnerie et laissa l'appareil sur la table.

— Qui d'entre vous était impliqué directement dans les fouilles à Cadbury ? demanda-t-il.

— En dehors de moi, seulement Gustave Laurent, répondit Terrier. Mais son équipe n'a rien trouvé d'autre, du moins rien de remarquable.

— Vous êtes tous de cet avis ? (Personne ne réagit.) Et monsieur Cadiou, pourquoi y est-il allé ?

— Il lui arrivait de conseiller Gustave Laurent en tant que linguiste.

— Pourriez-vous être plus précis ?

— Non, je ne saurais vous en dire davantage.

Dupin prit quelques notes. Ce monde arthurien était plutôt déconcertant.

— Avez-vous des informations intéressantes à me délivrer au sujet du projet de Paul Picard ?

— Non, c'est prématuré. Nous n'en sommes qu'au stade préliminaire, dit Guivorch.

— Monsieur Guivorch, dans cette assemblée vous êtes le seul à être originaire de Bretagne. D'où exactement êtes-vous ?

— Je suis breton pur beurre et le seul à siéger au conseil d'administration de la Société internationale arthurienne. Je suis de Saint-Péran, un tout petit village dans la forêt. C'est d'ailleurs la forêt qui est à l'origine de ma vocation.

— Je comprends. Y a-t-il d'autres chantiers en cours en ce moment ? Ici, dans la forêt, j'entends.

— Dans mon domaine de compétence, des recherches sont menées depuis janvier de cette année dans le Val sans retour, près de la Maison de Viviane. C'est un site mégalithique.

Celui-ci se trouvait bien sûr sur la liste des visites qu'avait prévues l'équipe de Dupin.

Terrier prit la parole :

— Depuis deux ans, je dirige des fouilles au bord du Tombeau de Merlin, à l'origine une allée de pierres du néolithique de douze mètres de long. Nous nous intéressons à la date à laquelle…

Dupin l'interrompit afin d'échapper aux détails et résuma :

— Donc, il y a trois chantiers archéologiques en cours. Celui de Picard ne faisait que commencer et rien de particulier ne s'est produit sur les deux autres.

Personne ne le contredit.

— Le Centre et Fabien Cadiou devaient-ils donner une autorisation pour qu'on puisse ouvrir ces chantiers ? intervint Le Ber.

— En général, quand il y a une demande, le Centre réalise une évaluation scientifique et rend son avis, mais pas plus, expliqua Guivorch. Fabien Cadiou occupait le poste lors de la demande de Picard, mais pas pour les précédentes.

— Depuis quand précisément Cadiou était-il à la tête du Centre ?

— Depuis le 1er novembre de l'année dernière.

— A ce moment-là, votre projet avait déjà reçu l'autorisation, précisa Le Ber qui avait écouté avec attention les explications de Guivorch.

— C'est exact.

— Avez-vous participé à d'autres chantiers internationaux de fouilles cette année ou l'année dernière ? demanda Le Ber à la ronde.

— Jusqu'à l'été, Picard a participé à un projet modeste à Glastonbury, dit Guivorch.

Sibylle Bothorel ne se retint plus :

— Totalement puéril, si vous voulez mon avis. C'est le pompon : des petits garçons en quête du Graal. Et ça s'appelle des scientifiques ! Laissez-moi rire !

— Il s'agissait de dater une fontaine primitive, continua Guivorch sans se démonter.

Dupin songea que l'eau et les sources semblaient occuper une place importante dans le monde arthurien. Le Ber s'éclaircit la gorge avant de se lancer :

— Selon une légende fondée sur l'Evangile selon Matthieu, la coupe de la Cène est arrivée en Angleterre. Joseph d'Arimathie, qui y recueillit le sang du Christ, l'y apporta lui-même. Il fonda un monastère et cacha la coupe sous une source, le Chalice Well. De nos jours encore, on attribue la couleur rouge de l'eau au sang du Christ.

— Et les recherches de Picard concernaient donc le… Graal ? demanda Dupin, hésitant.

Il n'aurait jamais imaginé avoir à prononcer un jour ce type de phrase au cours d'une enquête. Même dans un contexte breton, c'était extravagant.

— Ridicule, lâcha Sibylle Bothorel.

La réponse de Guivorch se fit attendre.

— Comme je l'ai dit, il s'agissait de trouver des objets qui devaient permettre la datation de la fontaine.

— En a-t-on trouvé ?

— Non.

Dupin s'adressa de nouveau au benjamin de l'assemblée.

— Monsieur Denvel, auriez-vous quelque chose à ajouter ?

— Désolé, rien qui pourrait vous être utile.

Adeline Noiret, la scientifique rousse, intervint.

— Dans les différentes œuvres de fiction (elle mit l'accent sur ce dernier mot), le Graal revêt des formes diverses. Cela peut être un gobelet, une coupe d'une matière ou d'une autre, voire une pierre, très souvent une pierre verte. Parfois c'est une météorite. Ou un récipient à onguent. Ou un chaudron en or.

Le Ber acquiesça d'un hochement de tête énergique.

— Et, comme s'il ne suffisait pas d'imaginer le Graal sous des aspects différents, il y a en plus de nombreuses variantes. Des dizaines de coupes dans des dizaines de châteaux, avec des dizaines d'histoires plus fantastiques les unes que les autres. Et il s'agit bien sûr à chaque fois du Graal authentique. Vous seriez surpris du nombre d'églises dans lesquelles il se trouve, patron, que ce soit en Angleterre, en Espagne, en Israël ou en France. Chacun le revendique. Dernièrement, on a pu lire dans les journaux qu'il avait été découvert dans un grenier.

— Stricto sensu, dit Adeline Noiret avec sérieux, ce n'est qu'un objet. De ce fait, il enflamme l'imagination. Ce qui brouille les cartes, c'est que certains scientifiques prétendent connaître des parties du texte d'origine leur permettant d'être affirmatifs. Une « source » sur laquelle se fondent prétendument tous les rapports sur Arthur et le Graal, et qui a été malheureusement perdue.

— Ce n'est pas facile de chercher et de trouver quelque chose dont on ignore la nature, fit remarquer Le Ber avec philosophie.

— Et l'église du Graal ? En quoi est-elle associée à la forêt ? Quelle est sa signification ? demanda Dupin.

Il avait garé la voiture devant à leur arrivée. Voici à peine quelques heures, il se croyait encore en excursion avec son équipe, avec pour commencer un rendez-vous contrariant mais en principe vite expédié.

— Elle n'en a pas, répondit Guivorch. C'est le grand œuvre d'un prêtre infatigable qui a entrepris pendant la guerre de la concevoir à partir d'une église désaffectée et d'y exposer l'histoire du Saint Graal via des peintures murales et des vitraux. Il y a consacré une bonne dizaine d'années.

— Mais, si j'ai bien compris, l'église n'a historiquement rien à voir avec le Graal.

— On dit que le prêtre savait quelque chose à propos du Graal, du lieu où il serait caché et du rôle essentiel que jouerait la forêt. On raconte aussi qu'il ne serait pas arrivé ici par hasard, mais qu'il serait le descendant d'une lignée de chevaliers du Graal, expliqua Guivorch en souriant. Non, en dehors des légendes locales, il n'y a pas de lien.

Les paroles se dissipaient dans l'immensité de la salle. Personne ne semblait vouloir ajouter quelque chose.

— « La porte est en dedans », peut-on lire au-dessus de la porte de l'église, dit Le Ber. Et on trouve une autre phrase : « Dites-vous bien que ce que vous voyez n'existe pas mais que ce que vous ne voyez pas existe bien. »

Dupin se passa la main sur le front et soupira bruyamment. L'effet du café était-il déjà en train de s'estomper ? Tout cela ne menait à rien.

Subitement, un épouvantable bruit strident emplit la pièce. Il fallut un moment à Dupin pour en déterminer l'origine : une imposante porte en bois s'ouvrait lentement avec des plaintes assourdissantes, on aurait cru la caisse de résonance d'un instrument infernal.

Un visage surgit d'un couloir sombre. Dupin reconnut le jeune homme du café et, sur ses talons, la fille de la caisse.

— C'est l'heure de l'apéritif !

Les deux jeunes gens portaient un grand panier et ils s'approchèrent d'une table voisine de la porte sur laquelle étaient disposées des bouteilles de vin rouge. Guivorch renseigna les policiers.

— En général, nos réunions durent jusque dans la soirée. Mais nous ne dînons pas ensemble.

Une précision des plus étranges qui ne fit rien pour dissiper la macabre étrangeté qui régnait.

— Pâté de campagne, terrine forestière et rillettes de cerf et sanglier, lança la jeune femme avec bonne humeur. Tout provient des Charcuteries de Brocéliande, une coopérative. Pour les rillettes, on n'utilise que des bêtes de la région, les champignons et les herbes de la terrine ont été cueillis dans la forêt.

Dupin aimait le temps dédié à l'apéritif, et il appréciait la fierté des Bretons pour leurs produits régionaux, mais ce n'était pas le moment.

— Merci beaucoup, mademoiselle, mais nous sommes au milieu d'une importante conversation.

— Nous allons seulement poser tout ça, ainsi que des assiettes et des couverts. Vous n'aurez qu'à vous servir, dit la fille, impassible.

La table se couvrit peu à peu de victuailles. Il était étonnant de constater tout ce que pouvait contenir ce simple panier. Les jeunes gens ne cessaient d'y plonger la main. Enfin la jeune fille annonça :

— Voilà, c'est tout.

Personne ne fit mine de se servir, et Dupin reprit le fil de l'interrogatoire.

— Qui peut me fournir des informations sur les fouilles de Picard ?

Guivorch comprit que la question lui était adressée :

— On suppose qu'une chapelle existait à cet endroit, il y est fait référence dans des textes et des romans, et elle…

— J'en ai entendu parler, interrompit Dupin pour ne pas perdre de temps. Autre chose ?

— Au printemps, Picard et son équipe ont sondé les alentours de la source avec un géoradar et un logiciel dernier cri. A un endroit où apparaissent depuis toujours quelques pierres ouvragées, ils ont fait une découverte. Picard a pu prouver que le sol recelait beaucoup d'objets. Même si les données ne sont pas toujours simples à interpréter, il pourrait tout à fait s'agir du dessin des contours d'une très ancienne chapelle. Ce qui serait un événement.

— Et il s'agirait de la chapelle ? Rien d'autre ?

Dupin savait que sa question pouvait apparaître comme curieuse, d'ailleurs même le jeune Denvel leva les yeux de son smartphone. Tous les regards convergèrent vers le commissaire, mais personne n'ouvrit la bouche, Sibylle Bothorel se contentant d'un geste d'impatience. Dupin attendit un moment – en vain.

Il avait d'autres sujets importants à aborder. Il n'avait pas de temps à perdre, tout cela avait déjà assez duré. Il feuilleta son carnet de fortune.

— Et le parc d'attractions ? Le Parc de l'Imagination sans limite ? Fabien Cadiou était-il concerné ?

— Non, répondit Guivorch d'une voix ferme, c'était l'affaire de sa femme. Fabien Cadiou n'en a parlé ni au Centre ni dans notre cercle scientifique.

— Et Paul Picard ? Etait-il impliqué ?

— Je ne pense pas, non.

— L'un d'entre vous sait-il quelque chose sur ce projet qui pourrait nous aider ?

Malgré le mouvement de tête négatif général, Dupin n'abandonna pas.

— L'un d'entre vous y collabore ?

Pendant un moment, l'irritation fut visible sur tous les visages, puis Marc Denvel se crut obligé de répondre :

— Personnellement, je sais très peu de chose. Rien, en fait. Quelqu'un en a parlé un jour. Blanche Cadiou s'y est investie, mieux vaudrait vous entretenir avec elle.

Dupin n'avait pas besoin qu'on le lui dise.

— Madame Bothorel ?

La vieille dame s'était plongée ostensiblement dans les papiers posés devant elle.

— Pour amener quelques touristes stupides de plus à rôder dans la forêt ? Je n'ai rien à voir avec ça.

Réponse tranchante s'il en fut.

— Et vous, madame Noiret ?

— Moi non plus, dit-elle en haussant les épaules.

Bastien Terrier, quant à lui, grimaçait en affectant une intense réflexion.

— Même chose pour moi, dit-il.

Dupin porta son regard sur Guivorch, dont la réponse fut lapidaire :

— Rien.

— Quand vous êtes-vous vus entre vous pour la dernière fois ?

— En septembre de l'année dernière, le renseigna Guivorch.

— Et où ?

— A Paris.

— Vous vous réunissez régulièrement ?

— Une fois par an.

— Comment le groupe a-t-il été constitué ?

Dupin espérait un indice, puisque les trois morts appartenaient au même cercle. Cela ne pouvait pas être un hasard.

— Nous formons le conseil d'administration du bureau français de la Société internationale arthurienne, déclara Terrier sur un ton très formel. C'est un groupe d'études qui compte trois mille membres rien qu'en France et qui possède des bureaux dans quarante-sept pays. Je suis le vice-président…

Terrier s'interrompit, une pensée semblait le préoccuper.

— En fait, je suis maintenant le président de la société. Paul Picard a été élu il y a deux ans et aurait occupé le poste un an de plus. De toute façon, il n'a eu que quelques voix de plus que moi.

Il était ahurissant de voir le peu d'effort que Terrier mettait à cacher sa satisfaction. Entre-temps, suivi par tous les regards, Dupin s'était levé pour s'approcher d'une armure. Il observa la pointe de la lance piquetée de rouille. Enfant, il s'imaginait que c'était du sang qu'il voyait sur les vieux couteaux.

— Vous avez quelque chose en particulier en tête ?

La question de Guivorch brisa le silence ambiant. Dupin la laissa flotter dans l'air et se dissiper avant de se retourner et de regagner la table.

— L'hôtel où est descendu Paul Picard, vous y logez tous ?

— Oui, c'est celui dans lequel, à part moi, tous les membres descendent quand nous nous réunissons ici. C'est un hôtel très agréable.

— Le Relais de Brocéliande, à Paimpont, précisa Dupin. (Il feuilleta la notice d'utilisation de la voiture.) J'aimerais…

Il fut interrompu par la sonnerie de son téléphone.

— Commissaire ?

— Oui, Labat, qu'y a-t-il ? s'enquit Dupin à voix basse en quittant la salle.

— Plusieurs personnes ont essayé de vous joindre. Le médecin légiste qui a examiné le corps de Picard a situé l'heure du décès entre douze et treize heures.

— Entre douze et treize ?

— Oui. Il…

— S'ils sont liés, les meurtres se sont succédé en très peu de temps, coupa Dupin en réfléchissant.

— Il y a eu trois coups de couteau. La lame mesurerait neuf centimètres, selon l'estimation du légiste. La taille d'un banal canif. Une lame lisse. Pas de traces de lutte. Il nous fera signe quand il aura plus d'informations.

— Bien.

— En revanche, le légiste qui a examiné Cadiou a remarqué distinctement des signes de lutte, il…

— Où ça ? Lesquels ? demanda Dupin, surpris.

— Des hématomes aux deux bras, surtout sur le haut. De faibles dimensions.

— Des traces d'ADN ?

— Il n'a pas pu le dire encore.

— Quelque chose sur les munitions ?

— Un calibre 38, donc du neuf millimètres. Rien de particulier. Des balles Ruag.

C'était le calibre le plus courant et une marque de munitions très répandue. Rien dont on pouvait tirer des conclusions.

— Autre chose ?

— Les équipes de la scientifique ont livré des rapports provisoires. Elles ont fouillé la forêt aux alentours et n'ont rien trouvé. Pas de téléphone portable non plus, d'ailleurs. C'est probablement le tueur qui l'a emporté. Mais nous allons recevoir le relevé des communications.

— Et pour Cadiou ? Son portable et sa ligne fixe ?

— On a trouvé son portable dans la cuisine. Il est protégé par un capteur digital et un code. Là aussi, on attend le relevé. Pour ce qui est du fixe, l'historique des appels a été examiné et rien d'intéressant n'a été remarqué. Il a été peu utilisé.

— On sait maintenant si Picard avait un ordinateur avec lui ?

— Oui, un Notebook, dans la chambre d'hôtel. La scientifique l'a emporté. Là non plus, rien pour le moment. Elle essaie d'y accéder. La même chose vaut pour Cadiou, sa femme ne connaît pas son mot de passe. Rien d'inhabituel n'a été constaté ni dans le manoir, ni dans la cour. Apparemment, la porte latérale n'est jamais verrouillée.

— Je comprends. Des traces dans le gravier de la cour ou sur le chemin ?

— Pas d'autres que celles des secours et de Blanche Cadiou, et rien de particulier dans la voiture de son mari.

— Et qui veut me parler, Labat ?

— Vous parler ?

— Vous avez dit que plusieurs personnes ont essayé de me joindre, dit Dupin, exaspéré.

— Ah oui. Nolwenn. Et votre ami de Paris.

— Quelqu'un d'autre ?

— Non.

Il coinça le téléphone contre son épaule en feuilletant la notice de la Citroën.

— Bien. Je voudrais que quelqu'un s'occupe de ce conteur professionnel, Inwynn, Philippe Goazou de son vrai nom. Je veux son alibi entre neuf et treize heures.

— D'accord.

— Et j'aimerais que vous veniez au château de Comper avec quelques hommes.

Dupin s'était interrogé sur l'opportunité de la mesure et avait conclu qu'elle était fondée : les scientifiques aussi étaient pour le moment tous suspects.

— D'accord.

Dupin raccrocha et retourna dans la salle, perdu dans ses pensées. Tous les regards se braquèrent sur lui.

— Encore une chose : qui d'entre vous se trouvait en Grande-Bretagne au mois de mai ? Au moins vous, monsieur Denvel.

— Tout à fait, c'est mon chez-moi temporaire, confirma Denvel avec des airs supérieurs.

— A quelle distance d'Oxford se trouve Cadbury Castle, le lieu des fouilles ? En voiture ?

— Cent cinquante kilomètres, répondit Le Ber, toujours bien informé. Un peu moins de deux heures.

Ce qui semblait au commissaire une distance raisonnable.

— Moi aussi, je me trouvais par hasard en Angleterre en mai, en Cornouailles.

Le directeur adjoint esquissa un sourire. Mais dans une enquête pour meurtre, l'expression « par hasard » était à prendre avec des pincettes.

— Je devais donner une conférence à Exeter, poursuivit-il. Et tant que j'y étais, je me suis arrêté à Glastonbury au retour, par intérêt personnel.

Dupin prit des notes. Il se souvint que Glastonbury abritait la source rouge.

— Qu'y faisiez-vous exactement, monsieur Guivorch ? Est-ce le Graal qui vous a attiré ?

Le Ber, l'œil sur son portable, prit les devants :

— Glastonbury se trouve à trente minutes de Cadbury où était le professeur Laurent. Exeter est à une heure.

Cela parut à Dupin une bien belle accumulation de hasards !

— Et vous, madame Bothorel ?

— Vous voulez savoir si j'y étais au mois de mai ? Une pure question rhétorique.

— Tout à fait.

— Non.

— Vous étiez à Paris ?

— Oui.

Dupin remarqua le bref détournement du regard.

— Pas de déplacements ? insista-t-il.

— Pas en Grande-Bretagne. Le reste me regarde.

— Qu'en est-il de vous, madame Noiret ?

— Le dernier week-end de mai, j'étais à Londres pour deux jours avec mon mari, dit-elle avec un regard vers son époux. Il y avait une exposition à la Tate, *Impressionnists in London*, que nous ne voulions à aucun prix manquer.

C'était très impressionnant : tous sauf madame Bothorel se trouvaient en Angleterre au mois de mai, leurs séjours correspondaient à celui de Gustave Laurent. Encore des coïncidences. Cela dit, chacun ici entretenait des liens avec le pays, puisque c'était le lieu d'origine d'Arthur. Il n'était pas étonnant qu'il suscite l'intérêt des chercheurs.

— Une dernière question : qui d'entre vous savait que Paul Picard se rendait sur le lieu des fouilles avant votre réunion ?

Pas de réponse. Ce fut encore une fois le directeur adjoint qui prit la parole :

— Nous l'aurions probablement tous supposé si on nous avait posé la question. Il est arrivé hier soir, les travaux préliminaires viennent de débuter – il est concevable qu'il ait voulu s'y rendre sur-le-champ.

Il n'avait pas tort.

— Bien, dit Dupin, nous pouvons maintenant nous faire une première idée de la situation. Vous faites bien sûr tous partie des suspects. (Il s'attendait à de véhémentes protestations de la part de Sibylle Bothorel, mais elle resta de marbre.) Je vais prendre congé, mais je vous reverrai certainement bientôt. Mes deux lieutenants vont recueillir vos alibis, puis nous les vérifierons point par point.

Il n'essaya même pas de tempérer la satisfaction que lui procurait cette annonce provocante. Puis il se détourna. Il n'y avait plus rien à dire.

Le Ber, qui, connaissant bien son chef, n'avait guère été pris de court, donna ses instructions :

— Nous procéderons de la façon suivante : j'interrogerai chacun d'entre vous à tour de rôle. Je vais commencer par madame Bothorel.

Avant de sortir, Dupin s'arrêta et se retourna.

— Un dernier point, dit-il d'une voix forte. Ce projet de parc d'attractions de Blanche Cadiou… Quelle était votre impression concernant la position de son mari ?

Il s'était adressé au directeur adjoint qui, bien que surpris, répondit sans hésiter :

— Il y était favorable, tout en gardant une certaine réserve. Je pense que c'est une assez bonne synthèse. L'aspect scientifique du Centre est secondaire, son objectif premier est d'encourager l'intérêt autour du roi Arthur. De ce point de vue, il soutenait le projet, mais sans s'engager personnellement.

Il lui tenait visiblement à cœur de montrer son respect pour la position de Cadiou.

— Vous lui en avez donc parlé.

— Entre deux portes, peut-être deux ou trois fois. Très brièvement.

— L'un d'entre vous voudrait-il ajouter quelque chose ?

De nouveau, tous secouèrent la tête.

— Bien.

Dupin n'avait qu'une hâte, laisser derrière lui la pénombre de cette salle et retrouver l'air frais.

Dès que Dupin franchit la porte de la librairie, une horde de journaliste se jeta sur lui. Il y en avait bien sept ou huit, dont deux munis de caméras, qui le bombardèrent de questions auxquelles il répondit par un « Pas de commentaire » ronchon. Il fit un effort pour garder son sang-froid, sachant que, comme lui, ils ne faisaient que leur travail.

Non loin du château, il se retrouva face à deux voitures de police venant en sens inverse sur le chemin étroit et il dut piler. En passant à sa hauteur, Labat le salua du siège passager de la première voiture, avant d'ouvrir de grands yeux à la vue du flanc cabossé de la Citroën. Dupin fit un vague signe de la tête et se déporta sur le bas-côté. Il lui faudrait au moins un quart d'heure pour atteindre le manoir des Cadiou, et il avait des appels urgents à passer. La voix de son premier interlocuteur se détacha sur un bruit de ferraille.

— Ici Jean Odinot.

— Est-ce qu'elle t'en a dit davantage ? demanda abruptement Dupin, faisant référence à la veuve de Gustave Laurent.

— Le problème, c'est qu'elle n'avait rien, mais rien du tout à voir avec le travail de son mari. D'après ce que j'ai compris, leur mariage était très conventionnel, avec en toile de fond un gros héritage du père de Laurent, qui a été député pendant trente ans. Ils ont trois enfants et elle exerce une bonne dizaine d'activités bénévoles. C'est quelqu'un qui se fait sans cesse du souci et qui voit le vice partout.

— En l'occurrence, elle n'a pas vraiment tort. A-t-elle la moindre idée de ce qui a pu se passer ?

— Nous avons eu une longue conversation. Elle m'a montré le bureau de son mari, qu'elle a en grande partie laissé en l'état depuis son décès. J'ai détaché trois de mes hommes, qui vont y regarder de plus près et dresser un inventaire de ce qui peut nous intéresser. Il ne tenait pas de journal, mais il écrivait beaucoup – des articles, des comptes rendus. Lors des fouilles du mois de mai, il tenait une sorte de livre de bord, ce qui semble être l'usage, et du coup nous avons emporté son Notebook.

— J'aimerais surtout connaître son emploi du temps récent.

— D'après sa femme, il a consacré sa vie à la recherche. Il voyait épisodiquement un vieil ami d'école, ainsi que Cadiou, mais pas très souvent.

— Et lui aussi est mort, commenta Dupin, pensif.

— Madame Laurent n'a pas su me désigner d'autres proches à qui nous pourrions parler.

Ce n'était pas une bonne nouvelle.

— En fait, où se trouvait exactement Cadiou fin juillet, début août ? Pourquoi ne pas l'avoir rencontré plus tôt ?

— Il était en Corse.

— Pour quelle raison ?

— Aucune idée. Des congés, je suppose.

— Je suis en chemin pour voir Blanche Cadiou, je vais lui demander. Et les archéologues avec qui il a travaillé en mai ?

— Nous les avons tous interrogés, en les secouant un peu. (Cela fit ricaner Dupin. Il n'avait jamais demandé ce que cela impliquait quand Jean « secouait », mais généralement il obtenait de bons résultats.) Malheureusement, nous n'avons rien appris qui mérite d'être signalé, aucune raison de les soupçonner.

— Autre chose ?

— Laurent sera exhumé demain matin.

— Madame Laurent a-t-elle précisé en quoi son mari avait changé ces derniers mois ?

— Pas vraiment. « Encore plus renfermé que d'habitude », m'a-t-elle confié, et aussi qu'il s'enfermait dans son bureau. C'est très vague.

— Pour ma part, j'ai parlé avec le groupe de chercheurs.

Dupin résuma brièvement ce qu'il avait appris.

— Et quelle est ton intuition ?

Par « intuition », Jean voulait dire soupçon.

— Je n'en ai pas.

— Allez, Georges, que te dit ton *don* ?

Naguère, Jean échauffait fréquemment les oreilles de Dupin avec ce mot de « don ». L'intuition de Dupin était légendaire lorsqu'il exerçait à Paris, au grand dam du commissaire, qui ne voulait pas en entendre parler – ni d'ailleurs de sa « méthode particulière », tout aussi inexistante.

— A plus tard, Jean.

— Encore une chose : dans l'appartement de Picard, à Paris, nous n'avons rien trouvé de suspect. Pas d'ordinateur non plus.

— Il utilisait lui aussi un Notebook, nous l'avons récupéré.

— Ah, bien.

— Bon, on s'appelle. Salut !

Dupin raccrocha. Il suivait une longue tranchée qui traversait la forêt en ligne droite. Le soleil avait nettement décliné depuis son dernier passage et, de part et d'autre de la route, l'obscurité commençait à ronger les contours de la forêt. Déjà ?

Dupin composa le numéro de Nolwenn, qui ne se fit pas prier pour lui livrer le fruit de ses investigations.

— J'ai quelques informations intéressantes, commissaire. Très intéressantes, à mon avis. (Voilà qui faisait du bien à entendre.) Adeline Noiret a été mariée avec la deuxième victime, le professeur Picard. Elle…

Dupin se dressa d'un coup.

— Quoi ?

— Pour être précis : c'était son ex-mari. Ils se sont mariés quand elle avait vingt-trois ans, il y a donc vingt et un ans. Le mariage n'a duré que quelques années. Bastien Terrier l'a épousée il y a trois ans.

— Personne n'en a dit un mot. Aucun des deux, ni personne d'autre. (Dupin secoua la tête. C'était incroyable.) Ce matin, quelqu'un tue son ex-mari et elle ne laisse rien paraître, rien du tout !

— Peut-être n'avaient-ils plus de relations depuis longtemps. Malheureusement, je ne sais rien de plus. Son mari actuel étant présent, il aurait peut-être trouvé à redire à un épanchement sentimental.

— Je pense qu'il aurait pu le comprendre.

— Des scientifiques… Le côté émotionnel de l'existence n'est généralement pas leur fort. Le côté social non plus, d'ailleurs, fit remarquer Nolwenn.

— Son ex-mari est brutalement assassiné et elle fait comme si de rien n'était…

Dupin était sidéré, ce qui était rare. Il fut tenté de faire demi-tour sur-le-champ et de s'intéresser de plus près à Adeline Noiret.

— D'où tenez-vous cette information, Nolwenn ?

— J'ai discuté au téléphone avec la secrétaire du département Langue et littérature française du Moyen Age à l'université Paris VIII. Nous avons sympathisé. Elle y travaille depuis trente ans et est au courant de tout. Depuis, j'ai parlé avec les autres secrétaires, elles ont toutes été très bavardes.

Nolwenn avait ce don de créer la connivence avec de parfaits inconnus. Elle avait ses méthodes à elle, irrésistibles.

— Picard entretenait-il une relation avec quelqu'un ?

— Apparemment pas. Il était célibataire. Mais ce n'est pas tout, commissaire. (S'ensuivit une courte pause à laquelle Nolwenn avait donné un aspect dramatique.) Sibylle Bothorel est la belle-mère de Marc Denvel, le jeune prodige.

— Sa belle-mère ?

— Elle était mariée avec Victor Denvel, l'un des plus célèbres historiens français de ces dernières décennies, directeur d'un département interdisciplinaire à la Sorbonne, créé spécialement pour lui. Le jeune Denvel est l'un des deux enfants d'un second mariage.

Quelle folie que ces relations entremêlées ! Mais vu ce groupe singulier, cela n'avait rien de si étonnant.

— Ça non plus, personne n'en a parlé.

— Pourtant, c'est de notoriété publique.

— Que savez-vous des rapports entre ces deux-là ?

— Ils n'en ont guère. Il paraît qu'ils ne se voient que lors d'occasions comme celle-ci.

— Bien.

— Les membres du groupe se connaissent depuis des dizaines années, en fait. Ça fait sept ans que la composition du conseil d'administration est inchangée. Je vais résumer ce que j'ai entendu ici ou là, ce ne sera sûrement pas exhaustif : il y a eu des amitiés, des rivalités, des luttes de pouvoir, des blessures, des déceptions, des amours, des mariages, des séparations et, comme je l'ai dit, un divorce. Beaucoup d'émotions. Ce qui est en jeu, ce sont les postes, les répartitions de fonds, les financements externes mais surtout la renommée. Si vous voulez mon avis, ce n'est rien que du narcissisme masqué avec plus ou moins d'habileté. Comme vous savez, la version officielle est qu'il s'agit exclusivement de recherche, jamais de fonctions, de pouvoir ou d'argent.

Nolwenn en connaissait un rayon sur l'être humain et son comportement, notamment ses travers. Elle commentait sans aucun cynisme, et ne faisait que constater l'évidence.

— Des ressentiments particuliers ?

— Peut-être entre les deux femmes, Adeline Noiret et Sibylle Bothorel. La première a publiquement accusé la seconde de l'avoir plagiée avec une certaine interprétation d'un texte médiéval.

La somme d'informations amassées par Nolwenn en si peu de temps était impressionnante.

— C'était quand ?

— Il y a huit ans.

— Ça fait longtemps, murmura Dupin.

— Certaines blessures restent ouvertes. Et en règle générale : *Tra mà vo daou zen war ar bed, ar jalousi a reno bepred* – tant qu'il subsistera plus d'une personne sur terre, la jalousie existera.

— Quoi d'autre ?

Il lui restait trois kilomètres jusqu'à Tréhorenteuc. Il avait l'impression qu'il ne sortirait jamais de cette forêt tant elle était dense, et qu'il allait s'y perdre.

— Terrier, Laurent, Cadiou, Picard, Guivorch… Ces cinq hommes se sont disputé à maintes reprises les mêmes fonctions, ce qui a provoqué des déconvenues et des vexations. Le dernier différend a opposé Cadiou et Guivorch, tous deux en lice pour le poste de directeur du Centre, que Cadiou a fini par obtenir. On raconte que Picard le lorgnait aussi.

— Sur les cinq, trois sont morts.

Même si Dupin s'était exprimé avec flegme, c'était tragique. La compétition portait sur ce qui motivait le plus les gens : l'argent, la sécurité, mais surtout la reconnaissance.

— Même Terrier et celle qui est devenue sa femme, Adeline Noiret, ont été en compétition pour un poste de maître de conférences. C'est Noiret qui l'a obtenu.

Ce que Dupin venait d'apprendre éclairait quelque peu la situation et expliquait l'atmosphère bizarre qui régnait dans le groupe. Si seulement il avait bénéficié en amont des informations sur cet écheveau où se mêlaient des individus qui se connaissaient depuis très longtemps ! Leur statut de scientifiques n'arrangeait rien.

— D'autres points délicats ?

— Rien pour le mom…

La voix de Nolwenn s'interrompit, à la place Dupin entendit une sorte de martèlement sourd, au rythme monotone, se répercutant en écho, comme s'il venait de très loin. Il n'avait jamais rien entendu de semblable. Son assistante rappela.

— La connexion n'est pas très stable ici dans la forêt, s'excusa Dupin qui craignait de ne pas être au bout de ses peines.

— Ça pourrait être bien pire, commissaire. Parfois on n'a aucune réception. De toute façon, il n'y a rien de plus pour le moment.

— Continuez à vous renseigner sur les tensions actuelles, Nolwenn, ainsi que sur celles qui pouvaient être présentes plus tôt dans l'année. Et voyez si vous trouvez quelque chose sur ce conteur professionnel, Inwynn, c'est-à-dire Philippe Goazou.

— Vous le soupçonnez ?

— Je n'en sais rien. Vous avez sûrement entendu parler de ce parc que…

— … l'entreprise de la femme de Cadiou veut créer.

— Tout à fait. Le conseil municipal doit prendre la décision dans deux semaines.

Dupin bifurqua sur le chemin de gravier menant au manoir.

— Je suis au courant. En fait, j'ai encore quelque chose : aucune des personnes que nous avons rencontrées ne possède de permis de port d'arme. (Ç'aurait été trop beau.) Par ailleurs, une bonne dizaine de journalistes ont pris contact, et trois ont déjà fait une apparition à l'hôtel.

— Oui, je sais, grogna Dupin.

— Les rumeurs les plus insensées courent, également sur Internet. Parmi d'autres, celle du chercheur sur le point de trouver le Saint Graal, raison pour laquelle le président de la République se serait immiscé personnellement dans l'enquête. (Dupin poussa un soupir appuyé.) A propos d'insensé : il est temps de changer de voiture, l'admonesta Nolwenn sur un ton autoritaire. Pour de bon ! Vous n'y couperez pas. On va vous procurer un véhicule avec tout ce qu'il faut de technologie moderne !

Dupin espéra tomber à ce moment-là dans une zone blanche qui couperait la communication, mais par chance Nolwenn n'insista pas. Cela étant, il savait que ce n'était que partie remise.

— Encore une chose, commissaire. Le préfet a appelé et il vous envoie ses « meilleures salutations ». Je dois vous assurer de son soutien « avec tout ce qui est en son pouvoir ». Il est « avec vous » et a expressément ajouté que vous pouvez le répéter à Paris. Je cite : « Le Finistère répond présent quand on a besoin de lui. »

Plus d'une fois, Dupin avait vu le préfet se montrer d'une servilité navrante, mais là, c'était le comble. Si l'affaire n'avait pas été aussi sérieuse, il se serait délecté de ces sottises.

— Pour ce qui est de Concarneau, pas d'inquiétude à vous faire, il contrôle la situation. En particulier la crise du beurre.

Dupin arrivait près du grand laurier et il se gara en empiétant sur la pelouse.

— En prévision d'éventuelles émeutes susceptibles de compromettre la sécurité de l'Etat, il serait judicieux que le préfet en personne fasse une ronde dans la ville. On ne sait jamais. Je me sentirais plus en sécurité. Merci de le lui transmettre s'il rappelle, Nolwenn.

Il pouvait bien s'autoriser une petite plaisanterie. Son humeur s'améliora aussitôt.

— Absolument. Compte tenu de la situation, la mesure me semble indiquée, dit Nolwenn avec sérieux. Encore deux petites choses : je vous envoie une liste avec le numéro de téléphone de toutes les personnes à qui nous avons affaire ; et je fais monter un repas dans votre chambre d'hôtel, pour plus tard. Nous pouvons malheureusement dire adieu à notre dîner.

Le pique-nique dans la voiture n'était plus qu'un lointain souvenir et Dupin sentit brusquement la faim le tenailler. Par-dessus tout, il avait besoin d'une autre dose de caféine. Ces derniers jours, le déménagement – et le manque de sommeil qui allait avec – lui avait fait ingurgiter encore plus de café que d'habitude, ce qui avait dû repousser son seuil de tolérance. Claire jugeait ridicule cette théorie. Mais depuis qu'il avait lu un article sur une récente étude révolutionnaire réalisée par une équipe internationale de chercheurs, Dupin ne voyait plus de raison de se limiter. Seize années durant, les scientifiques avaient analysé les données d'un demi-million de personnes issues de dix pays européens, jusqu'à leur décès éventuel. Dupin en avait retenu l'essentiel, histoire de pouvoir rabattre le caquet de Claire et de son autoritaire médecin traitant, le Dr Garreg : chez les hommes ayant une forte consommation de café – au moins un demi-litre par jour, et il en buvait davantage –, la probabilité de mourir pendant la période d'observation était de douze pour cent moindre que chez les non-buveurs de café, et nettement inférieure que pour une population qui en buvait peu ou modérément. L'étude soulignait que le breuvage présentait une multitude d'« effets bénéfiques », par exemple un « profil hépatique significativement favorable » ou qu'il proposait une « meilleure réponse immunitaire ». Parfois, songeait Dupin, la science obtenait des résultats fabuleux.

— Merci, Nolwenn. A plus tard.

Il sortit de voiture et se dirigea vers le manoir. Beaucoup de choses s'étaient passées depuis sa première visite.

La forêt projetait d'étranges ombres sur les prés et les champs. Ce n'étaient plus celles des arbres eux-mêmes, mais une énorme masse sombre, imprécise et inquiétante. Par réflexe, Dupin leva le regard pour s'assurer de la clarté du ciel en cette soirée d'août. Il était toujours bleu, et il ferait encore clair un moment, mais à mesure que le jour avançait, la chaleur estivale se dissipait. Comme dans l'après-midi, il fut pris d'une sensation bizarre, comme un frisson.

Deux gendarmes se tenaient sur le perron ; il les salua d'un geste qu'il voulut aimable.

— Bonsoir, commissaire, dit l'un.

— Vous désirez ? demanda l'autre avec insolence, réduisant à néant la déférence du premier.

— Je viens voir madame Cadiou, grogna Dupin.

Il passa entre les deux hommes et leva la main vers la sonnette.

— Pas là, dit l'impertinent.

— Qu'est-ce que ça veut dire ?

— Elle est partie il y a une demi-heure.

— Pardon ?

— Elle est…

— Partie où ? coupa Dupin sur un ton menaçant.

— A Paimpont, à son bureau, intervint le premier gendarme.

— Tout à l'heure ? Après une telle journée ? Et vous l'avez laissée partir ?

— Pourquoi pas ?

— Parce qu'elle... (Dupin réfléchit. Il n'y avait aucune raison de l'interdire.) Parce qu'elle pourrait être en état de choc.

— Elle m'avait l'air plutôt solide.

Cette conversation l'épuisait. Dupin fit demi-tour et s'arrêta au bout de quelques pas. Ça l'ennuyait de demander, mais c'était la solution la plus simple. En grommelant, il se retourna vers les deux gendarmes.

— Où exactement se trouve le bureau de madame Cadiou ?

Les gendarmes lui avaient conseillé de garer sa voiture sur le parking au bout de la rue du Général-de-Gaulle, à côté de l'abbaye, et de poursuivre à pied. Il suivit leurs recommandations en renâclant. Une dame d'un certain âge lança sur lui un regard inquiet en avisant le flanc amoché de la Citroën quand il descendit de voiture.

L'abbaye et les bâtiments attenants, entourés de jardins et de vastes pelouses aménagés à grands frais, dépassaient en splendeur toutes les attentes de Dupin. L'effet était saisissant : on traversait un bois sauvage avant d'atteindre le bras d'un étang d'un vert étonnamment sombre et, juste au-delà, le parc agencé avec art au bout duquel se dressait l'imposante abbaye.

L'aile principale se prolongeait par une très belle chapelle cruciforme de grande dimension jouxtant un bâtiment annexe en U tout aussi admirable. L'abbaye construite en pierres rougeâtres de taille régulière, plus pâles que celles que Dupin avait vues jusqu'à présent, était coiffée d'un toit en pente aiguë d'ardoise grise. L'atmosphère du lieu, bien que très différente de celle du château de Comper, était tout aussi fantastique. On baignait ici dans des tonalités plus claires et l'ensemble affichait un meilleur état général. Le contraste entre la somptuosité du site d'une part et le caractère sauvage de la forêt au regard de la taille minuscule du village d'autre part était frappant. Si de nos jours le visiteur se montrait impressionné par les lieux, qu'est-ce que cela avait dû être, quelques siècles plus tôt, pour celui qui avait péniblement traversé la forêt ténébreuse à pied ou en carrosse ! Il devait probablement croire à une apparition, le cœur d'une civilisation supérieure, une forteresse divine, belle et protectrice, enchâssée au milieu des bois noirs et impies.

Pour commencer, Dupin dut trouver son chemin. On avait l'impression qu'il existait deux rues du Général-de-Gaulle qui couraient parallèlement, en fait une seule formant un U. Le bureau de Blanche Cadiou se trouvait dans cette rue entretenue avec goût et finesse. Certaines maisons mitoyennes au caractère médiéval abritaient des magasins aux noms appropriés : Au pays de Merlin, La Maison du Graal, Armoria, une boutique de cadeaux celtiques…

Les gendarmes lui avaient parlé de « la maison voisine du Brécilien », un bar-restaurant traditionnel, du genre que Dupin appréciait et dont l'aspect lui plut beaucoup, avec ses stores aux rayures rouges et blanches et ses grandes jardinières de géraniums.

C'était sûrement le rendez-vous du village, fréquenté par les habitants et pas seulement par les touristes, sans doute nombreux pendant la saison ; un lieu pour tous les moments de la journée, sans prétention, où chacun trouvait sa place, où le peintre en bâtiment buvait son ballon de rouge à côté du maire.

La plaque sur la maison qu'il cherchait était plus petite et plus discrète que celle du manoir : *Parc de l'Imagination sans limite*.

Dupin sonna et il reconnut la voix de Blanche Cadiou en dépit de la qualité médiocre de l'interphone.

— Oui ?

— C'est le commissaire Dupin. J'aimerais vous poser quelques questions. Ce ne sera pas long.

La porte s'ouvrit dans un bourdonnement. Dupin pénétra dans un couloir étroit et sombre qui menait à un escalier tout aussi étroit et sombre sentant le renfermé.

— Ici, en haut.

Dupin monta à l'étage. Le loft moderne dans lequel il entra le surprit agréablement. C'était une pièce tout en longueur, haute de plafond et très lumineuse, et, après la pénombre de l'entrée, il fut presque ébloui. Deux petites fenêtres s'ouvraient côté rue, mais, de l'autre, une baie vitrée d'une bonne dizaine de mètres occupait tout le mur et offrait une vue spectaculaire sur l'abbaye, le parc et le lac.

— C'est beau, vous ne trouvez pas ?

Blanche Cadiou, portant les mêmes vêtements que dans l'après-midi, parlait doucement, la voix brisée. Dupin eut du mal à la comprendre. Elle se tenait devant le panorama, le regard perdu dans le vague.

— Oui, très beau.

Il s'approcha de la veuve. La lumière tamisée qui nimbait l'espace lui caressa le visage, une lumière de fin d'été et de début de soirée, si douce, et quelque peu mélancolique, au diapason des émotions qui affleuraient.

Dupin examina la pièce peu meublée. Sur un grand bureau composé d'un plateau blanc reposant sur une structure en acier étaient disposés un gros ordinateur dernier cri, des documents et plusieurs classeurs. Il nota l'absence d'étagères et de rangements. A une extrémité de la baie vitrée se dressaient une petite table ronde de couleur blanche et trois fauteuils. Le parquet était en luxueux bois clair. Une petite porte à droite de l'entrée devait mener aux toilettes, supposa-t-il, ou à une kitchenette.

Dupin s'avança pour examiner sur le mur du fond les dessins et les esquisses qui le tapissaient. Il s'agissait de croquis des attractions prévues pour le parc, réalisés à l'aide d'un logiciel de PAO. Chacun arborait un titre écrit en italique : *Siège de Merlin*, *Fontaine de Barenton*, *Chevalier noir*, *Lac de Viviane*...

Blanche Cadiou n'avait pas bougé ni paru avoir remarqué cette brève inspection.

— Comment vous sentez-vous, madame ?

Elle se tourna lentement et, pour la première fois, regarda Dupin en face. Il distingua quelques fils gris parmi les cheveux foncés.

— Merci, je vais bien.

Difficile à croire. Elle sembla lire dans ses pensées :

— Je vous assure que ça va.

— Ce doit être un vrai cauchemar.

Dupin se planta devant elle et plongea son regard dans le sien. Elle mit un moment à répondre, d'une voix cette fois dépourvue d'émotion, comme cela avait été le cas plus tôt dans la journée :

— Oui, ça l'est. Un cauchemar, exactement. Je n'en ai pas encore pris tout à fait conscience.

— Pardonnez-moi, madame, si dans ces circonstances je dois vous poser quelques questions, mais vous êtes pour nous une… une source d'informations extrêmement précieuse, peut-être la plus importante.

— Je crois que ça ira.

— Bien. (Dupin adopta un ton plus professionnel :) Pourquoi êtes-vous ici, au bureau ? Vous aviez des affaires urgentes à régler ?

— Je ne supportais pas d'être à la maison. Je n'arrêtais pas de penser qu'il était toujours là, à l'étage. Ou qu'il allait rentrer d'un instant à l'autre.

Malgré la voix éteinte, on percevait une terrible tension sous-jacente.

— Vous ne devriez pas rester seule en ce moment. Vous avez de la famille ? Des amis ?

— Je veux être seule.

— Je comprends. (Il longea la baie vitrée, puis fit demi-tour et revint vers elle.) Cet après-midi, vous avez dit : « Je trouverai le meurtrier. » Qu'est-ce que vous voulez dire par là ? Vous avez des soupçons précis ?

L'espace d'une seconde, la surprise se lut sur le visage de la veuve. Elle parut stupéfaite que Dupin ait pu l'entendre. Soit elle était sous le choc, soit elle feignait l'étonnement. Elle reprit aussitôt contenance.

— Non. Je n'étais pas tout à fait moi-même. Je ne le suis toujours pas… Je ne sais pas ce que j'ai dit, je me souviens à peine de ce qui s'est passé dans l'après-midi. Tout est étrangement flou.

Aux yeux de Dupin, elle n'avait pas eu l'air si confuse, mais cela ne voulait pas dire grand-chose. La première impression pouvait être trompeuse.

Dupin s'approcha de nouveau des dessins. Elle le suivit.

— Je suppose que vous avez passé du temps ici dernièrement.

— Oui, beaucoup de temps.

— Donc vous n'avez pas dû voir souvent votre mari.

— Non.

La réponse sembla la chagriner.

— Dans deux semaines aura lieu le vote décisif concernant le projet. Vous pensez obtenir l'approbation ?

Cette fois, elle répondit sans hésitation :

— Oui.

— J'ai cru comprendre que vous avez rencontré une résistance, qui m'a paru acharnée, contre le projet.

— C'est une petite résistance. Même l'initiative de Guivorch n'y changera rien. Nous avons les politiciens de notre…

— Guivorch ? Auffray Guivorch ? Le directeur adjoint du Centre ?

— Oui, il a été élu la semaine dernière à la tête du comité qui s'y oppose. (Si la voix de Blanche Cadiou demeurait dénuée d'émotion, elle se fit néanmoins plus ferme.) Pour la phase décisive. Demain soir se tiendra une manifestation ici, à Paimpont, couplée avec une fête populaire. Il y prendra la parole.

— Alors comme ça, l'adjoint de votre mari mène la contestation de votre projet ? Un projet auquel votre mari adhérait, quoique discrètement, si je comprends bien.

Certes, Dupin avait l'habitude que les gens fassent de la rétention de renseignements au cours d'une enquête pour homicide, mais, dans cette affaire, cette attitude atteignait des sommets. On lui cachait les choses, et les informations, même d'importance, lui parvenaient par hasard, après coup. De plus, les liens entre les protagonistes étaient à ce point complexes que cela mettait Dupin mal à l'aise.

Pourquoi Guivorch n'en avait-il rien dit ? Certes, Dupin ne lui avait pas posé la question précisément, mais ils avaient discuté du projet et il avait demandé si quelqu'un dans le groupe était concerné.

— Qu'en est-il des autres scientifiques ? Quelqu'un d'autre parmi eux est-il opposé au projet ?

— Non.

— Ou peut-être quelqu'un y participe-t-il, au contraire ?

Il prenait des précautions ; désormais il poserait des questions plus précises.

— Paul Picard a mené une expertise, il a donné son point de vue sur le projet.

— Comment ? (De mieux en mieux !) Les autres étaient-ils au courant ?

— Non.

Cela expliquait au moins pourquoi personne n'avait évoqué le sujet.

— Savez-vous exactement qui participe à l'actuelle rencontre au Centre ?

— La troupe habituelle, répondit-elle sans mépris.

Dupin sortit son cahier improvisé.

— Donc, Paul Picard a réalisé pour vous une expertise. S'est-il prononcé en faveur du projet ?

— Absolument.

— Pourquoi lui ?

— C'est un scientifique de renom, et je le connais depuis longtemps. C'était un ami de mon mari.

Blanche Cadiou avait adopté un ton professionnel qui toutefois restait aimable.

— Etait-il aussi votre ami ?

— Un peu, quand même.

— Paul Picard a-t-il été rémunéré ?

— Bien entendu.

— Combien ?

— Dix mille euros.

Ce n'était pas rien.

— Pensez-vous que son étude pèsera sur l'issue du vote ?

— Bien sûr qu'elle jouera un rôle, mais il y aura d'autres avis.

— Y a-t-il eu une autre expertise ?

— Non, uniquement la sienne.

— Et que dit-elle ?

— Elle confirme l'excellence du projet du point de vue du contenu, son professionnalisme, sa pertinence scientifique, sa qualité didactique. Pour le moment, nous envisageons huit stations.

— Picard se prononce sans réserve en faveur du parc ?

— Il confirme la qualité de la conception et planification de l'entreprise, ni plus, ni moins.

— Quand l'a-t-il rédigée ?

— Nous l'avons reçue début janvier.

— Qui est-ce, « nous » ?

— Mes deux collaboratrices et moi.

— Et quand l'avez-vous présentée ?

— Début février, avec tous les autres documents.

— Est-il de notoriété publique que le professeur Picard soutenait le projet ?

— Il se peut que son rapport ait été mentionné dans la presse régionale, dans le cadre d'un article plus général. Mais je ne pense pas que le nom de Paul Picard ait été mentionné. Les gens d'ici ne le connaissent pas. En tout cas, ce n'était pas un sujet d'intérêt.

— Il se pourrait bien que si. (Dupin ajouta un point d'exclamation à sa note.) Ce qui est certain, c'est que Paul Picard a été assassiné.

S'ensuivit un long silence. Dupin étudia le croquis de la scénarisation de « La Dame blanche du lac ».

— Je suppose qu'il existe un business plan pour le projet. Quelle rentabilité avez-vous envisagée pour l'entreprise ? Quel chiffre d'affaires, dans le meilleur des cas ?

— Vingt millions d'euros par an, dit-elle posément, pour un résultat de trois millions dont un million revient à la commune.

— Et les deux autres millions ?

— Un million trois cent mille euros seraient investis dans l'entretien et la protection de la forêt, indépendamment du parc. C'est nettement plus qu'à l'heure actuelle.

— Que deviendrait le reste ?

— Environ sept cent mille euros reviennent à l'entreprise.

— Laquelle vous appartient en totalité ?

— Oui. La commune n'a pas voulu prendre de risque et n'a pas souhaité investir.

— En définitive, que resterait-il pour vous ? demanda Dupin sans détour.

— Je devrais embaucher du personnel... Cela dépend... Entre trois cent et quatre cent mille euros.

C'était une sacrée somme, mais Blanche Cadiou en parlait sans manifester de gêne ; les questions d'argent ne semblaient pas lui poser de problème.

Dupin se plongea dans l'étude des esquisses. S'il comprenait bien, il était prévu de construire sur le lac de Comper un ponton transparent avançant sur le lac et à partir duquel on pourrait descendre dans une petite pièce vitrée installée à quelques mètres sous l'eau. Ce serait sans doute très impressionnant. Sans le vouloir, Dupin se demanda ce qu'en penserait la fée. L'opinion du conteur Inwynn n'était en revanche pas un secret. Dupin se rendit compte qu'il considérait Inwynn et Philippe Goazou comme deux personnes distinctes. Bizarre...

Puis il se détourna des croquis, non sans lire la note collée dans une marge : « Attention : Excalibur, l'épée d'Arthur, sort aussi du lac ! » Il leva les yeux et observa Blanche Cadiou.

— Quelle était réellement l'opinion de votre mari sur le projet ? demanda-t-il.

— L'idée lui a plu d'emblée. Il s'est prononcé pour, parfois même en tant que directeur du Centre, mais très rarement et avec retenue. Nous nous étions mis d'accord sur ce point.

— A-t-il à un moment ou un autre été critiqué pour sa prise de position, aussi discrète fût-elle ?

— Non, pas en public. Mais je suis sûre que certains l'ont fait. Au début, Guivorch avait exigé de mon mari une position neutre.

Ça aussi, Guivorch l'avait passé sous silence. Dupin devrait d'urgence éclaircir ces détails en tête à tête avec lui.

— Les deux hommes se sont-ils disputés à ce sujet ? Avez-vous eu connaissance d'éventuels conflits ?

— Non, ils s'entendaient bien.

Voilà une phrase qu'un enquêteur entendait fréquemment au cours d'une affaire d'homicide, pour découvrir en fin de compte que la vérité était tout autre.

— Pouvez-vous être plus précise ?

— On ne peut pas parler d'amitié mais d'une relation professionnelle courtoise.

— Que pouvez-vous me dire sur Gustave Laurent, décédé au mois de mai ? Etait-il d'une manière quelconque impliqué dans le projet ?

— Non.

Pour l'instant, l'hypothèse du meurtre de Laurent restait pure spéculation. Mais si elle se vérifiait, et si le projet de parc constituait un mobile, un lien avec Gustave Laurent n'était pas à exclure.

— Pas d'expertise, pas de prise de position… Rien ?

— Non.

— Réfléchissez bien, madame : le nom de Paul Picard a-t-il été mentionné d'une façon ou d'une autre dans les rapports sur le projet ?

— Je ne peux vraiment pas vous dire.

Ce serait une mission pour Nolwenn.

— Et aucun des autres chercheurs n'était au courant de cette expertise ? reprit-il.

— Je ne pense pas, non.

— Comment…

Dupin fut interrompu par une musique électronique, sonnerie d'un téléphone posé sur le bureau. Avec un « Excusez-moi », Blanche Cadiou le saisit et consulta l'écran.

— C'est ce que je pensais : ma sœur. Elle vit à Montréal. Je lui ai laissé un message. J'aimerais prendre cet appel.

— Bien sûr. Je serai de retour dans vingt minutes.

Il lui laissait un peu de temps, mais il n'en avait pas encore terminé avec ses questions, et il n'envisageait pas de faire preuve de compassion alors même que la conversation serait certainement bouleversante pour la veuve. Toutefois, il était aussi dans l'intérêt de madame Cadiou que l'enquête avance.

Celle-ci hocha la tête et se tourna vers la baie vitrée.

Dupin quitta la pièce. Il savait très bien quoi faire de son temps.

Le Brécilien était superbement situé. Dupin avait pris place à la table la plus excentrée avec vue sur la jolie petite place devant l'abbaye. À trois tables de lui, un couple silencieux était paisiblement installé ; au-delà, deux amies égayaient la rue par leurs rires, et, au bout de la rangée de tables, un vieil homme aux cheveux blancs ébouriffés semblait absorbé dans des pensées agréables. On trouvait en face un autre café d'aspect sympathique, La Terrasse de l'Abbaye. Une portion de l'étang, dont la surface immobile brillait d'un bleu d'acier lumineux, était visible entre le café et l'abbaye. Au-dessus se déployait le ciel bleu, limpide et féerique. Pour l'instant, les rayons du soleil caressaient encore le lac et dispersaient çà et là des reflets rose clair, comme des touches de peinture, lui donnant l'apparence d'un tableau abstrait. La forêt bordait la rive et projetait sur l'eau des ombres noires. La lisière apparaissait comme une muraille, transformant la masse sombre en citadelle. Dupin détourna le regard pour profiter de cette douce soirée de fin d'été. La lumière avait pris un aspect laiteux, épousant généreusement les contours du monde – les maisons, la pierre rouge ; ici, dans cet étrange endroit au milieu de la forêt, elle répandait le calme et la paix.

Une femme aux cheveux courts posa un verre sur sa table avec un sourire aimable.

— Voilà, monsieur ! Votre sancerre.

Dupin regarda le verre embué.

— Je n'ai pas commandé de vin. Je…

— Oh ! (Elle éclata d'un rire bref et reprit le verre.) Il doit être pour Yannbol, alors. Excusez-moi, j'ai dû me tromper dans la commande.

Trop tard, la tentation était trop grande.

— Non, laissez, je le boirai avec plaisir.

— Bien sûr, monsieur, fit la femme en reposant le verre.

— Et aussi un petit café, s'il vous plaît.

Avec ça, il dépassait sans problème la quantité minimale que, selon l'étude, il lui fallait avaler pour rester en bonne santé.

— Tout de suite. Voudriez-vous un sandwich au beurre salé ? Nous avons encore du beurre, de la production locale. Délicieux.

— Non merci, ça ira.

La serveuse tourna les talons tandis que Dupin dégustait sa première gorgée. Un soir d'été accompagné d'un verre délicieusement frais était un moment merveilleux. Le vin blanc, avec son goût minéral typique, avait des notes d'abricot. Malheureusement, une gorgée ne faisait pas passer la réalité. Dupin attrapa son téléphone : deux barres, quand même.

Le directeur adjoint mit quelque temps à répondre.

— Oui ?

— Ici le commissaire Georges Dupin. Je dois vous voir, monsieur.

— Mon invitation tient toujours, répondit Guivorch sans hésiter. Comme je vous l'ai dit, venez me rendre visite. Quand vous voulez.

— Vous avez omis de nous dire certaines choses importantes.

— C'est-à-dire ?

Il n'avait pas l'air particulièrement surpris, ni intimidé, d'ailleurs. Plutôt malicieux.

— Où êtes-vous en ce moment ?

— Dans ma voiture. L'interrogatoire mené par vos collègues a traîné en longueur, mais j'arrive bientôt chez moi. Je vous y attendrai. Avez-vous de quoi écrire ?

La voiture devait être un modèle très silencieux, Dupin n'entendait aucun bruit de moteur.

— Oui, confirma-t-il.

— Le mieux serait d'entrer « Painfaut » dans votre GPS, puis « route de l'Ile-aux-Pies ». C'est tout au bout. Il y a trois longs appontements. Je suis au dernier.

Dupin prit des notes. Il avait oublié que Guivorch vivait sur une péniche. Il n'aimait pas les bateaux ; cela dit, celui de Guivorch se trouvait sur une rivière, probablement modeste et paisible, et serait solidement amarré.

— A tout de suite, monsieur.

Il sursauta au moment où la serveuse posa la tasse de café à côté de son verre de vin. Il ne l'avait pas entendue arriver.

— Et voilà ! (Elle jeta un regard sur le verre.) Vous en voulez un autre ? C'était un petit verre…

— Non merci… commença Dupin avant de succomber à la tentation. Ma foi, d'accord pour un autre, oui, c'était un tout petit verre…

Histoire de se remonter le moral.

— Et puis c'est la fin de la journée, il est temps de se détendre ! s'écria gaiement la serveuse.

Dupin sirota son café. Bon, il était temps de procéder avec méthode. Il ouvrit la notice d'utilisation à la dernière page, intitulée *Notes* et par ailleurs vierge. Il la plaça à l'horizontale et sortit la liste que Le Ber avait dressée des personnes concernées, puis il traça deux triangles au milieu de la page dans lesquels il inscrivit les noms des victimes. Sur le côté, il en dessina un troisième, mais entre parenthèses. Il entoura les triangles de petits cercles : les suspects actuels, le couple Adeline Noiret - Bastien Terrier, sachant qu'elle avait été mariée, il y avait longtemps de cela, avec Paul Picard, l'une des victimes ; Sibylle Bothorel à côté de Marc Denvel – la belle-mère et son beau-fils ; Auffray Guivorch isolé, de même que Blanche Cadiou et Inwynn, le conteur. Le nom du meurtrier apparaissait-il sur la feuille ?

Il commença un deuxième croquis représentant les divers projets de fouilles et la participation de chacun à l'un ou à l'autre. Un troisième dessin avec le parc allait suivre. Il fut interrompu par un appel de Le Ber.

— Patron, ça a pris pas mal de temps, il…

— Je suis déjà au courant. Qu'en est-il des alibis ?

— C'est très flou et en grande partie invérifiable. Aucun alibi n'exclut la possibilité d'une présence sur les lieux du crime au moment des faits. C'est aussi valable pour Inwynn, je viens de recevoir le rapport des confrères. (Dupin poussa un soupir. Si seulement les choses avaient pu être faciles, pour une fois…) Je vous résume rapidement ?

— Absolument.

— Je vous enverrai la liste par la suite, à vous et à Nolwenn. Je l'ai photographiée. (Excellente idée, qui dispensait Dupin de la prise de notes.) Alors : Bastien Terrier. Est arrivé hier soir à dix-neuf heures vingt-deux à Rennes par le TGV de Lyon. Avait réservé avec sa femme une table à l'hôtel pour vingt heures quinze. Ils se sont retirés après le dîner. Il déclare avoir travaillé sur un essai important jusqu'à une heure du matin. N'a vu ni Picard ni les autres scientifiques – ça vaut aussi pour eux, on dirait qu'ils cherchent à s'éviter. Ce matin, petit déjeuner à huit heures, de retour dans la chambre à neuf heures pour travailler jusqu'à treize heures trente. A déjeuné dans la chambre pour gagner du temps. Est allé au château avec sa femme dans sa voiture à elle.

— Pas de petite balade à un moment ou un autre ? Rien ?

— Non, rien. Sa femme, Adeline Noiret, est arrivée de Paris en voiture aux alentours de dix-huit heures. A donné une série de coups de téléphone jusqu'au dîner. Ce matin, petit déjeuner de neuf heures et quart à dix heures, puis marche autour de l'étang de Paimpont. Très fatiguée suite à une grosse charge de travail ces dernières semaines. Elle affirme n'avoir rencontré personne.

— Génial : Terrier seul à l'hôtel, Noiret seule en promenade.

Des contrôles plus approfondis ne donneraient probablement que des précisions superficielles.

— Marc Denvel : est arrivé à Rennes à vingt-deux heures quarante-cinq, venant d'Oxford. A pris un taxi, à l'hôtel peu avant minuit, est allé au lit. A déjeuné ce matin à sept heures trente, puis a travaillé dans sa chambre jusqu'au déjeuner à treize heures au restaurant de l'hôtel.

Bien sûr : écrire et publier étaient essentiels dans la vie des chercheurs. Dupin ne pouvait rien imaginer de pire qu'une vie passée devant un clavier.

— Sibylle Bothorel a commencé par refuser de témoigner, poursuivit Le Ber. Elle n'a cédé que quand nous avons menacé de la retenir jusqu'à ce que nous ayons pu vérifier son alibi. Elle a un chauffeur qui l'a conduite de Paris. Elle serait arrivée vers dix-neuf heures à l'hôtel, où elle a dîné, mais elle n'a pas voulu nous dire de quelle heure à quelle heure. Ce matin, elle est allée à Vannes, où elle avait des achats à faire. Déjeuner à la Gourmandière, d'où elle n'est sortie qu'à quatorze heures. Aucune preuve, du moins jusqu'à maintenant.

— L'homme qui l'a conduite, c'est son chauffeur permanent ?

— Oui, depuis trente ans.

Sibylle Bothorel rappelait à Dupin sa propre mère : la grande bourgeoise parisienne disposant de domestiques – dont un chauffeur. Plus que tout le frappaient l'arrogance et la condescendance innées qui se manifestaient envers tout ce qui différait de « leur Paris », voire vis-à-vis de tous ceux, fussent-ils parisiens, qui n'appartenaient pas à « leur cercle ». Parfois, les clichés ne sont qu'une pâle imitation de la réalité. Ou plutôt, la réalité fait encore plus cliché que les clichés eux-mêmes.

Quant au chauffeur, il serait sûrement de la vieille école et déclarerait ce que voudrait sa patronne.

— Guivorch a passé la matinée sur son bateau. Après le petit déjeuner, il a travaillé jusqu'à treize heures trente avant de se rendre au château. Il voulait arriver avant tout le monde pour rassembler les documents nécessaires à la réunion. Il devait le faire avec Cadiou, mais celui-ci n'est pas venu. (On pouvait dire ça comme ça.) Philippe Goazou, alias Inwynn, est resté toute la matinée chez lui avec sa femme, jusqu'à environ quatorze heures. Il habite à Tréhorenteuc. Il déclare s'être trouvé à la fontaine, ou à proximité, vers quatorze heures trente pour se « préparer ».

— Et Picard ? Que sait-on sur son court séjour ?

— Le colonel Aballain a enquêté au Relais. Picard est venu en train, il était à l'hôtel à vingt heures. Ce matin, à huit heures, il a pris un grand crème, mais personne ne sait exactement quand il est parti pour la fontaine. Nous vérifions ce que nous pouvons. Labat et moi nous rendons à l'hôtel de Paimpont, avec un arrêt au bureau de Cadiou.

— Très bien. Je vais m'entretenir avec Guivorch.

— Encore un détail, patron : Cadiou avait lui aussi un ordinateur dans son bureau, connecté au Centre. La scientifique l'a emporté pour le confier aux informaticiens à Rennes. En dehors de quelques paperasses sans importance, d'invitations et de lettres officielles, elle n'a rien trouvé. On dirait que Cadiou ne l'utilisait pas souvent.

— Aucune indication sur l'objet de ses recherches ou sur ses travaux actuels ?

— Non. Et il semble que les ordinateurs de Cadiou et de Picard ne sont pas si faciles à ouvrir, ça risque de prendre du temps.

— Qu'ils se dépêchent. Autre chose, Le Ber ?

— Non, c'est tout.

Dupin raccrocha au moment où la serveuse arrivait avec le second verre de vin. C'était vraiment un sancerre épatant. Dommage qu'il doive retourner chez Blanche Cadiou, il aurait bien aimé s'attarder. Il se secoua et s'approcha du comptoir, porte-monnaie en main.

— Vous n'êtes pas d'ici, dit la serveuse sans animosité – ce n'était pas une question, juste un constat.

Elle était occupée à tirer de la bière. Dupin put déchiffrer *Lancelot* sur la poignée. Bien sûr – quelle autre bière pourrait-on boire ici ?

— Non, répondit-il, je suis en… excursion, avec quelques amis.

— Ne prenez pas peur, mais la gendarmerie est un peu partout dans la forêt. Il y a eu deux meurtres.

Dupin haussa les sourcils.

— Et il s'agit de quoi, à votre avis ?

— Les deux victimes sont des chercheurs. Ça a quelque chose à voir avec le roi Arthur, il paraît qu'elles faisaient partie d'une association. Mais qui sait… (Elle marqua une pause dramatique tout en couronnant artistement le verre de Lancelot d'une couche mousseuse.) Il peut s'agir de n'importe quoi. Dans la forêt, on peut tout imaginer.

— Par exemple ?

— L'imagination n'a pas de limite, ici.

— Et que pensez-vous de ce projet de parc arthurien ?

La femme grimaça.

— C'est une horreur. Mais ça se réalisera.

— Pourquoi y êtes-vous hostile ?

— Nous avons déjà assez de visiteurs. La forêt doit garder sa magie et ne pas devenir une espèce de fête foraine.

Sa position était celle du conteur, mais formulée de façon plus profane.

— Le bureau de madame Cadiou est juste à côté, lança Dupin.

L'expression de la serveuse se modifia subitement.

— Ah ! Alors c'est bien vous ! J'avais raison. Mon mari pense que je divague.

— Pardon ?

— C'est vous, l'enquêteur spécial ! Sur Internet, on dit que vous dirigez l'enquête. Mais je n'étais pas sûre. Sur la photo qu'on voit sur le Web, vous êtes différent. (Parfait ! Mais bon, il fallait s'y attendre.) Plus jeune. (Elle sourit, elle n'avait aucune intention de le vexer.) Mais vous aussi, vous êtes de Paris, comme tous ces scientifiques. (Cette dernière remarque, en revanche, sonnait comme un reproche.) Et vous venez de passer à la télé !

— Comment ?

— Oui, sur TVR. On vous voit fuir les journalistes au château de Comper. Le journaliste a déclaré que vous avez juré à haute voix. (Toute la Bretagne devait être au courant, maintenant.) Vous avez déjà un suspect ?

— Non, répondit Dupin d'un ton aussi décidé que possible. Je vous prie de m'excuser, madame Cadiou m'attend.

Il avait retrouvé son sang-froid. Le haussement de sourcils de la serveuse en disait long.

— Ah, d'accord. La dame de fer. Elle finira par faire aboutir le projet.

— C'est une de vos clientes ?

— Non, elle va toujours en face. Mais il ne s'agit pas de ça.

— Je vois. Si je comprends bien, elle est très… disons, sûre d'elle ?

— On peut le dire. Elle sait ce qu'elle veut, et elle parvient à ses fins. (Son expression sérieuse laissa place à un rire.) Mais ce n'est pas forcément un défaut. Ne croyez pas que je la considère comme une meurtrière.

— Ne vous inquiétez pas. En fait, connaissez-vous le nouveau président du comité de défense contre le parc ?

— Guivorch ? Bien sûr. C'est un professeur, mais il est de chez nous. Un Breton pur jus.

Dupin regarda sa montre.

— Je dois y aller. Merci pour tout, madame.

— Il n'y a pas de quoi. Attendez, prenez ça, vous pourriez en avoir besoin.

Elle s'empara de deux minces brochures sur les présentoirs et les lui tendit : *Brocéliande, petites histoires de la forêt* et *Le Graal, mythe ou réalité.*

— Dans l'une, il y a une carte de toute la forêt.

Dupin la remercia. La carte pourrait effectivement se révéler utile.

— Si vous avez besoin d'informations supplémentaires – ou d'un verre de sancerre –, vous saurez où aller.

— D'accord.

Dupin glissa les dépliants dans la poche de son jean, avec son bloc-notes improvisé. Ce bar était un lieu d'accueil parfait, à tous points de vue.

Blanche Cadiou avait laissé la porte ouverte. Lorsque Dupin entra, elle était à son bureau et leva brièvement la tête. Elle offrait le même visage qu'auparavant – l'appel délicat qu'elle avait reçu n'avait pas laissé de traces visibles.

Dupin dut se concentrer pour aborder de manière précise les points qui restaient à éclairer. Certes, il n'avait bu que deux verres de vin, mais sur un estomac vide.

— Parlez-moi de l'amitié entre votre mari et Picard. Ils se sont connus à l'université, comme avec Laurent ?

— Non. Si je me souviens bien, ils se sont rencontrés au cours d'un congrès, il y a longtemps, vingt ans peut-être. A l'époque, ils partaient parfois en voyage ensemble.

Le mot « voyage » était prononcé bizarrement.

— Etait-ce une amitié personnelle ou se limitait-elle à l'aspect professionnel ou scientifique ? Je veux dire, partageaient-ils surtout le même intérêt pour la recherche ?

C'était probablement une question inepte. Dupin faisait les cent pas devant le bureau. Il n'avait pas envie de s'asseoir et, d'ailleurs, Blanche Cadiou ne l'y avait pas invité.

— C'est difficile à dire. Tout dans la vie de mon mari était plus ou moins en rapport avec son travail. Ça a toujours été une obsession, ses recherches étaient tout pour lui, il ne s'en libérait jamais. (Ses propos étaient exempts de tout jugement, elle se contentait de décrire la situation.) Je pense qu'il n'entretenait pas d'amitiés en dehors du domaine scientifique. Son travail était son point de fuite. Déjà, à l'époque, Paul nous rendait régulièrement visite.

— Et comment s'est développée cette amitié ? J'ai cru comprendre qu'il y avait de la concurrence entre eux.

La remarque de Dupin ne tira pas la veuve de sa réserve.

— Je ne suis pas au courant.

— Savez-vous s'ils ont postulé tous les deux pour le même poste ? Ou s'il y a un projet que l'un ou l'autre voulait diriger ?

— Non, Fabien n'a jamais parlé de tensions entre eux.

Cela resterait probablement invérifiable.

— Quand Paul Picard vous a-t-il rendu visite pour la dernière fois ?

— Au mois de mars, au sujet des fouilles à la fontaine de Barenton et de ce que leur avaient révélé les radiographies numériques. Nous avons passé une soirée ici, j'ai cuisiné. Cela faisait un bon moment qu'il n'était pas venu.

— Il a passé la nuit ici ?

— Non, au Relais de Brocéliande, comme toujours.

— Vous avez assisté à toutes les conversations, ce soir-là ?

— Non, je les ai laissés entre eux après le dîner.

— Et avant, de quoi avez-vous parlé ?

— De tout et de rien. Par exemple, nous avons évoqué la Côte d'Azur. Paul adorait le Midi, il s'y rendait souvent. C'était une soirée agréable.

— Avez-vous abordé des sujets personnels ?

— Paul n'a pas beaucoup parlé de lui, mais il semblait aller très bien.

— Avez-vous vu Paul Picard en tête à tête lors de son séjour en mars ou à un autre moment ?

— Non.

— Et étiez-vous en contact avec lui ? Par e-mail, par courrier ou par téléphone ?

— Non, hormis pour l'expertise.

— Par e-mail ?

— Non, je l'ai appelé pour tout lui expliquer.

Dupin avait sorti sa notice d'utilisation et prenait des notes.

— Bon. On m'a dit que le poste de directeur du Centre faisait l'objet d'une concurrence ouverte entre votre mari et Guivorch. Paul Picard y était lui aussi mêlé ?

— Il avait envisagé de postuler, mais il y a renoncé au dernier moment. Je n'en sais pas plus.

Cela confirmait les informations de Nolwenn.

— Comment êtes-vous au courant ?

— Mon mari me l'a dit. Paul et lui en parlaient librement.

— Paul Picard n'avait pas l'intention de se présenter contre votre mari ?

— Je ne sais pas.

Et qui, à l'heure actuelle, pouvait encore en parler ?

— Connaissez-vous une amie ou une relation de Paul Picard ?

— Je sais que, après son divorce, il a mis du temps avant de fréquenter de nouveau quelqu'un. Mais ça n'a pas duré longtemps. Ensuite, il est resté seul, mais je vous l'ai dit : il se confiait peu.

— Lui connaissez-vous d'autres amis ?

— Non. Je pense qu'il était comme mon mari, avant tout un scientifique. Cela définissait sa vie.

— Je voudrais revenir sur le poste de directeur. Quelle était la date limite pour poser sa candidature ?

— Fin février de l'année dernière. La procédure a été complexe ; la décision a été prise au mois d'août et le poste a été occupé le 1er novembre.

Dupin se dit qu'il lui faudrait établir une chronologie claire des deux dernières années. En attendant, il y avait un autre personnage en jeu, lui aussi membre du conseil d'administration de la Société arthurienne, lui aussi mort.

— Je voudrais maintenant parler de Gustave Laurent. Etait-il aussi candidat ? Ou y avait-il pensé ?

— Je ne crois pas, non. Il occupait une chaire importante à Poitiers.

Dupin tourna la page de son bloc-notes improvisé. Entre-temps, il était arrivé à la fin du long chapitre intitulé « Découvrez votre véhicule ». Avec les suivants, à savoir « Conduite », « Vie à bord », « Entretien », « Conseils pratiques », « Caractéristiques techniques » et « Index », il lui restait de la place. Au passage, il avait découvert que le symbole rouge composé d'un point d'exclamation dans un cercle lui-même entre parenthèses représentait le niveau de pression hydraulique et pas un dysfonctionnement du frein à main, comme il l'avait toujours pensé.

— Considériez-vous Laurent comme lui aussi un ami de votre mari ?

— Peut-être étaient-ils amis autrefois. Ils étaient liés par des années d'études communes, mais, à un moment ou un autre, leur relation est devenue compliquée. Quelque chose s'est passé, mais j'ignore de quoi il s'agit. Mon mari trouvait que Laurent se montrait terriblement ambitieux, trop imbu de lui-même. Parfois, il râlait en voyant que Gustave avait publié un article dans une des revues spécialisées auxquelles il était abonné.

— A propos d'un sujet en particulier ?

— Non, je ne crois pas.

— Donc, seul Guivorch était en compétition avec votre mari. Lui aussi avait postulé officiellement.

— Ce genre de chose peut arriver. Ils vivaient la situation plutôt bien. Mon mari n'a jamais fait allusion à un malaise entre eux.

— Racontez-moi le voyage de votre époux chez Gustave Laurent au mois de mai. (Dupin consulta ses notes.) Il s'agissait de fouilles supplémentaires dans le périmètre de la dalle sur laquelle apparaît le nom supposé d'Arthur. Pourquoi y est-il allé ?

— Il m'a dit qu'on avait besoin de ses compétences. Je n'en sais pas plus.

— Et, ces dernières semaines, il s'est retiré en Corse. Pourquoi ?

C'était là un point très important.

— Nous y avons une maison, près de Sartène, dans le sud de l'île. Il y est resté un peu plus de trois semaines. Une retraite d'écriture. Il en fait parf…

Elle s'interrompit. Elle semblait soudain complètement épuisée et continua d'une voix traînante.

— Il en faisait parfois. Il travaillait à un article… ou peut-être à son livre. Je ne sais pas.

— Sur quoi écrivait-il ?

— Je crois que l'article parlait de la dalle que vous avez mentionnée.

— Celle de Cadbury Castle ?

— Oui. C'est tout ce que je sais. La police a emporté les notes de Fabien cet après-midi, vous y trouverez sûrement quelque chose.

Bonne idée. Il faudrait qu'il redemande à Le Ber ou à Nolwenn.

— Vous ne connaissez pas les mots de passe de votre mari, si j'ai bien compris.

— Non, il en changeait régulièrement, répliqua-t-elle d'un ton sec.

— Et que pouvez-vous me dire du livre sur lequel il travaillait peut-être en Corse ?

— Il est dessus depuis deux ans déjà, mais il n'est guère avancé. Il traite de textes que l'on présume pré-arthuriens.

— Ses confrères étaient-ils au courant de ses travaux ? Du livre et de l'article ?

— Sûrement pas. Dans la mesure du possible, mon mari gardait le secret sur ses recherches jusqu'à la publication. Depuis toujours, depuis que je le connais. Ils le font tous, ils ont tous peur qu'on leur vole leurs idées.

— Et Picard, était-il informé du livre en cours ?

— Je ne saurais vous le dire. Probablement pas.

— Y a-t-il eu des disputes entre votre mari et d'autres membres du conseil d'administration ?

— Pas à ma connaissance, répondit-elle après un moment de réflexion.

— Aurait-il formulé des accusations de plagiat contre une personne du groupe ?

Elle n'hésita pas un instant.

— Oui, contre Terrier, il y a quelques années, mais j'ignore de quoi il s'agissait exactement. D'ailleurs, il a vite renoncé.

— Vous ne savez rien de plus ?

— Non, désolée.

Dupin crut percevoir une pointe d'hésitation.

— Vous pensez que votre mari a eu tort ?

— Je ne devrais rien en dire, je ne suis pas en mesure d'en juger. (Elle planta son regard dans celui de Dupin.) Apparemment, tous étaient de cet avis, pas seulement mon mari. La science est un monde à part, c'est difficile à expliquer.

Dupin était tout à fait d'accord.

— Et a-t-on accusé votre mari de plagiat ? En particulier un membre du groupe ?

— Non, du moins il ne m'en a jamais rien dit. Et au sein du groupe, je ne fréquentais personne hormis Picard. Il n'y a que lui qui aurait pu m'en parler.

— Vous n'avez pas eu de contacts avec Auffray Guivorch, le remplaçant de votre mari ?

— Comme je vous l'ai dit, leurs relations étaient plutôt distantes. De plus, mon mari n'occupait ce poste que depuis novembre. Il ne me semble pas avoir rencontré monsieur Guivorch auparavant, et par la suite peut-être deux ou trois fois lors d'événements au Centre. Nous nous sommes salués.

— Je voudrais revenir sur d'éventuels conflits avec d'autres membres du conseil. Qu'en est-il de Marc Denvel, ou des deux femmes, Sibylle Bothorel et Adeline Noiret ?

— Impossible de vous répondre.

— Votre mari vous en aurait parlé, à votre avis ?

— En général, il ne se livrait pas volontiers, il était d'un tempérament réservé. Depuis toujours, dit-elle en faisant glisser ses cheveux derrière ses oreilles.

Etait-ce de la frustration ou de la déception que Dupin crut détecter ? C'était difficile à dire.

— Vous l'aimiez ?

Il n'avait pas eu l'intention d'être aussi direct, mais la question s'était imposée d'elle-même. Blanche Cadiou écarquilla les yeux.

— Oui. Absolument. Je l'aimais.

— Quand vous êtes-vous rencontrés ?

— Il y a neuf ans. J'avais trente-deux ans. Nous sommes mariés depuis huit ans.

— Comment avez-vous fait connaissance ?

— Mon mari est né à Paris, mais sa famille maternelle est de Rennes, d'où je suis originaire. Nos familles se fréquentaient. Nous nous sommes rencontrés du vivant de sa mère, lors d'un dîner auquel les Cadiou nous avaient conviés.

— Vous habitiez à Rennes ?

— Tout à fait, et Fabien à Paris. Au début, nous faisions la navette… Cette maison est dans ma famille depuis près de deux cents ans. Fabien l'adorait. C'est lui qui a voulu venir vivre ici, bien avant de travailler au Centre.

— Que faisait-il auparavant ? Professionnellement, je veux dire.

— Il n'avait pas de poste fixe. Il était chercheur indépendant, comme Paul Picard. De temps en temps, on lui proposait des postes d'enseignant et de professeur invité, le dernier en date à Poitiers.

— Là où Gustave Laurent occupait une chaire ?

Tout se tenait, tout était imbriqué, tous étaient liés.

— Mon mari était spécialiste de littérature, dans une faculté différente, ils n'avaient rien à voir l'un avec l'autre.

— Mais ils ont dû se croiser.

— Pas souvent, je dirais. Mon mari n'y est resté qu'un an, et seulement deux jours par semaine. Il logeait à l'hôtel.

— Et avant Poitiers ?

— Il travaillait sur un livre. Pendant qu'il était à Poitiers aussi, d'ailleurs.

— De quoi était-il question ?

— Il a été publié au début de l'année dernière. *Le Roi Arthur, mythe et vérité.*

— Un ouvrage de référence ?

— Non, plutôt grand public. En fait, c'est devenu un petit best-seller.

Dupin continuait à prendre des notes.

— Savez-vous qui a décidé de l'attribution du poste de directeur du Centre ?

— Un comité : un professeur de Rennes, un autre de Brest, un élu de la région, un responsable des affaires culturelles au conseil régional. Et aussi un représentant pour le tourisme d'Ille-et-Vilaine. Le Centre est bien plus qu'un institut de recherche.

— Mais personne du conseil d'administration ?

— Non.

— Qu'est-ce qui vous a amenée au projet du parc ?

— J'ai suivi des études de tourisme à Rennes, puis j'ai travaillé à l'office de tourisme. Je me suis beaucoup intéressée à la forêt de Brocéliande et je me suis rendu compte qu'il existait des possibilités de développement. Mais je savais aussi que les communes ne pourraient pas mettre le projet sur pied toutes seules, même si elles se sont montrées enthousiastes dès le début. J'ai donc créé ma société il y a trois ans.

— Je suppose que vous étiez en relation avec le responsable du tourisme ?

— Bien sûr. Patrick Lombard. Je le connais bien.

— Il est impliqué dans le projet du parc ?

— Tout à fait. C'est l'un de mes principaux interlocuteurs du côté du département.

Encore des chevauchements : le délégué au tourisme, partie prenante dans le futur parc, était aussi celui qui avait décidé d'attribuer son poste au mari de la responsable du projet. Mais Blanche Cadiou ne se sentit pas obligée de protester de son impartialité.

— Et les deux autres ? L'élu et le responsable des affaires culturelles jouent-ils un rôle dans la réalisation du projet ?

— Oui, évidemment, mais de bien moindre envergure.

— Vous ne croyez pas que la corrélation entre les affaires a été déterminante dans le choix du directeur ?

— A vrai dire, non. Souvent, ce genre de situation est plutôt préjudiciable au demandeur. Le comité aurait très bien pu écarter Fabien, de peur d'être accusé de favoritisme. Je pense qu'ils ont pris leur décision en jugeant des compétences de chacun. Personne d'autre que mon mari ne possédait une telle influence au-delà du cercle scientifique, je suppose. Son livre a fait forte impression.

— Pourquoi la candidature d'Auffray Guivorch a-t-elle été rejetée ?

— Vous devriez demander au comité.

Elle se détourna en soupirant. Dupin comprit qu'il ne pourrait pas s'attarder beaucoup plus longtemps.

— Je vous présente mes excuses d'avoir été obligé de vous importuner dans des circonstances aussi pénibles, et avec qui plus avec des questions indiscrètes. (Il lui lança un regard pénétrant.) Vous nous avez été d'une aide précieuse. (Blanche Cadiou garda le silence.) Une dernière chose : où étiez-vous aujourd'hui entre neuf et treize heures ?

— J'étais ici, au bureau. J'ai travaillé sur la présentation qui aura lieu dans quinze jours. De neuf heures environ jusqu'à… jusqu'à ce qu'on m'appelle, répondit-elle en fermant les yeux.

— Vous n'avez pas quitté cette pièce ?

— Je suis allée boire un café un peu avant onze heures, à la Terrasse de l'Abbaye.

— Combien de temps y êtes-vous restée ?

— Un quart d'heure, peut-être.

— Et vous êtes retournée directement au bureau ?

— Absolument.

— Vos collaboratrices peuvent-elles en témoigner ?

— En ce moment, elles sont au Mans, en rendez-vous avec la société qui doit construire et installer les attractions, pour régler quelques détails de dernière minute en vue de la réunion.

— Et ce matin ? Quand vous êtes-vous levés, votre mari et vous ?

— Moi, vers huit heures. Mon mari plus tôt, je crois.

— Vous vous êtes vus ?

— Brièvement, dans la cuisine. Il buvait un café et je m'en suis servi un avant de me rendre dans la salle de bains. Puis il est monté dans son bureau et moi… (Elle inspira profondément.) Quand je suis partie, j'ai crié : « A ce soir ! »

— Tout vous semblait normal ?

— Comme notre quotidien, toujours un peu agité.

— Je vais prendre congé, conclut Dupin après un silence. Y a-t-il quelque chose que je puisse faire ?

Voulez-vous que je demande qu'on vous ramène chez vous ?

La réponse fut brève et décidée.

— Non, merci. Comme je l'ai dit, je préférerais être seule.

Il pouvait le comprendre.

— Je suis joignable à tout moment. Vous avez mon numéro. Surtout, n'hésitez pas.

— Merci, commissaire.

Une chose le frappa : à aucun moment Blanche Cadiou ne l'avait interrogé sur l'enquête. D'ailleurs, elle n'avait pas posé de questions du tout. Dupin n'avait jamais vu ça de toute sa carrière.

Arrivé au bord de la rivière, Dupin descendit de voiture. Guivorch avait parlé de trois appontements ; il s'arrêta au premier.

Le paysage était d'une beauté à couper le souffle.

Ces dernières années, il avait vu de nombreuses facettes de la Bretagne ; une des phrases préférées de Nolwenn, empruntée à un auteur, était : « Il n'y a pas une seule Bretagne mais plusieurs. » Et c'était bien ça. Il était monté au point culminant des monts d'Arrée, l'un des massifs les plus anciens au monde ; il avait traversé des paysages de landes et de marais ; il avait regardé les vagues se briser sur des plages sauvages après avoir parcouru des milliers de kilomètres dans l'Atlantique ; il avait vu d'imposantes falaises crevassées et des plages de sable de corail aux couleurs éclatantes sorties tout droit d'un rêve caribéen, des formations rocheuses fantastiques qui évoquaient la planète Mars, des vallées enchantées, des champs et des prairies désolés où seuls le lièvre et le renard se saluaient. La Bretagne intérieure, l'Argoat. Et à présent, il découvrait la forêt de Brocéliande, profonde, sombre et magique. Mais aucun paysage ne ressemblait à celui qu'il avait devant les yeux : cette rivière de campagne en été était si sublime qu'on l'aurait crue imaginée par des peintres. Un tableau digne des plus grands impressionnistes.

Dupin était littéralement envoûté, tout à la contemplation de cette vallée féerique densément boisée et flanquée de collines qui s'étiraient jusqu'au rivage. Au-delà de l'Oust, rivière généreuse s'élargissant au point qu'on aurait dit un lac, et que longeaient des saules et des arbustes luxuriants, s'élevait une paroi rocheuse gris clair. Celle-ci évoquait un relief montagneux qui tranchait avec la composition délicate. Le panorama était d'un romantisme sauvage. Au sommet de la falaise se dressait un pin solitaire courbé par les vents.

Ce lieu respirait l'harmonie et il en émanait une paix profonde. C'était son essence même. Dupin n'entendait que la ritournelle du chant des grillons qu'il aimait tant, ici ou là le gazouillis enjoué des oiseaux ; de temps à autre, on entendait un poisson qui venait de gober un moustique replonger dans l'eau.

« Bien tempéré » : non seulement l'air, mais la perspective tout entière. Ici, la vie était rythmée par le courant paresseux de la rivière qui apportait une délicieuse fraîcheur. Cela lui rappela les vacances d'été de son enfance, qui lui paraissaient interminables, passées dans le Jura, la région de son père, et dans les sublimes paysages du Doubs. La terre et les plantes exhalaient des arômes francs et légers, sans note boueuse ni vaseuse. On pouvait presque respirer la fraîcheur de l'eau. Les paysages fluviaux étaient des mondes à part. Dupin connaissait bien ceux de la Loire, de la Seine ou de la Marne. Mais il ne s'était pas attendu à en trouver de tels en Bretagne, le plus souvent ils étaient liés à la mer, comme les abers de l'Aven et du Bélon. Entre terre et océan, la marée s'avançait profondément à l'intérieur du paysage.

Le soleil était couché depuis peu et le ciel déployait des teintes orangées, roses et violettes en une palette légère et vaporeuse, et les couleurs parfois se mélangeaient, laissant de subtils reflets pastel à la surface de la rivière.

Dupin se dit que, une fois l'enquête terminée, il lui faudrait revenir avec Claire. Elle aimerait cet endroit.

Il se secoua, brisant l'enchantement. Le dernier appontement, avait dit Guivorch. Les bateaux ne manquaient pas, amarrés assez loin les uns des autres.

En chemin, il s'était entretenu au téléphone avec Nolwenn, laquelle, sans plus de formalités, avait loué une autre suite à l'hôtel – « enquête spéciale sur ordre du ministère de l'Intérieur » oblige – et s'était fait livrer un ordinateur. La chambre était devenue de fait le QG pour cette affaire, mais elle avait déjà eu à officier dans des endroits moins conventionnels. « Une jolie vue sur la campagne paisible, commissaire », avait-elle annoncé gaiement, ce qui avait été confirmé par les appels des coqs en arrière-plan sonore.

Une question tenaillait Dupin : l'expertise de Paul Picard était-elle mentionnée dans un quelconque rapport concernant le projet du parc ? Les recherches de Nolwenn ne donnaient pour le moment aucun résultat, mais elle allait continuer à fouiller. Elle avait cependant du nouveau : on avait vérifié les appels de Picard et de Cadiou, mais ils n'avaient jusqu'ici rien révélé de particulier. Cela dit, Picard avait téléphoné à Cadiou deux fois le matin même, à huit heures vingt et à dix heures, pendant respectivement trois et douze minutes. Pour prendre rendez-vous, peut-être ? Par ailleurs, il avait passé la veille aussi un bref coup de fil à Cadiou, à vingt et une heures trente-deux. Les relevés montraient quatre communications au cours des dernières semaines – peut-être avaient-ils abordé des sujets professionnels – et les deux hommes avaient également échangé des textos. Autant qu'on pouvait en juger par le listing des appels en provenance du portable et de la ligne fixe parisienne, Picard n'avait pas eu de contacts téléphoniques avec les autres membres du conseil d'administration du Centre de l'Imaginaire arthurien.

Fabien Cadiou, pour sa part, avait fréquemment téléphoné à Gustave Laurent dans le courant du mois de mai : cinq fois avant son déplacement à Cadbury, trois fois pendant son séjour là-bas puis quatre après, jusqu'à la mort de Laurent. On relevait plusieurs appels à Guivorch, toujours brefs, peut-être en rapport avec le Centre et leurs fonctions respectives. Aucun contact en revanche avec les autres membres du groupe, ni hier ni aujourd'hui.

Il n'y avait rien de mieux à tirer des relevés téléphoniques. Après avoir en vain tenté de joindre Le Ber et Labat, le commissaire s'était entretenu avec Jean Odinot à Paris. Lui non plus n'avait rien de neuf, et Dupin l'avait rapidement mis au courant des derniers développements.

Dupin découvrit le dernier appontement, jusque-là masqué par la végétation. Un groupe d'hommes était attablé pour le dîner sur le pont d'un yacht. L'un d'eux avait les cheveux blancs, une casquette de capitaine sur la tête et un grand verre de rosé à la main. Une scène éminemment sympathique.

Il avisa un second bateau au bout de l'appontement : une coque trapue de couleur blanche, un vieux gréement en bois clair, bien entretenu, un vrai salon bordé de fenêtres panoramiques qui faisaient le tour ; un peu au-dessus de la ligne de flottaison, deux hublots. L'ensemble était soigné, mais sans ostentation.

Guivorch était sur le pont, assis à une petite table de bistrot sur laquelle étaient posés un ordinateur et une bouteille de vin rouge. Il était absorbé dans son travail.

Dupin n'était plus qu'à quelques mètres et avait prévu de s'annoncer mais il se retint in extremis et monta à bord à pas de loup.

— Bonsoir, dit-il enfin.

Guivorch bondit de son siège en se retournant, et découvrit Dupin qui regardait sans se gêner l'écran de son ordinateur, lequel affichait ce qui ressemblait à un plan d'architecte.

— Ah, vous êtes là ! Vous êtes aussi discret qu'un chat !

S'il avait été troublé par l'arrivée de Dupin, il reprenait rapidement contenance, affichant le même sourire ironique que celui que le commissaire lui avait vu au château.

— Qu'est-ce que vous étudiez ? demanda Dupin en faisant mine de ne pas avoir entendu. Les plans d'un appartement ? Vous comptez déménager ?

Sans se défaire de son sourire, Guivorch se plaça entre le commissaire et l'ordinateur, qu'il ferma avant de se rasseoir. Il désigna une chaise à côté de la sienne.

— J'habite sur le bateau de mai à octobre. Le reste du temps, je réintègre ma maison près de la forêt. La maison de mes parents. Croyez-moi, il n'y a pas d'endroit plus beau que celui-ci. Vous voyez, la rivière s'élargit considérablement un peu plus loin. L'Ile-aux-Pies est un vrai paradis naturel, avec des pins marins, des genêts et des fougères. Là commence un paysage où se rencontrent l'Aff, la Vilaine et le canal Nantes-Brest. Ces rivières se mélangent, forment des lacs et des méandres avant de se séparer de nouveau. C'est un immense réseau de voies fluviales, avec des écluses manuelles comme il y a cent ans. Très peu de gens savent que l'intérieur de la Bretagne est en grande partie composé de sites aquatiques. (Comme pour appuyer ces dires, un gros poisson fit un saut devant eux.) Plus de cent rivières et canaux traversent la Bretagne, commissaire. Sur plus de trente mille kilomètres, presque tous navigables. On peut se rendre à peu près dans n'importe quelle région de Bretagne par voie d'eau. Sans oublier les nombreux lacs.

Pas de doute, Guivorch était fier de son pays.

— Vous recevez souvent des visiteurs ? demanda Dupin en désignant les chaises vides.

— Des amis sont passés hier. La soirée était aussi belle qu'aujourd'hui.

Il n'en avait pas touché mot pendant l'interrogatoire, ce qui n'était pas nécessairement révélateur. Dupin décida de s'asseoir mais tourna sa chaise de façon à pouvoir observer Guivorch de côté.

— Revenons au croquis sur votre ordinateur.

— Je profite des mois d'été pour rénover ma maison.

Dupin sortit son carnet improvisé et prit quelques notes sans se presser.

— Et en quoi consistent ces rénovations ?

— J'ai décidé de créer une ouverture entre le salon et la cuisine, répondit Guivorch.

— Vous commencez tard, l'été est presque fini.

— Ne vous inquiétez pas, j'y arriverai.

— Au fait, y a-t-il une madame Guivorch ?

— De temps en temps, commissaire, dit le directeur adjoint avec un large sourire, mais pas en ce moment.

— A tout hasard, vous n'avez pas été marié à un moment ou à un autre avec Adeline Noiret ? Ou existe-il des liens familiaux entre vous et des membres du groupe ?

Le ton du commissaire indiquait clairement qu'il ne plaisantait pas.

— Tous sont liés entre eux d'une façon ou d'une autre, mais pas moi.

Dupin laissa vagabonder son regard avant de le poser sur Guivorch.

— Pourquoi n'avez-vous pas parlé de vos activités de meneur du groupe d'opposition au parc ?

Guivorch haussa exagérément les sourcils.

— Alors il s'agit de ça ! C'est pour ça que vous me manifestez autant d'intérêt ?

— Les deux victimes ont des rapports avec le projet du parc. Elles le soutenaient. (Dupin continuait de fixer Guivorch, qui finit par détourner le regard et le diriger vers la rivière.) Vous avez voulu empêcher le projet de prendre forme et vous nous avez caché votre implication, ce qui vous rend éminemment suspect, monsieur. Sans compter que vous n'avez aucun alibi pour ce matin.

— Paul Picard était impliqué dans le projet ?

La question était habile : soit Guivorch était au courant de l'expertise et cherchait à faire croire le contraire, soit il n'en savait rien et voulait le démontrer.

— Je répète, monsieur : pourquoi n'avez-vous pas évoqué votre engagement contre le parc ? Pourquoi vous y opposez-vous avec autant de virulence ?

— La forêt n'a pas besoin d'un Disneyland.

— Que craignez-vous exactement ?

— Plus de fréquentation signifie davantage de destruction. Cela représenterait un fardeau trop lourd pour la forêt, qui en supporte déjà énormément. Et puis essayez d'imaginer : des files d'attente interminables aux caisses dans les sous-bois pour voir le combat d'Yvain contre le Chevalier noir ? Des gens assis dans une arène avec du pop-corn et du Coca ? C'est ridicule et dégradant !

— Vous y êtes hostile depuis le début ?

— Dès l'instant où j'en ai entendu parler.

— Avez-vous rencontré madame Cadiou, ces derniers mois ?

— Non, rarement, juste au cours de certaines manifestations.

— Et où ?

— Au Centre.

Cela correspondait aux propos de Blanche Cadiou.

— Vous avez discuté ?

— Non, nous n'avons échangé que quelques banalités.

— Quelles actions avez-vous prévues demain soir pour manifester votre opposition ?

— D'apporter des pétitions venant de toutes les communes concernées par le projet. Nous voulons démontrer que les politiciens et les acteurs de l'industrie touristique ne s'expriment pas au nom de tous.

— Et quoi d'autre ?

— Des entrevues avec des personnalités politiques et avec la presse.

— Vous pensez pouvoir empêcher la réalisation du parc ?

— Non, je ne crois pas, lâcha Guivorch dans un soupir. Nous menons une bataille perdue d'avance.

— Comment décririez-vous votre relation avec Fabien Cadiou ?

— Courtoise et respectueuse. Professionnelle.

Cela voulait dire tout et son contraire.

— Vous vous fréquentiez ? Cette relation était-elle amicale ?

— Non, nous ne nous connaissions pas très bien. Nous avions de bons rapports de travail, pas personnels pour autant.

Dupin percevait une certaine réticence dans la réponse. D'autres auraient dit « de très bons rapports » ou quelque chose de ce genre.

— Vous vous voyiez tous les jours ?

— Uniquement les mardis et jeudis matin.

— Mais vous vous fréquentiez auparavant ?

— Oui, depuis près de vingt ans.

— Sans jamais chercher à mieux vous connaître ?

Guivorch leva les yeux au ciel.

— Vous nous prenez pour des gens bizarres, n'est-ce pas, commissaire ? Tout notre groupe de scientifiques…

— Je considère tout le monde comme bizarre, monsieur, y compris moi-même. Mais ce n'est pas très grave. (La voix de Dupin se fit coupante.) Ce qui est grave, en revanche, c'est quand quelqu'un croit que sa propre bizarrerie a plus de valeur que celle des autres et que cela lui donne le droit de leur ôter quelque chose. La vie, par exemple.

— Vous vous méprenez sur ce qui se passe entre nous dans le groupe.

Guivorch contemplait de nouveau l'horizon. Dupin attendit en silence.

De la gamme de couleurs du ciel, seul subsistait à présent un rose pâle qui teintait toute sa surface et nimbait l'espace environnant d'un voile pastel, depuis les pierres, les arbres et l'herbe jusqu'au bord de la rivière. Les légers rubans de brume s'étaient volatilisés.

— Ce n'est qu'un jeu, reprit Guivorch. Tout ça, ce ne sont que des accrochages puérils.

— Et qui ne m'intéresseraient pas le moins du monde, cher monsieur, si le dénouement n'avait pas été tragique.

Le silence, encore. Le passant qui aurait vu les deux hommes assis là aurait pensé à des amis savourant l'atmosphère enchanteresse des lieux.

— Vous connaissez Inwynn ?

— Bien sûr, comme tout le monde. C'est notre meilleur conteur.

— Et jusqu'à quel point le connaissez-vous ?

— C'est moi qui l'ai engagé. Je suis, entre autres, responsable du programme de contes du Centre. (Ça, c'était nouveau, et très intéressant.) Et avant que vous ne posiez la question, nous nous voyons en privé, mais pas de manière régulière, Philippe et moi. Il nous arrive… de boire une bière ensemble.

— Inwynn considère le projet non seulement comme une erreur mais comme une hérésie, une profanation. Vous êtes du même avis ?

— Un peu, oui.

Dupin s'apprêta à changer brusquement de sujet ; c'était une sorte de stratégie mais qui correspondait avant tout à la manière dont son esprit fonctionnait durant une enquête, sautant d'une idée à l'autre.

— Est-ce que vous avez été frustré de voir Cadiou obtenir le poste de directeur à votre place ?

— Ah oui, et pas qu'un peu. Mais… (Guivorch éclata d'un rire qui fit déguerpir deux mouettes postées sur le bastingage)… ce n'est pas pour autant que je l'aurais tué.

— Vous avez toutes les chances maintenant de devenir le prochain directeur, non ?

— Tout à fait.

— Si j'ai bien compris, Paul Picard était aussi intéressé.

— Je ne suis pas au courant.

— C'est curieux… Comment voyez-vous le fait que madame Cadiou était très proche d'au moins un des membres du comité d'attribution des postes ? Je parle du responsable du tourisme, qui est son principal interlocuteur pour le département. Et qui a de plus les mêmes intérêts dans l'affaire.

— Ainsi va le monde, commissaire, dit Guivorch avec un haussement d'épaules.

— Quelle est l'écart de salaire entre le directeur adjoint et le directeur ?

— Je gagne environ la moitié.

— En obtenant la direction, auriez-vous été amené à renoncer à votre chaire à l'université de Rennes ?

— Non.

— Vous êtes professeur titulaire ?

Les traits de son interlocuteur se figèrent l'espace d'un instant, et Dupin ne manqua pas de le remarquer.

— Mon mandat expire au début de l'année prochaine, dit Guivorch, qui essayait en vain de cacher son irritation.

— Ce qui ne pourrait que renforcer votre motivation pour obtenir ce poste.

Mais Guivorch s'était repris.

— Je ne m'inquiète pas pour mon avenir.

— Et qu'avez-vous prévu, pour votre avenir ?

— Je ne sais pas encore. Peut-être la chaire sera-t-elle conservée. La décision est souvent tardive.

Cela semblait peu probable. Dupin ajouta un point d'exclamation à ses notes.

Un grand plouf annonça un nouveau saut de poisson. Comme répondant au signal, le couple de mouettes réapparut sur le bastingage. Dupin les observa un moment avant de se lever et de s'approcher de la cabine, dont il inspecta l'intérieur par la fenêtre. Guivorch le suivit et se plaça à son côté.

— C'est merveilleux, non ? Il y a tout ce dont on a besoin, et ce qui manque, on n'en a pas besoin.

A droite on trouvait une kitchenette intégrée et de l'autre côté une table rectangulaire entourée de quatre chaises et un canapé étroit. Des livres et une liasse de papiers jonchaient la table. La porte sur le pont était grande ouverte.

— Je vous en prie, commissaire, entrez donc.

Dupin baissa la tête et s'approcha de la table, Guivorch sur ses talons.

— Vous cherchez quelque chose en particulier ? demanda le directeur adjoint, nettement moins à l'aise.

Dupin prit son temps pour examiner la table. Son regard fut attiré par un livre épais intitulé *Armes et Armures du haut Moyen Age*, d'où dépassaient de nombreuses languettes de papier. Il voisinait avec plusieurs livres en espagnol et en anglais, quelques-uns en français. La plupart des titres n'évoquaient rien pour Dupin, sauf un : *Cadbury Castle, la première grande phase de fouilles, 1966-1970.*

Depuis le début de l'enquête, il n'arrêtait pas de tomber sur Cadbury Castle.

— Qu'est-ce qui vous occupe en ce moment ? demanda-t-il en désignant la pile de livres.

— Des sujets variés. (D'un geste désinvolte, Guivorch saisit un livre.) Par exemple, voici le texte d'une conférence sur les nouvelles technologies dans la recherche archéologique.

— Et ça ? demanda Dupin en montrant un gros livre bardé de Post-it jaunes, *The Chronicle of San Juan de la Peña. A Fourteenth Century Official History of the Crown of Aragón.*

— Vous allez trop loin, commissaire.

La voix de Guivorch avait subitement changé. Le ton restait hautain mais l'ironie avait laissé place à l'agressivité.

— Que voulez-vous dire ? s'enquit Dupin avec un regard de défi.

La remarque inattendue de Guivorch ouvrait une brèche non seulement dans la conversation mais aussi dans la perception que le commissaire avait de son interlocuteur.

— C'est la traduction anglaise d'un important texte médiéval espagnol. (Guivorch faisait des efforts manifestes pour rester calme.) C'est une chronique de la couronne d'Aragon, rédigée vers 1342, lorsque celle-ci régnait sur toute la Méditerranée occidentale. Elle était alors à son apogée culturel et a engendré les poètes, peintres, savants et musiciens les plus renommés de l'époque. On a longtemps considéré cette œuvre comme une pure chronique mais on sait aujourd'hui qu'il s'agit d'un mélange de faits et, disons, de fictions savamment agencés dans le but de flatter le pouvoir et la splendeur des souverains. En dépit de sa propagande, cette chronique rapporte l'histoire de l'Aragon mieux que n'importe quel autre ouvrage. Vous voulez plus de détails ou cette introduction superficielle vous suffit pour l'instant ?

Le sourire espiègle de Guivorch et les étincelles sarcastiques dans son regard étaient de retour. Dupin ne réagit pas et fit le tour de la table en silence avant de sortir son téléphone et de prendre des photos de l'ensemble.

— Vous n'y voyez pas d'inconvénient, n'est-ce pas ? demanda-t-il quand il en eut terminé.

Sans attendre de réponse, il s'empara d'une liasse de papiers. Une sortie imprimante. *Pdlc Paimpont/P 27/Val sans retour – Maison de Viviane / journal I.*

— Ce sont les fouilles que vous avez entreprises en début d'année, non ? Une sorte de journal…

— Des fouilles au cours desquelles nous n'avons malheureusement rien trouvé de convaincant, dit Guivorch en prenant les papiers des mains de Dupin.

— Comme vous le savez, j'ai récemment développé un certain intérêt pour les fouilles archéologiques. Qu'en pensez-vous : puis-je en avoir une copie ?

La question était purement rhétorique, mais Guivorch resta impassible.

— Non, je ne crois pas. Nous autres, les chercheurs, possédons comme caractéristique de vouloir garder les choses pour nous dans un premier temps.

— Donc ce document expose des résultats ?

— Rien que des informations indirectes et érudites, que vous pourrez lire dans ma prochaine communication.

— Qu'avez-vous trouvé précisément lors de ces fouilles ?

— Comme je l'ai dit, rien de pertinent. Un rapport intermédiaire officiel a été transmis à la municipalité ainsi qu'à Rennes. Il est en consultation libre.

C'était probablement sans intérêt, mais il demanderait quand même à Nolwenn de faire des recherches. Il n'était pas exclu qu'il soit tenu de demander une commission rogatoire pour perquisitionner le bateau, indépendamment de ses sentiments envers Guivorch.

Il saisit une autre liasse, comme si l'échange précédent n'avait jamais eu lieu. Il s'agissait là encore d'un tirage papier : *Inventaire des collections de livres médiévaux en Cornouailles et au pays de Galles.*

— Et ceci ? demanda-t-il.

— Je crois que nous devrions regagner le pont.

Guivorch fit quelques pas vers la porte et attendit dans une posture éloquente. Dupin s'éloigna lentement de la table. Sur le pont, il tourna la chaise face à la rivière et s'assit sans y être invité. Le chatoiement rose sur l'eau et sur le paysage avait perdu de sa vigueur. C'étaient les instants des soirs de fin d'été où les couleurs et les contrastes changeaient avec une singulière brièveté. Le ciel à l'ouest était encore clair, mais à l'est la nuit était déjà tombée. On pouvait presque suivre la progression du jour avec la rotation de la Terre. Dans ce paysage aquatique, les arbres au bord de l'eau se fondaient en un rideau sombre.

A contrecœur, Guivorch prit place à côté de Dupin qui garda les yeux fixés sur l'eau.

— Eh bien, tout ceci a été très instructif, cher monsieur. (Un soupir profond et appuyé lui répondit.) Je dois vous dire que je pense tout à fait possible que vous ayez tué vos deux confrères. (Il marqua une pause.) Il était important que vous le sachiez. Et maintenant, je vais prendre congé.

Sur ces mots, Dupin se leva ; Guivorch ne bougea pas.

— Ne vous inquiétez pas, commissaire, j'en suis bien conscient. Je…

Il fut interrompu par le téléphone de Dupin. C'était Nolwenn. Le commissaire quitta prestement le bateau et prit l'appel une fois sur la rive.

— Nolwenn, je vous rappelle dans une minute, je…

— C'est Adeline Noiret ! Elle a été attaquée, à l'hôtel. On l'a trouvée inconsciente. Au couteau, comme Paul Picard. Elle a perdu beaucoup de sang.

— C'est pas vrai !

Guivorch n'avait-il pas parlé d'un jeu ? Des plus meurtriers, et il semblait que l'on venait de distribuer une nouvelle donne.

Dupin partit au pas de course.

— Où l'a-t-on emmenée ?

— Elle est en chemin pour l'hôpital de Ploërmel.

— Le Ber est à l'hôtel ?

— Je n'arrive pas à le joindre, pas plus que Labat.

— Ils voulaient aller ensemble au Relais de Brocéliande, à Paimpont.

— Oui, je sais, rétorqua Nolwenn d'un ton contrarié.

— Comment est-ce arrivé ?

— Elle a été agressée dans le couloir devant sa chambre.

— Les autres chercheurs se trouvent à l'hôtel ?

— Tous sauf Guivorch.

— Demandez à Aballain de les réunir. Je veux les voir, tous. Nom d'un chien, où sont Le Ber et Labat ? J'ai besoin d'eux. Trouvez-les-moi, Nolwenn. J'arrive au plus vite.

Presque un nouveau meurtre, le troisième en l'espace de douze heures…

Dupin pensa à l'ultimatum de Claire. Quelle catastrophe !

Le parking se trouvait à gauche de l'hôtel, qui se composait d'une succession de quatre bâtiments anciens ; on avait ajouté à l'arrière une annexe moderne mais pittoresque : un toit d'ardoise grise, des encorbellements de pierre rouge clair et de hautes fenêtres dont les encadrements, ainsi que ceux des portes, étaient peints en rouge foncé. L'ensemble était éclairé de façon à créer une ambiance chaleureuse.

Dupin s'orienta – à vol d'oiseau, moins de cinq cents mètres le séparaient du bureau de Blanche Cadiou et du café – et se dirigea vers le bâtiment principal de l'hôtel. Trois voitures de police stationnaient devant l'entrée, et il en avait vu deux autres sur le parking. Dupin avait téléphoné à l'hôpital de Ploërmel. Le médecin l'avait informé que selon toute probabilité, malgré ses graves blessures, le pronostic vital de madame Noiret n'était pas engagé, et qu'elle avait eu beaucoup de chance. Elle avait reçu trois coups de couteau – à lame courte, d'après le médecin –, deux à l'extérieur du bras et un à l'intérieur, qui aurait pu lui sectionner l'artère. Elle avait perdu beaucoup de sang mais dans l'ensemble son état était stable. Elle n'avait pas vu son agresseur et ne savait même pas s'il s'agissait d'un homme ou d'une femme. On s'était approché d'elle par-derrière, puis elle s'était effondrée en perdant connaissance. Tout s'était passé très vite. Son mari, Bastien Terrier, l'avait accompagnée à l'hôpital.

Après sa conversation avec le médecin, Dupin avait rappelé Nolwenn pour lui transmettre de nouvelles directives, notamment celle d'enquêter sur la situation actuelle et future de Guivorch à l'université de Rennes. Il lui demanda aussi de lire le rapport intermédiaire de celui-ci concernant les fouilles près de la Maison de Viviane, puis de vérifier l'existence de ses prétendus travaux dans sa cuisine. Le préfet s'était manifesté et Nolwenn, avec le talent qui était le sien, lui avait expliqué que non seulement le commissaire était « malheureusement indisponible pour le moment », mais aussi que, compte tenu de la « situation explosive », il avait reçu des instructions de Paris de ne communiquer que sur l'affaire et sur rien d'autre. La discrétion la plus stricte était impérative. Les mensonges de Nolwenn avaient produit l'effet escompté : bien que mécontent, Guenneugues s'était incliné.

Dupin s'approcha des deux gendarmes qui gardaient l'entrée de l'hôtel.

— L'accès est interdit à la presse, monsieur. Ordre de Paris, du ministre de l'Intérieur. (Le barrage était draconien, et bizarrement justifié.) C'est valable pour tout l'hôtel, monsieur. Ces lieux font l'objet d'une enquête spéciale de la police parisienne.

— Je… commença Dupin.

— Désolé, pas d'exception. Vous êtes le huitième.

Comment le gendarme pouvait-il le confondre avec un journaliste ? En principe, Dupin était content de voir la presse tenue à l'écart. La nouvelle de l'agression avait dû rapidement filtrer, et les journalistes étaient déjà sur les lieux.

— Monsieur, dit le gendarme sévère, si vous voulez bien…

Son collègue l'interrompit en se raclant la gorge.

— Euh, Pierre, je crois que c'est le commissaire. Celui de Paris. C'est lui qui commande ici.

Dupin voulut protester : il n'était pas de Paris ! Mais pour l'instant il y avait plus important.

— Oh ! C'est vous, commissaire ? dit le gendarme en rougissant.

— Oui, c'est moi. Où se trouvent les chercheurs ?

— Nous les avons installés dans une des salles de réunion. De toute façon, il n'y en a plus que deux, Marc Denvel et Sibylle Bothorel.

Effectivement, il ne restait plus grand monde du groupe.

— Et le colonel Aballain ?

— Il est là aussi.

— Où exactement a eu lieu l'agression ?

— Je vais vous montrer. Les bâtiments communiquent entre eux, mais chacun possède ses propres accès à la rue, au parking et au jardin. Tout est imbriqué, c'est un vrai petit labyrinthe. C'est ici, en haut.

Le gendarme – au demeurant plutôt sympathique – le précéda dans l'hôtel. A la réception, un panneau rouge foncé sur une porte indiquait *Restaurant – Bistrot*, au fond un escalier massif menait à l'étage. Le gendarme grimpa les marches d'un pas alerte en poursuivant ses explications.

— Les époux logent dans des bâtiments différents. Adeline Noiret est ici, dans le principal. Il existe cinq accès au premier étage où se trouve sa chambre. C'est là que ça s'est passé. Son mari, Bastien Terrier, est à l'annexe.

— Ils font chambre à part ?

— Oui, répondit le gendarme.

Dupin s'arrêta. Il était parti du principe que le couple partageait la même chambre. Qu'il eût manqué ce détail cadrait bien avec le reste de l'affaire ; la dissimulation était le point commun de toutes les personnes impliquées et de leur « modèle de communication » : ne divulguer des informations qu'à contrecœur et quand on les leur arrachait.

— Pourquoi ? demanda Dupin.

— Désolé, je ne sais pas, dit le gendarme en rougissant de nouveau.

Dupin se remit en mouvement.

— Comment se fait-il que tous les chercheurs soient hébergés dans des parties différentes de l'hôtel ?

— Je ne saurais vous le dire.

Ils arrivèrent au premier étage. Le fonctionnaire ouvrit une lourde porte et s'immobilisa si brusquement que Dupin faillit lui rentrer dedans.

— Nous y sommes, dit le gendarme sans toutefois s'écarter.

Au bout d'un étroit couloir mal éclairé, une petite fenêtre carrée donnait sur l'extérieur. De part et d'autre du couloir revêtu d'une moquette bordeaux se trouvaient quatre chambres, deux côté cour, deux côté rue.

— C'est ici que ça s'est produit, commissaire. Presque devant sa chambre, ajouta le gendarme en avançant dans le couloir.

Une toute jeune collègue, qui devait avoir à peine vingt ans, salua d'un geste timide. L'endroit où la victime était tombée avait été marqué à la craie.

— On ne voit pas de sang sur la moquette.

Le gendarme désigna un endroit du couloir. Dupin s'accroupit : effectivement, les traces étaient difficiles à distinguer, il fallait scruter la moquette pour repérer plusieurs petites taches et une grande d'au moins quarante centimètres de diamètre.

— L'agresseur l'attendait ici, il a pu venir de n'importe où, d'en haut, d'en bas, d'un côté. Madame Noiret sortait du restaurant.

Dupin se dressa.

— Le mari de madame Noiret était déjà monté dans sa chambre ?

— Oui, il prétend qu'il avait du travail, un article important à terminer. Il a fait l'impasse sur le fromage et est sorti de table plus tôt, vers vingt et une heures trente. Madame Noiret est restée toute seule au restaurant.

— Personne dans l'hôtel n'a remarqué quelque chose ou quelqu'un de particulier ?

Dupin sortit son bloc-notes improvisé dont le logo Citroën attira le regard du gendarme.

— Non. A l'heure actuelle, nous nous sommes entretenus brièvement avec presque tout le monde, personnel et clientèle. Jusqu'ici, personne ne s'est manifesté.

Dupin allait et venait, s'arrêtant de temps en temps pour s'accroupir, examiner le sol et les murs avant de se relever.

— Combien l'hôtel accueille-t-il de clients actuellement ?

— En dehors des scientifiques, sept autres chambres ont été louées, mais aucune dans ce couloir. La haute saison est terminée.

— Qu'en est-il du restaurant dont vous parliez ? De là aussi on a accès aux chambres ?

— Nous avons demandé à tous les clients de rester, dit le gendarme avec un nouveau regard appuyé sur la notice d'utilisation.

— Qui a trouvé Adeline Noiret ?

Dupin supposait qu'elle avait été découverte par son mari avant d'apprendre qu'ils ne partageaient pas la même chambre.

— Une employée de la réception. Elle a entendu des cris et s'est précipitée. Quand elle a découvert madame Noiret, elle a appelé à l'aide.

— Je présume qu'elle n'a vu personne ici en dehors de la victime ?

— Tout à fait.

Les portes de communication entre les bâtiments étaient béantes, facilitant la fuite de l'agresseur.

— A quelle heure avez-vous été informés ?

— L'appel est arrivé chez nous à vingt-deux heures deux. L'employée ne se souvient d'aucune heure précise, mais elle a dû trouver la victime deux, trois minutes plus tôt. Ça a dû se passer juste avant vingt-deux heures.

Dupin prit des notes. Une chose était sûre : ce n'était pas Guivorch, puisque Dupin était avec lui sur son bateau au moment crucial.

— Tous les chercheurs étaient présents à l'hôtel à ce moment-là ?

— Le colonel Aballain assure que oui.

— Et la scientifique ?

— Elle arrive. Il s'agit d'une enquête spéciale, quand même.

A l'entendre, il fallait ça pour qu'ils se déplacent avant le lendemain matin.

— Je présume qu'on n'a trouvé aucune trace de l'arme du crime ?

La question était superflue, et le gendarme secoua la tête.

— Adeline Noiret était inconsciente quand l'employée l'a trouvée ?

— Oui, mais elle est revenue à elle tout de suite après.

Dupin n'avait plus rien à faire ici. S'il y avait des indices, la scientifique les découvrirait.

— Comment je me rends à la salle de réunion ?

— Je vais vous y emmener, proposa le gendarme en se dirigeant vers la sortie.

— Avez-vous eu des nouvelles de mes inspecteurs, les lieutenants Le Ber et Labat ?

— Non, désolé.

Qu'est-ce que c'était que cette histoire ? Où étaient-ils passés ?

— Que personne n'entre dans l'hôtel.

— Que doit-on faire des clients qui sont sortis dîner ?

— Enregistrez-les à leur retour, et demandez-leur de se rendre directement dans leurs chambres.

Le gendarme ouvrit la porte à Dupin.

— En haut de l'escalier, indiqua-t-il.

— Encore une chose : dès que possible, faites en sorte que deux gendarmes montent la garde au manoir de Cadiou cette nuit.

L'autre hocha la tête.

— Surveillance ou protection ? demanda-t-il.

— Je ne sais pas encore. Qu'ils ouvrent l'œil, c'est tout.

Le deuxième étage était configuré comme le premier. Le gendarme semblait soudain mal à l'aise.

— Je n'ai pas été très précis sur un point, expliqua-t-il. En fait, le professeur Denvel loge aussi dans le bâtiment principal, ici, au deuxième.

— Où ça ?

— Côté rue. Il occupe la chambre au-dessus de celle de madame Noiret. (Il se dirigea vers un couloir.) Les salles de réunion se trouvent dans les combles de l'annexe, au-dessus du café. Attention à votre tête…

Dupin se baissa et suivit un étroit corridor menant à des combles peints en blanc, aux murs mansardés et à la charpente apparente. Le mobilier se composait de tables en bois assemblées en rectangle et de chaises blanches à haut dossier. Les murs étaient nus ; des spots encastrés au plafond éclairaient la salle comme en plein jour. Au fond se dressait le paperboard indispensable des salles de réunion. L'ensemble était très fonctionnel.

Aballain s'approcha et Dupin le salua cordialement. Assis chacun à une extrémité de la table, Sibylle Bothorel et Marc Denvel – tous deux suspects privilégiés – se tenaient aussi loin que possible l'un de l'autre, dans une attitude presque théâtrale. Dupin hocha la tête en guise de salutation.

— C'est absolument honteux de me garder encore ici…

Dupin n'était pas d'humeur à écouter les doléances de Sibylle Bothorel. Il se planta devant elle et l'interrompit avec rudesse :

— Où étiez-vous à vingt-deux heures ?

— J'ai dîné, puis je suis allée dans ma chambre, la suite Merlin. J'ai lu, comme chaque soir.

— Dans quelle partie se trouve votre suite ?

— Dans le bâtiment latéral. Mais mes fenêtres donnent sur le jardin, pas sur le parking.

A en juger par le ton, l'inverse eût été la pire des insultes.

Dupin ouvrit la notice d'utilisation au chapitre « Confort ». En fait, il trouvait son système bien pratique puisqu'il apprenait à connaître sa voiture – au moment où elle risquait d'atterrir à la casse. Il voulait esquisser le plan de l'hôtel et la sous-section « Vide-poches, cendriers, allume-cigares » offrait suffisamment d'espace.

Pendant ce temps, Marc Denvel, les cheveux plus ébouriffés encore que lors de leur première rencontre, détaillait la pièce d'un regard indifférent.

— A quel moment étiez-vous au restaurant ? poursuivit Dupin.

— Entre neuf heures moins le quart et dix heures moins le quart, il me semble, lui répondit Sibylle Bothorel, toujours indignée. Je n'ai pris que les langoustines au lambig.

Dupin calcula.

— Et quand avez-vous quitté le château ? Je présume que votre chauffeur vous a conduite ici.

— Ça a pris un temps ! Insupportable !

— Répondez à la question.

— Après huit heures. Je suis passée à table aussitôt. Je dors mal quand je dîne tard.

— Vous vous trouviez donc dans votre chambre quand Adeline Noiret a été agressée ?

— Je vous l'ai déjà dit.

— Et vous n'avez rien entendu ? Pas de cris ?

— Mais enfin ! Non !

Il fallait qu'il inspecte lui-même l'hôtel et qu'il se fasse une idée de la disposition des chambres.

— Comment va madame Noiret ? Que disent les médecins ?

La question venait de Denvel, sans qu'il montre toutefois beaucoup d'émotion. Il était difficile de dire si cet apparent manque d'intérêt était réel ou simulé.

— Elle s'en sortira. (Le regard de Dupin passa de l'un à l'autre.) Mais il s'en est fallu de peu. Pour revenir à vous, madame : avez-vous aperçu Adeline Noiret ou l'un de vos confrères ce soir, ici à l'hôtel ?

— Non.

— Et au restaurant ?

— Adeline Noiret et Bastien Terrier. Lui est parti plus tôt, et elle était encore à table quand je suis sortie.

Cela correspondait au récit du gendarme.

— Vous a-t-elle paru changée d'une façon ou d'une autre ? Nerveuse, peut-être ?

— Je la connais à peine, mais je n'ai pas eu cette impression.

— Pourtant, vous la fréquentez depuis de longues années…

— Je vous en prie, le nombre d'années n'entre pas en ligne de compte. Cela ne veut pas dire qu'on connaît vraiment quelqu'un.

— S'est-elle entretenue avec quelqu'un quand elle était seule ? Ou même avant, quand son mari était là ?

— Non.

— Et vous, où avez-vous dîné ? Pas ici, à l'hôtel ? demanda Dupin en se tournant vers le jeune chercheur.

Celui-ci affichait une mine grave. Il avait troqué son polo pour une chemise aux manches retroussées, de ce bleu clair qui semblait être sa couleur de prédilection.

— J'avais envie de bouger. Je me suis promené dans le village, puis je suis allé à la Terrasse de l'Abbaye, où j'ai mangé une excellente tête de veau. On en trouve rarement à la carte. (Il joignit les mains dans un geste qui n'allait pas avec son jeune âge, pas plus que le plat : Dupin ne connaissait personne qui mangeait encore de la tête de veau.) Vous voulez connaître mon emploi du temps, je suppose.

— Très juste.

— Laissez-moi réfléchir… Après notre rencontre, je suis allé rapidement à ma chambre puis je suis sorti dîner. Je suis resté à table pendant une heure et demie, je pense. Je… (Il se tut et se leva.) Je viens de penser à quelque chose. Ça vous facilitera la tâche, et à moi aussi. (Il prit son portefeuille dans la poche arrière de son pantalon.) Voici l'addition du restaurant.

Il tendit un papier à Dupin et se rassit. Dupin était impressionné – lui-même égarait toujours ses factures, même celles qu'il pouvait se faire rembourser en notes de frais. Il chercha l'indication de l'heure.

— La facture a été établie à… « vingt et une heures trente-sept », lut-il. Il faut cinq minutes pour aller du restaurant à l'hôtel, ça vous laissait le temps.

— Alors cette facture est plutôt à mon débit, dit Denvel avec un sourire faussement penaud.

Dupin ressentit le besoin de mettre les points sur les *i*.

— Vous n'avez pas d'alibi, ni pour ce soir, ni pour ce matin.

— Vous m'en voyez sincèrement désolé. Je vous ai dit exactement où j'étais. C'est bien ce que vous attendez de moi, non ?

Il haussa les épaules. Dupin en avait assez de ce genre de déclaration et ignora la question.

— En revenant du château, avez-vous vu un de vos confrères ? Ou peut-être plus tard, en rentrant du restaurant ?

— Ni l'un ni l'autre. Je me suis rendu directement dans ma chambre.

— Laquelle se trouve juste au-dessus de celle d'Adeline Noiret.

— En effet.

— Avez-vous remarqué quelque chose de suspect, un détail ?

— Je vous assure que je vous en aurais fait part. Nous tenons tous beaucoup à voir ces crimes élucidés.

Les propos du jeune scientifique avaient quelque chose qui semblait arrogant, sans que l'on puisse attribuer cette impression au ton ou au contenu. C'était peut-être sa posture hautaine… Dupin fit le tour de la table afin d'avoir les deux chercheurs sous les yeux en même temps.

— Dites-moi, pourquoi ne m'avez-vous pas informé de vos liens familiaux ?

— Cela ne vous regarde pas, siffla Sibylle Bothorel.

— Quand il s'agit d'homicide, tout me regarde, madame. Comment sont vos relations personnelles ? Vous vous voyez fréquemment ?

— Je répète, ça ne vous regarde pas le moins du monde, dit Sibylle Bothorel en évitant le regard de Dupin.

Quelqu'un frappa bruyamment à la porte et un gendarme de grande taille entra. Lui non plus, Dupin ne le connaissait pas ; cette « enquête spéciale » avait été dotée en personnel de façon impressionnante.

Le nouvel arrivant s'adressa à Aballain, debout à côté du paperboard.

— Excusez-moi. Nous avons maintenant les noms de tous les clients et nous venons de nous entretenir avec chacun d'eux. Personne n'a rien vu de suspect. Mais certains commencent à perdre patience et voudraient s'en aller. Nous…

— Ils doivent rester là où ils sont, décréta Dupin. Je descends tout de suite, il leur faudra attendre jusque-là.

Le gendarme lança un regard à Aballain, qui confirma d'un petit signe de la tête, puis s'en alla.

— Ma belle-mère et moi n'entretenons pas de relations personnelles, dit Marc Denvel. Nous nous voyons de temps en temps lors d'événements d'ordre scientifique.

Chaque mot était prononcé d'un ton neutre, et pourtant le jeune homme avait baissé la tête et semblait mal à l'aise.

— Tout à fait, confirma inutilement Sibylle Bothorel.

— Jamais en dehors d'un contexte professionnel ?

Sibylle Bothorel paraissait détendue, le fait que son beau-fils s'exprime pour décrire leurs rapports ne paraissait pas l'offusquer.

— Non, pas depuis quelques années, répondit Marc Denvel. Quatre ans, peut-être.

— Cinq, le corrigea-t-elle d'une voix suave.

Dupin eut du mal à déceler le jeu à l'œuvre derrière ces déclarations.

— Je présume que vous ne me direz pas pourquoi ?

— Effectivement, confirma Sibylle Bothorel.

— Et lorsque vous vous rencontrez, c'est uniquement dans le cadre des réunions, pas en dehors ? Pour un café ou un repas ?

— Non.

Dupin considéra le visage impassible de la femme et changea abruptement de sujet :

— Adeline Noiret a lancé des accusations graves contre vous. Elle a remis en cause votre réputation de scientifique.

La mine de Sibylle Bothorel se figea l'espace d'un instant. Dupin l'avait surprise.

— Ses accusations étaient totalement absurdes ! J'ai défendu mes théories des années avant elle, et publiquement. Tout le monde les connaissait. Si quelqu'un a volé quelque chose, c'est elle !

— Adeline Noiret aurait-elle réitéré ses accusations ? En particulier ces temps derniers ?

— Ce n'est qu'une chercheuse de second ordre. La vérité reste la vérité. En tout cas, ce ne sont pas ses mérites scientifiques qui lui ont valu d'obtenir sa chaire.

— Mais quoi ? Veuillez être plus précise, madame.

— C'est une femme ambitieuse et séduisante entourée d'hommes influents d'un certain âge qui décident des postes à attribuer et à qui. Que voulez-vous que je vous dise ? C'est comme ça.

La brutalité qui régnait au sein de ce groupe était proprement sidérante. Dupin repensa aux paroles de Guivorch : « Ce n'est qu'un jeu. » Mais ce n'en était pas un – c'était on ne peut plus sérieux.

— Que voulez-vous insinuer ? Je vous ai demandé d'être plus précise.

— Je n'insinue rien du tout. Libre à vous d'interpréter mes paroles. Je n'en dirai pas plus.

— Donc, je répète : Adeline Noiret a-t-elle réitéré ses accusations contre vous ?

— Je n'en ai pas eu connaissance, mais elle est capable de tout.

Dupin décida de modifier sa stratégie :

— Monsieur Denvel, comment décririez-vous votre relation avec Adeline Noiret ?

— Je la rencontre aux séances du conseil d'administration de la société arthurienne, c'est tout.

— Etes-vous déjà entré en conflit avec elle ?

— Il nous arrive de défendre des positions opposées, mais je ne parlerais pas de conflit.

Dupin sortit de la notice la feuille portant les renseignements biographiques de chacun.

— Vous êtes historien, votre belle-mère est spécialiste de littérature. Aucun de vous n'est archéologue, y compris Adeline Noiret. Mais vous participez tous les trois aux fouilles en tant qu'experts. C'est bien ça ?

— Nous connaissons les contextes historiques et culturels, ce qui est utile.

— Avez-vous participé à l'un des chantiers de vos confrères ?

— Que voulez-vous dire ?

La question était pourtant claire.

— Je voudrais savoir si vous avez été impliqué dans l'un des chantiers de fouilles auxquels ont participé messieurs Picard, Guivorch et Terrier. Ou même monsieur Laurent, l'archéologue amateur.

— Non, répondit Denvel. Pas directement, je n'ai pas collaboré à leurs travaux, ni été sollicité par eux ou leurs équipes. Mais dans d'autres circonstances et avec d'autres groupes, il m'est arrivé de me trouver aux mêmes endroits qu'eux.

En voilà une déclaration alambiquée – et vague…

— Cadbury Castle, par exemple ?

— Exactement. C'est un bon exemple. J'appartenais à une équipe composée de deux médiévistes et de deux spécialistes de langues anciennes. Nous y avons étudié une tablette qui porte une inscription en capitales romaines datant de l'Antiquité tardive. Nous en avons parlé cet après-midi au château.

Il fallait vraiment leur tirer les vers du nez un par un ! C'était à devenir chèvre !

— Vous parlez de la tablette découverte par Bastien Terrier et son équipe ?

— Mais notre mission n'avait rien à voir avec la leur, et vice versa.

— Mais il s'agissait bien du même lieu.

— Oui.

— Et vous avez tous examiné le même objet.

— Oui.

— Y a-t-il eu un autre projet auquel vous ayez participé simultanément de cette même façon indirecte ?

— Je ne saurais vous le dire. C'est possible, nous avons tous visité les mêmes sites.

— Mais pas ici, aux fouilles dans la forêt, près de la fontaine ?

— Vous avez déjà posé cette question, il me semble.

— Je voulais dire, de façon *indirecte*.

— Non.

— Et vous, madame ?

Celle-ci secoua la tête. Dupin prit une nouvelle direction :

— Aujourd'hui, Auffray Guivorch, le directeur adjoint du Centre, étudiait un certain croquis, un plan de bâtiment. Cela vous évoque-t-il quelque chose ?

— Je ne vous suis pas, dit Denvel avec condescendance. A quoi pourrait-il s'intéresser ? Quel bâtiment ? Pourquoi ?

C'était quelque chose qui ne cessait de trotter dans la tête de Dupin.

— Y a-t-il des raisons de croire que Guivorch s'intéressait à un bâtiment particulier, ici dans la forêt ? Ou à quelque chose à l'intérieur de ce bâtiment particulier ? Cette question s'adresse aussi à vous, madame.

— A moi aussi, votre suggestion semble obscure. Comment saurais-je ce qui intéresse monsieur Guivorch ?

Dupin se passa la main dans les cheveux.

— Pour moi, ça se présente comme ça : nous ne savons pas de quoi il retourne, mais rien ne nous dit que cette histoire est terminée. Chacun d'entre vous pourrait être la prochaine cible, tout comme chacun de vous pourrait être le coupable. Peut-être même l'un et l'autre. (Il eut un sourire en coin.) Il ne reste plus beaucoup de victimes potentielles. Quoi qu'il en soit, nous le saurons bientôt. (Il se détourna et se dirigea sans hâte vers la porte.) Ne quittez pas l'hôtel avant demain matin, même pas une minute, jusqu'à ce que je vous y autorise.

Puis il sortit de la salle de réunion.

— Voici monsieur Herbé, le patron de l'hôtel, indiqua le colonel Aballain.

Derrière le comptoir de la réception se tenait un homme d'âge moyen entièrement chauve, à la mine sympathique mais pour l'heure soucieuse. Aballain avait proposé à Dupin de rencontrer d'abord les clients les plus impatients, cependant le commissaire avait tenu à commencer par lui.

— Bonsoir, monsieur, dit-il avec un hochement de tête cordial.

— Ah, c'est terrible !

L'homme semblait bouleversé et Dupin pouvait tout à fait concevoir son désarroi : c'était bien la dernière chose qu'on souhaitait en tant que gérant d'un hôtel. Mais le commissaire n'avait pas de temps à perdre.

— Dites-moi, comment se fait-il que tous les chercheurs soient hébergés dans des bâtiments différents ?

— Nous les avons répartis ainsi sur demande expresse.

— La demande de qui ?

— Du professeur Guivorch. Il a fait les réservations pour tout le monde, il y a deux, trois mois déjà.

— Comment a-t-il formulé sa requête, vous vous en souvenez ?

— Oui, je lui ai parlé moi-même. Il a déclaré que chacun tenait à sa sphère privée. En tout cas il s'est exprimé dans ce sens. Des chercheurs, vous savez.

Cela paraissait inhabituel, mais ressemblait tout à fait au fonctionnement de ce groupe bizarre.

— Monsieur Guivorch a-t-il pu décider de la répartition des chambres ?

— Non, ça, c'était nous. Bien sûr, ça dépendait aussi des disponibilités à court terme.

— Vous voulez dire que personne ne pouvait savoir à l'avance qui dormirait dans quel bâtiment et dans quelle chambre ?

— Non, c'est exclu. Quand il s'agit de clients importants, je me charge moi-même de la réservation. C'est moi qui ai distribué les chambres, la veille de leur arrivée.

— Vous en avez fait part à quelqu'un ?

— Le plan des chambres a été affiché le soir précédent.

— Vos employés ont pu le consulter, je suppose.

— Forcément.

— Des chambres à part pour le couple Noiret-Terrier, c'était aussi un arrangement organisé par monsieur Guivorch ?

Le propriétaire haussa les sourcils. La question semblait l'incommoder.

— Non, ce n'était pas lui.

— Qui alors ?

— Madame Noiret elle-même. Monsieur Guivorch avait réservé une chambre double pour elle et son mari, mais elle a appelé il y a une semaine pour demander deux chambres séparées. Elle disait que son mari et elle avaient beaucoup de travail et besoin de calme. Qu'il leur faudrait deux pièces pour travailler – c'est ce qu'elle a dit mot pour mot.

Dans d'autres circonstances, on aurait pu y voir une indication sur la santé de leur couple, mais tel que Dupin connaissait les chercheurs, cette décision était plausible, voire raisonnable à leurs yeux.

— Je comprends. L'un de vos employés ou vous-même auriez-vous vu ou remarqué quelque chose ? Un événement inhabituel ?

— Non.

— Avez-vous parlé avec Paul Picard hier ou ce matin ?

La question surprit visiblement le gérant.

— Vos collègues m'ont déjà posé la question. J'étais en effet à la réception hier soir quand ces messieurs-dames se sont présentés, nous avons échangé quelques mots, mais rien de plus. Monsieur Picard semblait tout à fait normal.

— Les autres personnes aussi ?

— Oui, absolument… Vous voulez dire que l'agresseur se trouve ici, à l'hôtel ?

Sa voix trahissait une pointe de peur.

— Je ne sais pas, avoua Dupin avec honnêteté.

— Vous pensez que tous ces professeurs se seraient disputés ?

— Ça aussi, je l'ignore. Cher monsieur, je vous remercie infiniment. (Il se sentait tenu à quelques paroles apaisantes.) Faites-nous confiance, nous allons résoudre cette affaire. La réputation de votre bel hôtel ne sera pas ternie.

Juste avant de quitter la réception, Dupin se retourna.

— Monsieur Herbé, serait-il possible d'avoir un café ? Ou deux ?

— Bien sûr, tout de suite, s'empressa le gérant, manifestement confus.

Le commissaire quitta la pièce en lançant un « Merveilleux ! » sonore dont l'écho se perdit dans la salle de restaurant dont il venait de franchir le seuil. C'était un vaste espace, lumineux et décoré avec goût. De grands lustres répandaient une agréable lumière sur des tables rondes, ovales ou rectangulaires aux nappes rouges, sur des chaises en bois et une vieille armoire solitaire. Les nombreux clients examinèrent Aballain et Dupin en silence. Celui-ci s'arrêta, surpris mais satisfait d'avoir capté l'attention des gens.

— Bonsoir, mesdames et messieurs. Je suis le commissaire Georges Dupin, du commissariat de police de Concarneau. Pendant que vous étiez ici dans cette salle, un délit grave a été commis dans les étages – une tentative de meurtre, pour être précis. Je dois savoir si l'un ou l'une d'entre vous a quitté le restaurant autour de vingt-deux heures, ne serait-ce qu'un moment, pour fumer une cigarette, peut-être, ou pour aller chercher quelque chose dans sa chambre – pour ceux qui sont clients de l'hôtel, bien sûr.

Le grand gendarme s'approcha avec à la main plusieurs documents qu'il tendit à Dupin dans un geste involontairement cérémonieux.

— Voici ce que nous avons consigné jusqu'ici. Nous avons pu identifier quatre personnes qui ont quitté la pièce à l'heure en question, toutes pendant un court laps de temps. Deux pour fumer, deux pour se rendre aux toilettes.

Cela répondait à la question de Dupin. Il aurait peut-être dû d'abord consulter le gendarme… Le restaurant était comble – probablement en grande partie des habitants de la région, puisque la saison était terminée.

— Et qui sont ces quatre personnes ? demanda-t-il en s'adressant à l'assemblée.

Des mains se levèrent, hésitantes : deux appartenaient à des jeunes gens près de l'entrée, sans doute les fumeurs, une à une femme d'un certain âge et à l'air embarrassé assise à l'une des grandes tables, et la dernière à une femme rousse au fond de la salle.

Le gendarme s'approcha de Dupin et baissa la voix, guère plus discrète pour autant ; dans le silence ambiant, on aurait pu entendre tomber une aiguille.

— Nous nous sommes entretenus en tête à tête avec ces quatre personnes. Nous n'avons trouvé aucune raison de les soupçonner.

Le gendarme avait certainement raison. Dupin se tourna de nouveau vers l'assemblée.

— J'aimerais…

Son regard se posa sur le visage d'un homme installé à côté de la porte. Il mit un moment à le reconnaître car il arborait à présent une queue de cheval, un tee-shirt et un jean noir, mais c'était bien lui : Philippe Goazou – Inwynn le conteur.

Tandis que l'assistance, captivée, attendait la suite de la phrase de Dupin, celui-ci se contenta d'un « Merci pour votre attention » avant de se diriger comme si de rien n'était vers la table du conteur. Personne n'osait parler mais tout le monde observait – une vraie scène de théâtre. Les gendarmes, eux, étaient perplexes.

— Vous pouvez reprendre vos conversations, déclara Dupin en se retournant.

La salle resta silencieuse, tous les regards convergeaient vers lui. Mais la bizarrerie de la situation lui échappa totalement, il était déjà ailleurs.

— En voilà une étrange coïncidence, monsieur Goazou. Vous ici, ce soir…

De nouveau, son bloc-notes de fortune attira des regards curieux tandis que Philippe Goazou fixait le commissaire.

— Alors, monsieur ?

— Alors quoi ?

— Vous savez quoi ? proposa Dupin avec un coup d'œil vers l'homme qui accompagnait le conteur. Je crois que nous allons sortir un petit moment, vous, votre ami et moi.

— Qu'est-ce que vous me voulez ? demanda le conteur quand ils furent sur la terrasse, dans l'air nocturne agréablement tiède.

Goazou se montrait sobre, laconique, introverti, un comportement à l'inverse de celui d'Inwynn : était-ce le même homme qui avait fait un exposé plein de fantaisie l'après-midi même ?

— C'est la deuxième fois dans la même journée que vous vous trouvez sur les lieux d'un crime.

— Et c'est la deuxième fois que je m'y trouve par hasard, commissairc.

— Drôle de hasard.

— Mon ami Didier Boyard et moi, nous dînons ici de temps en temps. La cuisine est excellente.

— Qui d'entre vous en a eu l'idée aujourd'hui ?

— C'est moi.

— Et quand avez-vous demandé à votre ami de vous accompagner ?

— Dans l'après-midi.

— Comme ça, spontanément.

— Tout à fait. Ça nous arrive.

Dupin tourna le regard vers l'autre homme.

— Vous êtes conteur, vous aussi ?

— Oui. Mon métier principal est garde forestier.

Dupin remarqua ses épaules larges et sa silhouette athlétique.

— Vous aussi, vous connaissez monsieur Guivorch ?

— Oui.

Il semblait encore plus avare de paroles que Goazou.

— A quelle heure êtes-vous arrivés ici ? demanda Dupin aux deux hommes.

— Vers vingt heures trente, répondit Goazou.

— Vous êtes fumeurs ?

Après une courte hésitation, l'un comme l'autre acquiescèrent.

— Alors vous avez dû quitter le restaurant à un moment ou à un autre.

— Non, pas du tout.

— Quand avez-vous parlé avec monsieur Guivorch pour la dernière fois ?

— Hum… commença Goazou en se passant la main dans les cheveux. Je l'ai vu hier au Centre. Dans l'après-midi. J'accompagnais un groupe dans la forêt.

— Où exactement ?

— Pour l'essentiel le long du lac.

— Vous lui avez téléphoné plus tard ?

— Nous communiquons rarement par téléphone.

— Et vous ? s'enquit Dupin en s'adressant à l'autre conteur.

— Nous nous sommes parlé la semaine dernière, je pense.

— Et quand l'avez-vous vu ?

— Au début de la semaine dernière. Quand arrive l'arrière-saison, il n'y a plus beaucoup de travail pour les conteurs.

— Vous aussi, vous êtes opposé au projet de parc ?

— Je pense bien !

— Participez-vous aux actions de protestation de monsieur Guivorch ?

— Que voulez-vous dire ?

— Par exemple, signez-vous les pétitions ? Peut-être en établissez-vous vous-même ? Irez-vous à la grande manifestation demain ?

— Non.

C'était vraiment pénible. Dupin allait devoir procéder autrement. Il retourna dans le restaurant d'un pas rapide, suivi par les conteurs déconcertés. Dans la salle, les conversations avaient repris.

— Je vous demande encore une fois votre attention ! lança-t-il à la cantonade d'une voix forte et décidée. Avez-vous vu l'un de ces hommes… (il fit un mouvement de la tête vers les conteurs qui le regardaient, incrédules)… quitter sa place à un moment ou un autre ce soir ? Un seul ou les deux ensemble ? Réfléchissez !

Il dévisagea les clients du restaurant un par un, presque suppliant, mais personne ne se manifesta. Il s'approcha d'une table de quatre, voisine de celle des conteurs.

— Avez-vous remarqué quelque chose ?

— Non, dit l'un.

— Vous l'auriez vu, si l'un d'eux avait quitté la table ?

— Je ne sais pas… Nous étions absorbés par notre conversation.

Dupin se passa la main dans les cheveux. Il fallait qu'il avance !

— Je…

— Pardonnez-moi, commissaire… intervint le patron de l'hôtel. Une certaine madame Nolwenn voudrait vous parler. Elle dit qu'elle n'arrive pas à vous joindre sur votre portable. Cela arrive, on…

— Je viens.

Sauvé par le gong. Dupin quitta la salle à la hâte. Le patron désigna un téléphone sans fil posé sur le comptoir de la réception.

— Allô, oui ?

— Je commence à me faire du souci, commissaire. Beaucoup de souci.

C'était une première : depuis le temps qu'ils travaillaient ensemble, jamais Dupin n'avait entendu ces mots de la bouche de Nolwenn.

— Et pourquoi ?

— Mais… pour nos lieutenants, commissaire ! Le Ber et Labat ! Je n'arrive pas à les joindre. Soit ils se trouvent depuis tout ce temps dans une zone blanche… soit quelque chose ne va pas. (A sa voix, on devinait la direction que prenaient ses conjectures.) En tout cas, ils étaient encore au château à vingt heures trente-cinq. Le Ber vous a parlé, ensuite à moi. Il m'a dit que Labat et lui allaient au Relais de Brocéliande. Ils n'y sont pas arrivés.

A présent seul, Dupin n'en poursuivait pas moins la conversation à voix basse.

— Avez-vous demandé aux gendarmes qui demeuraient au château ?

— Oui. Ils étaient encore quatre là-bas, avec deux voitures. Celui qui a vu Le Ber et Labat en dernier les a accompagnés à la salle des armures mais ne sait plus quand il a lui-même quitté la pièce.

— Il me semble qu'ils voulaient inspecter le bureau de Cadiou.

— Aucun des gendarmes n'a d'informations à ce sujet. Ils ont terminé vers vingt heures vingt au château, il n'y avait rien d'autre à y faire.

— Alors ils ont quitté les lieux sans les lieutenants ?

— C'est ça. Celui qui leur a parlé a proposé de leur laisser une voiture mais Labat a refusé, et le gendarme n'a pas insisté. Il a supposé que vous viendriez les prendre. Dans l'après-midi, je leur avais offert de faire venir deux véhicules de Rennes, ou simplement d'en louer un ici. D'ailleurs, l'hôtel peut aussi en mettre un à disposition au besoin.

— Il y a certainement une explication logique.

Mais Dupin n'en était pas si sûr. C'était quand même bizarre. Toutefois, il fallait envisager que les lieutenants se soient simplement laissé entraîner par une marotte – Dieu savait qu'ils étaient assez excentriques pour se montrer capables de tout. Ils devaient avoir une raison pour opérer en secret, occupation favorite de Labat ; ils étaient probablement en train de surveiller quelqu'un ou avaient découvert quelque chose qu'ils comptaient dévoiler ultérieurement et en fanfare.

— J'ai envoyé des hommes au château, poursuivit Nolwenn. Je leur ai demandé de jeter un coup d'œil. Et j'ai interrogé Guivorch pour savoir qui a quitté les lieux en dernier. Il pense que ce sont les deux jeunes qui s'occupent du café et de la billetterie.

— Nous avons leurs numéros de téléphone ?

— Oui, je les ai.

— Le Ber et Labat sont peut-être partis avec l'un des chercheurs…

— C'est très peu probable. Je n'y crois pas du tout. D'ailleurs, ils auraient dû arriver au Relais, quelqu'un les aurait vus.

Elle avait raison, Dupin lui-même n'y croyait pas.

— Le Ber n'a rien mentionné ? Qu'il voulait passer quelque part ou parler avec quelqu'un ?

— Il ne m'a rien dit. Mais il a peut-être poursuivi une idée.

— Ça doit être ça…

Dupin était loin d'être convaincu ; cela dit, on ne pouvait pas l'exclure. Le Ber était une tête de mule.

— J'ai des informations importantes, commissaire, déclara Nolwenn, heureuse de changer de sujet. Pour commencer, j'ai eu des nouvelles de l'hôpital de Ploërmel. Le médecin nous autorise à interroger Adeline Noiret, mais pas plus de dix minutes. Elle est d'accord.

C'était ce qu'il attendait. Il s'en occuperait en priorité.

— Parfait ! Je me mets tout de suite en chemin.

— Et puis il y a une chose bizarre. Les experts ont examiné l'ordinateur de Cadiou…

— Et ?

— Et rien. Ils n'ont rien trouvé du tout. Je veux dire, aucune donnée : pas de mails ni de fichiers ni de photos. Et chez Picard, tout est crypté. Pour l'instant, ils n'ont pas pu y accéder.

— Qu'est-ce que ça veut dire ? Il a forcément rédigé articles et livres sur son ordinateur.

— Ça signifie probablement qu'il ne sauvegarde pas ses fichiers, ni d'ailleurs sur le Cloud, d'après les techniciens. Plutôt sur un support externe, du genre clé USB ou disque dur externe.

— Mais pourquoi ?

— Par peur d'être piraté, peut-être ?

— Il se fait bien du souci pour ses données. Ou plutôt, voilà des données qui doivent être hautement importantes s'il craint pour elles à ce point.

— Moi aussi, je protège soigneusement mes données, commissaire. Nous devrions tous le faire.

Elle faisait allusion à ses efforts insistants pour que soit respectée la mise à jour mensuelle du mot de passe, comme il était de rigueur. La sécurité informatique était le dada de Nolwenn ; d'ailleurs, Dupin finissait toujours par reconnaître que son manque de vigilance était coupable.

— Donc, Picard a crypté ses données ?

— Oui, avec un logiciel expert. Les techniciens continuent à travailler sur les deux ordinateurs.

Dupin regarda ses propres notes.

— D'accord. Moi aussi, j'ai deux ou trois choses. Voyez si Adeline Noiret a ou a eu des aventures, comme le prétend Sibylle Bothorel. Celle-ci soutient qu'il est de notoriété publique qu'elle n'a pas obtenu sa chaire par ses seules qualités intellectuelles.

— C'est un reproche sérieux ! Et un point à éclaircir demain matin, comme le reste. Il se fait tard.

— Pour finir, regardez si vous trouvez quelque chose au sujet d'un certain Didier Boyard, un garde forestier du coin. Lui aussi est conteur professionnel.

— Très bien. En fait, je n'ai pas découvert grand-chose sur Inwynn, du moins pour l'instant. Il est très populaire et obtient plus de réservations que tous les autres. Parfois, on lui demande même des interviews. Je continue à creuser.

— Parfait. Et faites-moi signe dès que vous avez des nouvelles de Labat et Le Ber. Je vais voir Adeline Noiret à l'hôpital.

La traversée nocturne de la forêt se fit dans une totale obscurité. Tous les contours étaient gommés, on ne distinguait guère les arbres ; un tronc, une branche ou quelques feuilles apparaissaient ici ou là dans la lumière dansante des phares. La forêt était là, tout autour, mais invisible. Pendant le trajet, Dupin se sentit comme un astronaute dans un vaisseau spatial fonçant dans l'espace, impression accentuée par la myriade d'astres qui brillaient au-dessus de la canopée, plus proches encore que de coutume. Il devinait un océan d'étoiles au scintillement fiévreux dont il n'apercevait qu'une étroite bande. L'impression de solitude était oppressante.

Dupin trouva facilement le centre hospitalier de Ploërmel. Il gara la voiture devant l'entrée et se rendit aux urgences, où il fut accueilli par la lumière blafarde et cruelle des néons, l'odeur de désinfectant et de produits de nettoyage commune à tous les établissements hospitaliers et partout insupportable.

Adeline Noiret était assise sur un lit de repos dans une petite salle de soins sans fenêtre. La pièce était dominée par des appareils médicaux, dont une machine gigantesque sur roulettes à côté du lit.

Elle était en piteux état et ne devait qu'à sa remarquable maîtrise de soi de se tenir assise. Son bras était enveloppé dans de gros pansements.

— Bonsoir, madame, la salua discrètement Dupin.

Le jeune médecin de service aux traits tirés qui s'affairait autour d'un des appareils s'approcha d'un pas énergique, et l'infirmière occupée à prendre la tension de la malade, alarmée, leva la tête.

— Vous ne pouvez pas entr…

— Commissaire Dupin, c'est moi qui mène l'enquête.

Le médecin s'immobilisa devant lui.

— Vous avez dix minutes, je l'ai dit à votre chef.

Dupin ne releva pas. Au fond, n'était-ce pas Nolwenn qui commandait ?

— C'est bon, intervint Adeline Noiret. Je vous ai déjà dit que j'allais bien et que, de toute façon, je ne comptais pas passer la nuit ici.

Elle s'exprimait sur un ton décidé mais sa voix était faible, le débit lent.

— Vous avez non seulement subi un traumatisme important et perdu beaucoup de sang, mais vous êtes sous l'effet des médicaments. Vous pouvez vous entretenir brièvement avec le commissaire, mais il est hors de question que je vous laisse sortir cette nuit.

Dupin sursauta lorsqu'une voix s'éleva dans son dos.

— C'est à nous d'en décider, pas à vous.

Bastien Terrier se tenait derrière lui, en chemise verte et pantalon de toile beige. Le médecin quitta la salle sans relever la remarque de Terrier. L'infirmière le suivit d'un regard désemparé avant de reporter son attention sur son appareil et de quitter la pièce à son tour.

Dupin salua Terrier d'un bref signe de la tête puis s'approcha du lit. Il n'avait pas de temps à perdre.

— Je vous remercie de me recevoir dans ces circonstances, madame. Pouvez-vous me dire qui vous a agressée ?

Adeline Noiret écarquilla les yeux.

— J'ai déjà dit à votre collègue que je ne l'ai pas reconnu.

— Pas du tout ?

Dupin la dévisagea de manière presque insolente, mais elle soutint son regard.

— Il faisait sombre dans le couloir. J'arrivais d'une cage d'escalier bien éclairée et je cherchais la clé de ma chambre dans mon sac à main. J'ai été bousculée, jetée à terre, et poignardée. Ou peut-être ai-je reçu des coups de couteau et me suis-je effondrée après. Je ne sais plus. Il est arrivé par-derrière, poursuivit-elle après une pause. J'ai crié aussi fort que j'ai pu, et je me suis débattue (ce qui lui avait probablement sauvé la vie). Tout s'est passé très vite. Il portait une capuche.

— Que dites-vous ? Une capuche ?

Personne n'avait mentionné ce détail.

— Il l'avait tirée sur son visage. Je n'ai rien vu.

— C'était un homme ?

— Je ne sais pas, je vous l'ai dit.

— Quel est votre sentiment ?

Adeline Noiret haussa la voix :

— C'est arrivé très vite. Je me suis tout de suite retrouvée par terre. J'ai perdu connaissance.

— Combien de coups de couteau avez-vous reçus ? demanda Dupin, qui connaissait déjà la réponse.

— Trois. Le médecin dit qu'il visait sûrement le torse – le cœur.

— Il ?

— L'agresseur. Il ou elle.

— Vous avez eu beaucoup de chance, madame.

Pas comme Picard. Mais, dans la forêt, le meurtrier avait bénéficié de plus de temps. A l'hôtel, il devait s'attendre à voir quelqu'un apparaître à tout moment. Il n'était pas allé jusqu'au bout, ce qui laissait penser qu'il ne s'agissait pas d'un tueur de sang-froid. Toutefois, cette déduction n'excluait aucun des suspects.

— Quelle taille faisait votre agresseur ?

— Je ne peux pas vous dire. Normale, je crois.

— Essayez de vous souvenir. Vous rappelez-vous quelque chose ? Le moindre détail peut avoir son importance.

— Il me semble qu'il portait des vêtements sombres. Et…

— Oui ?

— Peut-être n'était-ce pas une capuche, mais un bonnet tiré sur le visage. Je…

Elle s'interrompit et Dupin s'aperçut qu'elle était bel et bien en état de choc. Lui-même manquait de concentration, il ne pouvait empêcher sa pensée de dériver vers Le Ber et Labat. Nolwenn n'était pas la seule à s'inquiéter.

Terrier se détacha du mur auquel il était appuyé.

— Je pense que ça suffit pour aujourd'hui. Ma femme en a assez enduré, commissaire. Mettez-vous à sa place : vous sortez de table, vous vous tenez devant votre chambre à la recherche de la clé et tout à coup on vous jette brutalement à terre et vous vous retrouvez avec un couteau dans le bras.

— Nous voulons arrêter le plus rapidement possible l'agresseur de votre épouse. Et pour ça, nous avons besoin de toutes les informations que nous pouvons obtenir.

— C'est bon, Bastien. C'est important, dit Adeline Noiret, qui avait repris le contrôle d'elle-même.

— Avez-vous remarqué quelque chose d'inhabituel ? Avez-vous eu l'impression d'être observée, au restaurant par exemple ?

— Non, pas du tout. Je me suis posé moi-même la question.

— Et vous, monsieur Terrier ?

— Non. C'était une soirée normale. Mais je suis monté plus tôt dans ma chambre, ma femme est restée seule en bas encore un moment.

Se trouvaient-ils par hasard à proximité des deux conteurs ?

— Vu de dehors, en venant de la terrasse, où étiez-vous assis ?

— Dans le coin à droite, au fond de la salle, dit Adeline Noiret après un moment de réflexion.

Donc, à quelque distance des conteurs… Cela dit, ceux-ci auraient facilement pu observer les départs de Terrier et de sa femme. Drôle de hasard, qu'Inwynn se trouve ce même soir dans le même restaurant… Mais bon, les coïncidences, ça existait.

— Avez-vous remarqué deux hommes assis juste à côté de la porte ? L'un portait une queue de cheval.

Adeline Noiret secoua la tête.

— Non, pas moi. Mais j'étais plongée dans mes pensées. Les horribles événements d'aujourd'hui étaient quand même préoccupants…

Dupin fut effaré par cette formulation ; en même temps, elle lui donnait l'occasion idéale d'en venir au point qu'il voulait déjà aborder avant l'agression.

— Oui, je comprends, d'autant que l'une des victimes est votre ex-mari.

Les yeux d'Adeline Noiret se vidèrent de toute expression et elle respira profondément.

— Oui, c'est ça, lâcha-t-elle sans émotion ni énergie.

— Vous étiez proches, votre ex-mari et vous ?

— Non.

— Vous étiez restés en contact ?

— Pas de manière personnelle. Nous nous voyions aux réunions du conseil d'administration et parfois lors de conférences. Mais c'était rare.

Bon, Picard n'était plus là pour confirmer cette déclaration.

— Qu'est-ce que tout ça a à voir avec l'agression de ma femme, commissaire ? demanda Terrier en pinçant les lèvres.

— Pourquoi, tout à l'heure, au château, ne m'avez-vous pas signalé ce point particulier de vos relations personnelles ?

Pourquoi donc avait-il posé cette question ? Il n'était vraiment pas en forme…

La réponse arriva sur-le-champ :

— Parce que nous ne nous sentions pas obligés de vous confier des détails de notre vie privée. Tout cela n'a rien à voir avec votre affaire de meurtre.

— Dans laquelle votre femme a failli être la prochaine victime ? Vous pensez que c'est uniquement *mon* affaire ?

Dupin était en train de perdre un temps précieux.

— Pour revenir à cette soirée : avez-vous remarqué les deux hommes près de la porte, monsieur Terrier ?

— Non, pas du tout.

— Avez-vous entendu les cris de votre femme ?

— Non.

— Madame Noiret, monsieur Terrier, je voudrais vous poser une question personnelle : comment vous entendez-vous ? Quelle est la situation de votre couple ?

Son regard qui allait de l'un à l'autre ne manqua pas le coup d'œil que les époux échangèrent.

— J'ignore pourquoi ce serait d'une importance quelconque pour ce qui nous occupe, répondit Adeline Noiret, mais si vous voulez vraiment le savoir, notre mariage est très heureux, commissaire.

Terrier exprima son approbation en hochant la tête avec vigueur.

— Vous réservez toujours deux chambres quand vous êtes en déplacement ensemble ?

— Nous sommes tous les deux dans une phase intense d'écriture, répliqua Terrier en feignant l'indignation. Nous devons terminer des articles importants et pour cela nous avons besoin d'être concentrés. Et surtout, nous avons chacun notre propre rythme.

Dupin en revenait toujours au même point : bien des agissements parmi les chercheurs paraissaient bizarres, ou du moins insolites, mais rien n'était impossible. Ce n'était pas nécessairement significatif, Adeline Noiret et son mari pouvaient très bien organiser leur vie commune en fonction de leurs impératifs professionnels. Peut-être étaient-ils en effet heureux. Il devait se garder des jugements hâtifs ; il ne savait que trop comment fonctionnaient les relations humaines, où il n'existait pas de règle universelle.

— Vous n'auriez pas pu prendre deux chambres communicantes ?

Il n'avait pas pu s'en empêcher et les visages de ses interlocuteurs trahissaient une certaine perplexité.

— Je pense que nous avons fini avec ce sujet ridicule, dit Terrier d'un ton coupant.

Dupin jeta un coup d'œil à sa montre : presque minuit. Où étaient passés Le Ber et Labat ? C'était vraiment inquiétant.

— Je vous remercie, madame, et vous aussi, monsieur. Si d'aventure il vous revient quelque chose en mémoire, faites-le-moi savoir au plus vite. Je vous souhaite un bon rétablissement, madame. Prenez soin de vous.

— Merci, commissaire. Bonne nuit.

— Encore une petite question, monsieur. Après avoir quitté le restaurant, êtes-vous sorti de votre chambre ? Avant l'agression de votre femme, entre ces deux moments, je veux dire.

— Moi ?

Terrier affichait un air abasourdi que Dupin jugea exagéré.

— Non, bien sûr que non, reprit le chercheur. J'ai travaillé tout le temps.

— Et ce n'était pas un problème ? Après la journée que vous avez passée, l'assassinat de deux confrères de longue date ?

— Je dois rendre mon article dans quinze jours. Sans vouloir me vanter, il s'agit d'une importante publication dans l'*International Journal of Historical Archaeology*, une revue spécialisée de premier plan.

— D'accord, je comprends. Alors bonne nuit.

A l'extérieur, la voûte étoilée nimbait la petite ville d'une clarté veloutée. En arrivant à sa voiture, Dupin sortit son téléphone.

— Des nouvelles ? demanda-t-il à Nolwenn.

— Deux gendarmes sont au château. Tout est éteint, aucun signe de Le Ber et de Labat… J'ai parlé avec l'étudiante de Rennes qui a été la dernière à quitter le château – peu après vingt et une heures, d'après elle, donc quarante minutes après les gendarmes. Elle est sortie par la porte de la librairie et a fermé à clé. Avant ça, avec son collègue, ils ont rapatrié les affaires de la salle du haut au café et les ont rangées. Elle n'a vu personne, ni dans le château ni en dehors.

— Et dans le bureau de Cadiou ?

— Les gendarmes n'ont pas pu accéder au château. Il existe trois passes : Cadiou en a un, Guivorch un autre et le troisième reste au château. Celui-là, Guivorch l'a confié à Le Ber, qui voulait inspecter le bureau de Cadiou. Un gendarme est parti chercher le passe de Guivorch.

Apparemment, Nolwenn avait décidé de consacrer tout son temps à la recherche des deux lieutenants – mauvais signe…

— Où peuvent-ils être, ces deux-là ? dit Dupin en se passant la main dans les cheveux.

— Sans voiture ?

— Peut-être les a-t-on emmenés ?

— Qui ça pourrait être ?

Bonne question.

— Et le jeune homme, l'étudiant ? A quelle heure est-il parti ?

— Vers vingt heures quarante-cinq, d'après sa collègue.

— Avec sa voiture ?

— Oui.

— Ça pourrait coller, question horaire. Peut-être lui ont-ils demandé de les déposer quelque part ?

— C'est peu probable... mais pas exclu, répondit Nolwenn après une hésitation. Malheureusement, je n'arrive pas à le joindre. J'ai son numéro de portable mais il ne répond pas.

— Où habite-t-il ?

— Près de Rennes.

— On a une adresse ?

— Je vais me renseigner et envoyer quelqu'un.

A l'entendre, elle n'était pas convaincue. Le cerveau de Dupin tournait à plein régime.

— Alors, quels sont les endroits où ils ont pu vouloir aller ?

Il achevait un dixième tour de sa voiturc en essayant d'ignorer les dégâts sur la carrosserie.

— Paimpont, l'hôtel, le bureau de madame Cadiou. Le manoir des Cadiou, Tréhorenteuc, la fontaine de Barenton – mais je doute qu'ils aient envie d'errer dans la forêt en pleine nuit. Et même si c'était le cas, ils seraient rentrés depuis longtemps.

— Quels autres lieux sont concernés ?

— Des lieux ? Que voulez-vous dire ?

— Quels lieux jouent un rôle dans la légende d'Arthur ?

— Il s'agit plutôt de sites. En dehors de ceux que nous avons évoqués, il y a la Maison de Viviane, au-dessus du Val sans retour. C'est un monument mégalithique, une tombe, avec des pierres et des menhirs disposés en ellipse.

— C'est bien là que Guivorch fait des fouilles, non ?

— Tout à fait. Puis il y a le Tombeau de Merlin, où…

— … Terrier fait des fouilles.

— Exactement. Aujourd'hui, on ne voit plus que deux pierres d'ardoise rouge. En principe ce n'est pas un tombeau, juste l'endroit où Viviane a emprisonné Merlin dans un château enchanté pour qu'il vive éternellement à ses côtés dans la forêt de Brocéliande.

— C'est tout ?

— Oui. J'ai par ailleurs parlé au recteur de l'université de Rennes.

— A minuit ? s'étonna Dupin.

— Il faut bien avancer. Mais j'ai dû faire jouer certaines relations. Donc le contrat de Guivorch est à durée déterminée, mais il est d'ores et déjà prolongé. Peut-être même se transformera-t-il en contrat à durée indéterminée.

— Pourquoi Guivorch ne nous l'a pas dit ? répliqua Dupin en poussant un soupir.

— En fait, lors de la pleine lune – et c'est le cas ce soir –, Merlin sort du château enchanté et recueille les vœux des humains assis sur les pierres, commenta Nolwenn.

— Je comprends, dit Dupin en réfléchissant. L'abbaye de Paimpont a des liens avec Arthur ?

— Non.

— Aucun ?

— Non, aucun.

Dupin ne savait plus quoi faire. Il prit une décision.

— Je me rends au château, Nolwenn. Demandez aux gendarmes de m'attendre.

La Lune était en effet pleine. Le matin, pendant le trajet, Nolwenn et Le Ber en avaient longuement discuté ; que Dupin et Cadiou aient choisi cette date précise pour leur rendez-vous était l'œuvre du destin. Il allait sans dire que la pleine lune jouait un rôle particulier dans la Bretagne des mythes et légendes et prenait une place prépondérante dans d'innombrables histoires. Tous deux s'accordaient à reconnaître que cette période était la plus favorable pour « s'approcher » de la forêt. De plus, ainsi que Le Ber l'avait expliqué en détail la veille – au cours du déjeuner, au milieu des craquements des carapaces des langoustines que Dupin avait achetées au marché –, cette pleine lune était vingt-deux pour cent plus lumineuse que les autres. Si Dupin avait bien compris, ça avait à voir avec l'ellipse que l'astre traçait autour de la Terre et son périgée. Certaines nuits, la Lune paraissait non seulement plus claire mais aussi plus grande, plus ronde, plus… intense. Et, oui, aussi beaucoup plus proche. Pas de doute, c'était bien une de ces nuits.

Ce singulier éclat projetait la lumière d'un autre monde, un monde à l'envers. Le clair de lune dévoilait les lieux tout en les assombrissant, rendait visible la surface et estompait le reste. Cette lumière au-delà des couleurs était elle-même sans couleur – plus encore, elle les effaçait et tout devenait blafard. Elle rendait le monde méconnaissable – non, elle le transformait. « Celui qui n'a pas vu la Bretagne à la clarté de la pleine lune ne l'a pas vue », avait l'habitude de dire Nolwenn. Une affirmation ambitieuse, pensait Dupin.

Il contempla le château de conte de fées qui n'avait plus rien en commun avec celui qu'il avait vu à la lumière du jour. Déjà à ce moment-là, il avait eu l'impression de se trouver sous l'effet d'un enchantement, mais, dans l'obscurité, l'ensemble possédait un caractère organique, comme si ce n'était pas un bâtiment mais un être vivant, prêt à se défendre.

Dans la nuit claire, l'intensité des étoiles s'était encore accentuée ; elles émettaient un clignotement nerveux, une sorte de pulsation qui donnait le vertige quand on en fixait une ou une portion du ciel. C'était souvent le signe d'un changement de temps radical. Pourtant, la météo ne prévoyait rien de tel.

Dupin se dirigea vers le portail de fer forgé derrière lequel se dressait la guérite de la billetterie. De là où il était, il voyait la Lune comme posée sur le toit pointu du château. Au-delà s'étendait le lac.

Il se souvint de son expérience chez les scouts pendant son enfance. Sa mère l'avait inscrit sans lui demander son avis, mais il avait fini par y prendre plaisir. Les bivouacs, les feux de camp, la pêche, la construction d'abris en branches et branchettes. A présent, il avait l'impression de participer à une des « épreuves du courage » d'alors, ces espèces de rituels scouts, comme traverser seul et de nuit une forêt lugubre pour atteindre un château tout aussi lugubre d'où il fallait rapporter un objet, un drapeau par exemple. Une variante plus élaborée consistait à inventer une série de « surprises » destinées à terrifier. Pour Dupin, cela avait été un supplice, mais la volonté de ne pas montrer sa peur l'avait aidé à la surmonter. Depuis, il se promenait dans n'importe quelle forêt sombre en toute décontraction, ce qui lui avait valu une réputation d'homme particulièrement téméraire.

Mais celle-ci n'était pas une forêt ordinaire.

Dans l'après-midi, il n'avait pas remarqué le bruit infernal que faisait le gravier sous les pas. Le même constat valait pour le chant des grillons, très différent de celui qu'on entendait dans les doux paysages fluviaux – plus dissonant, dysharmonieux. Par moments, une chouette ululait.

Dupin avait atteint le pont sur les douves quand il s'immobilisa : le portail serait évidemment fermé ! Plongé dans ses réflexions, il avait oublié ce détail. Il n'entrerait pas dans le château par ce chemin ; un autre accès pour les employés devait exister, il suffisait de le trouver.

Il fit demi-tour et longea la route jusqu'à un chemin de terre latéral qui conduisait à l'aile droite. On y distinguait des marques de pneus. Dupin traversa un champ moissonné hérissé de tiges coupées et bordé de buissons, d'arbustes et d'arbres solitaires aux silhouettes baroques. A sa gauche s'élevait un haut mur de pierre qui courait jusqu'aux remparts.

Il ressentit un certain soulagement en avisant un parking et une voiture de la gendarmerie. Il traversa le parking et s'engagea dans le chemin qui prenait naissance au-delà. Il distingua bientôt les douves au clair de lune et, à droite, le lac, sur lequel se dessinaient des reflets mystérieux, une sorte de bleu-gris argenté que Dupin n'avait encore jamais vu. La surface était immobile, comme si une toile métallique couvrait l'étang. Dupin ne put s'empêcher de penser à l'histoire insensée racontée par Le Ber, selon laquelle le lac n'était qu'une illusion. Cette nuit, tous les doutes étaient permis.

Au bout d'un moment, il trouva le deuxième pont sur les douves. Soudain, un bruit venant des broussailles sur sa gauche le fit sursauter. Ses muscles se tendirent instantanément et il porta la main à son côté droit – inutilement, car il n'était pas armé. Poings serrés, il scruta les fourrés sans rien voir ni entendre. Puis, l'espace d'un instant, un mouvement furtif révéla une forme blanche qui stoppa avant de filer en un éclair et sans bruit en direction des douves, où elle disparut.

Mais qu'était-ce donc ? Encore un animal ? C'était en tout cas blanc – ses sens ne lui joueraient pas deux fois le même tour. Restait à savoir quel genre d'animal. Etait-ce le même qui allait et venait dans des lieux relativement distants les uns des autres, ou y en avait-il plusieurs ?

Dupin s'efforça de revenir à la réalité. Il trouva l'entrée latérale après avoir franchi le pont. La porte était close et il ne vit aucune lumière. Tout paraissait abandonné, sans aucun signe des deux policiers. Il sortit son portable, qui refusa d'afficher ne serait-ce qu'une barre. Nom d'un chien ! Où donc étaient passés ses lieutenants ? Comme s'il n'avait rien d'autre à faire – et pas que lui, d'ailleurs – que de partir à leur recherche et d'errer en pleine nuit autour d'un château enchanté au milieu d'une forêt qui l'était tout autant !

Cependant, son inquiétude allait grandissant. Contrarié, Dupin poursuivit son chemin autour du château. Il devait bien y avoir une autre entrée… Finalement, à l'arrière du bâtiment, il aperçut une fenêtre éclairée et, en s'approchant, une porte grande ouverte. Il entra et vit à l'extrémité d'un passage sombre une faible lueur. Par un étroit escalier en colimaçon qui conduisait à l'étage, il aboutit dans un couloir avec des portes closes de chaque côté. Il devait se trouver dans l'aile administrative. Le grincement du parquet était assourdissant.

La dernière porte, entrouverte, laissait passer un rai de lumière, et Dupin pénétra dans une pièce aux dimensions surprenantes. A droite de la fenêtre se dressait un grand bureau en bois, de l'autre côté un canapé et deux fauteuils de cuir noir jouxtaient une table basse. Des rayonnages chargés de livres couvraient le mur à gauche de la porte. La pièce était peinte en blanc ; l'ensemble était d'une élégance minimaliste, très loin de l'image que l'on se faisait d'un bureau administratif.

— Nous avons allumé la lumière et laissé la porte ouverte pour que vous puissiez trouver votre chemin plus facilement. Cela dit, avec la pleine lune, on voit presque comme en plein jour.

Dupin fut ainsi accueilli par l'un des gendarmes déjà vus dans l'après-midi. L'homme était pâle, avec des sourcils broussailleux et hérissés. Il s'appuyait contre la fenêtre tandis que son collègue, bronzé et athlétique, était assis sur la chaise de bureau. Dupin ne se souvenait pas de lui. Apparemment, tous deux étaient tranquillement en train de discuter. Le gendarme pâle poursuivit :

— Votre chef nous a demandé de vous retrouver ici, dans le bureau du directeur.

Nolwenn s'était imposée en tant que chef, semblait-il.

— Vous avez du réseau ici ? s'étonna Dupin.

— Oui, tout à fait.

Ils devaient disposer de modèles spéciaux pour la forêt. Des portables enchantés…

— Nous avons fait le tour complet du château avec des lampes torches, dit le gendarme en désignant deux énormes objets posés sur le bureau. Et nous venons de terminer une inspection complète de l'intérieur, jusqu'à la grande salle à l'étage. Nous n'avons rien remarqué… Nous n'avons pas trouvé vos lieutenants, conclut-il après une hésitation.

— Rien de particulier, rien du tout ? questionna inutilement Dupin.

— Une lampe est restée allumée dans la cafétéria. Dans la bibliothèque, une pile de livres est tombée. Il y a une voiture sur le parking des visiteurs. Et quand nous sommes arrivés, nous avons vu un renard.

— Il en existe des blancs, ici ?

— Quoi, des renards ?

— Oui, euh… ou d'autres animaux blancs de taille similaire ?

— Des renards polaires, vous voulez dire ?

— Je sais bien qu'il n'y a pas de renards polaires ici, répliqua Dupin, même si, secrètement, il avait espéré une curiosité de ce genre. Mais des bêtes de cette taille avec une fourrure blanche ?

Le gendarme se grattait le menton.

— Hum… Vous avez aperçu un animal blanc ?

Dupin éluda. On aurait dit qu'il avait vu des éléphants roses.

— Bon, et cette voiture sur le parking ?

— Une Citroën C5 flambant neuve.

C'était le gendarme bronzé qui avait répondu, avec une pointe d'envie.

— Qu'est-ce qu'elle fait là ?

— On n'en sait rien. Quelqu'un l'y a laissée. On l'a inspectée, c'est une belle voiture, mais rien à signaler.

— Pourquoi quelqu'un laisserait sa voiture comme ça ?

— Peut-être que le conducteur a bu un verre de trop. Ça arrive.

— Vous voulez dire, ici, au café ? Qui ferme à dix-huit heures ?

Les deux gendarmes haussèrent les épaules.

— Que comptez-vous faire maintenant, commissaire ? dit le gendarme pâle avec sérieux. Il est presque une heure du matin.

A vrai dire, Dupin n'avait pas de plan, ni même une ébauche de plan. Il n'était venu au château que sur une vague intuition. Au lieu de répondre, il se mit à déambuler dans la pièce. En dehors des lampes et de quelques livres, le bureau était pratiquement vide ; Cadiou ne semblait pas avoir beaucoup travaillé ici. Dupin posa la question qu'il aurait dû poser bien plus tôt, comme d'autres dans cette affaire tumultueuse.

— Monsieur Cadiou avait-il une secrétaire, ou une assistante ?

— Seulement le matin, le renseigna le gendarme bronzé. Pour les affaires du Centre. En ce moment, elle est en congé.

— On a pu s'entretenir avec elle ?

— Elle n'a pas pu être jointe. Elle est en Thaïlande depuis quinze jours et pour encore une semaine.

Dupin prit des notes. Son carnet improvisé attira de nouveau des regards perplexes qu'il ignora. Dès que la secrétaire serait joignable, il devrait lui parler en personne. La liste des points urgents ne cessait de s'allonger.

— Et dans la salle du haut, rien non plus ?

— Non, tout était en ordre, croyez-moi. Aucune indication sur l'endroit où se trouvent vos inspecteurs.

Dupin arrêta sa déambulation près du bureau ; il s'empara l'un après l'autre des livres qui y étaient posés, les trois volumes de Chrétien de Troyes et des romans arthuriens. Dupin avait les mêmes sur sa table à Concarneau. Il réfléchit, se tourna solennellement vers les gendarmes et déclara :

— Bon, alors nous allons faire autrement !

Il était temps d'employer les grands moyens. Ses lieutenants avaient disparu depuis bien trop longtemps !

— Je veux qu'une voiture se rende sur chacun des sites arthuriens des environs, avec deux hommes au minimum. Immédiatement. Faites savoir que mes deux lieutenants sont officiellement portés disparus. Les hommes doivent inspecter minutieusement les alentours. (Il consulta ses notes.) Par « sites arthuriens », j'entends l'église du Graal, le Val sans retour, la fontaine magique et l'endroit où on a trouvé le corps de Picard, là où doivent avoir lieu les fouilles. (Il tourna la page.) Puis la Maison de Viviane et le Tombeau de Merlin. Et le bureau de Blanche Cadiou à Paimpont. Il y a déjà quelqu'un au manoir. Je veux que ça aille vite.

Il s'agissait là d'une opération d'envergure. Une douzaine de voitures de police et de gendarmerie venant de toutes les communes des environs fonceraient à travers la forêt en pleine nuit. Mais c'était pour Le Ber et Labat. Dupin était à présent sérieusement inquiet.

Aucun des gendarmes ne bougea.

— Allez-y, qu'est-ce que vous attendez ? Appelez le colonel Aballain. Il doit s'en occuper sur-le-champ. Je vais au manoir des Cadiou, je dois parler à Blanche Cadiou. (Il ferait d'une pierre deux coups et pourrait suivre les investigations.) Vous avez tout retenu ?

Un hochement de tête impressionné lui répondit.

— Bien, alors je file.

Dans l'escalier, il sortit son portable : cinq barres. Il appela Nolwenn et la mit brièvement au courant. Elle était d'accord avec les mesures prises – en fait, Dupin crut entendre un certain soulagement dans sa voix. L'étudiant de Rennes n'avait pas encore été retrouvé. Deux policiers s'étaient rendus à son appartement mais avaient fait chou blanc. Et il restait injoignable.

La communication fut brusquement coupée au milieu du pont, mais ils avaient passé en revue le plus important.

Au bout de quelques mètres, Dupin aperçut la Citroën abandonnée. Elle avait l'air bizarre, seule comme ça sur le parking. Cela dit, tout avait l'air bizarre cette nuit. La voiture était toute neuve. C'était le modèle sport, celui dont Nolwenn essayait de l'équiper depuis quelque temps. Dupin en fit le tour, alluma la fonction lampe de poche de son portable et jeta un coup d'œil à l'intérieur : quelques vêtements sur le siège arrière, un blouson, un pull. Rien de spécial, comme l'avaient dit les gendarmes.

Il rejoignit sa voiture et la mit en marche. Tout à coup, il se sentit fatigué, éreinté. Certes, il était tard, mais surtout il n'avait pas arrêté de courir de droite à gauche, sans prendre le temps de bien réfléchir à cette affaire brutale et étrange, aussi étrange que le monde dans lequel elle se déroulait. Une seule chose importait à présent : retrouver Labat et Le Ber en bonne santé.

Il appuya résolument sur l'accélérateur.

Sans le vouloir, Dupin bifurqua à l'entrée de Tréhorenteuc sur le chemin qui passait devant l'église du Graal. Il ralentit et réfléchit avant de s'arrêter, à peu près au même endroit que le matin, quand tout ressemblait encore à une excursion anodine et joyeuse. Il avait l'impression que des jours entiers s'étaient écoulés depuis ce moment. Enfin… Puisqu'il était là, il allait jeter un coup d'œil lui-même.

Certaines pierres rouge clair se mirent à scintiller dans les rayons de lune, comme habitées d'une singulière lumière cristalline, tandis que les autres conservaient leur pâleur. On aurait dit qu'elles dessinaient des signes, mystérieux et indéchiffrables. L'église était simple, sans fioritures, construite en longueur avec un transept réduit. Du toit aux reflets argentés se détachait le clocher étonnamment petit, comme s'il en manquait une partie. Un bâtiment annexe, pourvu d'une unique fenêtre ronde, émergeait du côté droit comme une excroissance.

— Il y a quelqu'un ? appela Dupin d'une voix forte.

Il approcha de l'entrée, qu'il supposa fermée.

— S'il vous plaît ?

Un témoin s'étonnerait sans doute de la scène.

— Je suis le commissaire Dupin, du commissariat de…

Il se tut. Rien ne bougeait et Dupin n'aurait pas su dire ce qui le motivait, en dehors de l'espoir de retrouver Le Ber et Labat. Mais que pourraient-ils bien faire ici ? Il décida de contourner rapidement l'église avant de se rendre chez Blanche Cadiou.

Il observa avec attention le bâtiment et ses environs, mais ne remarqua rien en dehors des quelques lumières qui s'étaient allumées dans les maisons alentour et des fenêtres qui s'ouvraient. Deux personnes ensommeillées passèrent la tête et Dupin les voyait déjà appeler la police.

Une fois son tour achevé, il s'approcha de nouveau de l'entrée sur une impulsion. Au-dessus de la porte il vit une inscription que quelqu'un – était-ce Le Ber ? – avait citée plus tôt dans la journée : « La porte est en dedans. » Elle était aussi bizarre que tout le reste. Voulait-elle dire : tu n'y entreras que si tu es déjà dedans ? C'était ce que le conteur avait dit à propos de la forêt et, aux yeux de Dupin, l'affaire reflétait la même caractéristique : ce n'était que de l'intérieur qu'elle devenait accessible. Et Dupin se trouvait clairement à l'extérieur.

La porte en bois était d'une teinte rouge qui paraissait terne dans la clarté ambiante. Dupin actionna la poignée métallique, elle aussi peinte en rouge. La porte s'ouvrit – pourquoi donc était-elle ouverte ? – et il s'avança dans l'église.

— Il y a quelqu'un ? C'est la police !

Il chercha un interrupteur mais n'en trouva pas à côté de la porte ; pour autant, le clair de lune inondait les deux fenêtres jouxtant l'entrée et celle au bout de la nef. Il regarda autour de lui et s'immobilisa.

Deux mises en scène imposantes s'offraient à lui. A sa gauche, tout le mur latéral, jusque sous la voûte en arc, brillait d'une lumière dorée malgré l'absence d'éclairage. Côté narthex, un tableau en mosaïque s'offrait au regard : un cerf blanc majestueux, portant une croix en or sur un collier également en or, était entouré par quatre monstres rouges menaçants. Des loups, peut-être ? Le clair de lune nimbait l'ensemble d'une lumière surnaturelle, comme une sorte d'hologramme.

Au fond de la nef, un grand vitrail fourmillant de détails montrait des personnages, des plantes, des oiseaux, des armoiries. Se détachant sur le mur qui semblait reculer, il évoquait une vision. De l'endroit où se tenait Dupin, les détails n'apparaissaient guère en dehors d'une image centrale vers laquelle tendaient toutes les autres : une coupe émeraude clair.

C'était lui, sans aucun doute : le Graal.

Dupin se secoua. Il n'était pas là pour s'émerveiller. En passant dans la travée centrale, il leva la tête vers de grands tableaux dans des cadres massifs montrant des scènes arthuriennes, dont une représentation de la Table ronde. Plusieurs statues de belle taille étaient disposées ici ou là sur des socles de pierre ou des petits coffres : la Vierge et l'Enfant, sainte Onenne, la sainte locale, et saint Judicaël, particulièrement imposant dans la clarté ambiante.

Près du vitrail, une petite porte devait mener à l'annexe que Dupin avait remarquée de l'extérieur. Contrairement à la porte principale, elle était fermée. Les gendarmes, qui n'allaient sûrement pas tarder, devraient se procurer la clé et inspecter la pièce. Il en instruirait expressément Aballain. Il frappa.

— Il y a quelqu'un ?

Rien. Dupin poussa un profond soupir. Qu'est-ce qu'il faisait là ? N'était-il pas en train de gaspiller un temps précieux ? Il n'avait pas trouvé le moindre indice laissant penser que Labat et Le Ber pourraient être ici.

Tandis qu'il se dirigeait vers la sortie, son regard frôla de nouveau le grand cerf blanc et il se surprit à songer que, plus tôt, il avait peut-être vu un – tout petit – cerf blanc. Mais non, c'était ridicule. Il n'allait vraiment pas bien. Mais cette pensée le ramena aux histoires de folie associées à la forêt, à Yvain et sa mission nébuleuse – d'ailleurs, la sienne l'était tout autant –, errant dans la forêt, perdant peu à peu la raison.

Il fut soulagé de retrouver sa très réelle voiture, qui démarra avec son bruit familier.

Une voiture de police se trouvait à l'entrée du chemin menant au manoir. Dupin s'arrêta brièvement pour échanger quelques mots avec ses occupants. Quand les policiers étaient arrivés, vers vingt-deux heures trente, Blanche Cadiou se trouvait déjà là. Ils avaient sonné pour l'informer de leur présence, et elle n'avait pas bougé depuis. Ils avaient vu de la lumière jusqu'à minuit. Pendant le trajet, Dupin avait essayé de téléphoner mais elle n'avait pas décroché. Il n'était pas exclu qu'elle eût pris un calmant pour dormir ; après tout, il était tard.

Il avança dans la cour du manoir, où la Volvo de Blanche Cadiou était si près de celle de son mari que les pare-chocs se touchaient. La veille, Fabien Cadiou s'était garé puis avait traversé la cour pour entrer dans la maison sans savoir que ce serait la dernière fois. La vue des deux voitures emplit Dupin de tristesse.

Il fit délibérément claquer la portière pour annoncer son arrivée – mine de rien, il était déjà une heure et demie. Toutes les fenêtres du premier étage étaient ouvertes. Dupin fit un tour rapide de la cour et regarda dans la remise, puis se dirigea vers l'entrée.

— Madame Cadiou ? C'est le commissaire Dupin !

Il leva la tête mais la maison restait plongée dans l'obscurité. Il sonna. Comme la première fois, la sonnerie n'était pas perceptible de l'extérieur. Il appuya encore, et encore, longuement. Rien. Il recula de quelques pas.

— Madame Cadiou ? répéta-t-il d'une voix plus déterminée. Je suis confus de vous déranger si tard, mais je dois encore vous parler.

Devant l'absence de réponse, son estomac se noua. Une fois déjà il avait sonné et appelé en vain…

— Madame Cadiou !

Il avait haussé la voix, qui résonna dans la cour. En quelques pas, Dupin fut devant l'entrée latérale, qui n'était pas fermée à clé – puis l'étroit couloir, la cuisine dont une partie, celle où le corps de Fabien Cadiou avait été trouvé, était interdite.

— Il y a quelqu'un ?

En un clin d'œil, Dupin fut au premier étage, où il ne trouva personne.

— Madame Cadiou ? N'ayez pas peur, c'est la police !

Au deuxième étage, les deux portes étaient fermées. Il se souvint que la chambre était sur la droite. Il frappa, réfrénant son envie de s'y précipiter. Ce qu'il fit quand nulle réponse ne lui parvint.

— Madame Cadiou ?

Il parcourut du regard la pièce éclairée par la lune, puis tâtonna à la recherche de l'interrupteur. La lumière soudaine l'éblouit.

Blanche Cadiou était allongée sur son lit, le bras droit étendu. Elle portait un short et un débardeur noir. La couette était par terre. Elle ne bougeait pas. D'un bond, Dupin fut auprès d'elle.

— Madame Cadiou !

Il l'attrapa par l'épaule et elle remua. Lentement, mais elle remua. Dupin s'arrêta. Blanche Cadiou tourna la tête et le dévisagea avec une expression de désarroi.

— Que… Qu'est-ce que vous faites ici ?

Sa voix ne laissait transparaître aucune peur, rien qu'une immense confusion. Dupin l'avait arrachée à un profond sommeil. Rien de plus. Pas d'autre meurtre. Dupin se recula vivement d'un pas.

— Je… Veuillez me pardonner, j'ai cru que vous étiez…

Il marqua une pause, le temps de reprendre ses esprits.

— L'espace d'un instant, je me suis inquiété pour vous. Mais en fait, je ne suis là que pour…

Il se tut et Blanche Cadiou attrapa la couette qu'elle tira sur elle. Peut-être faudrait-il qu'il se tourne…

— Vous voulez peut-être vous habiller. Je vous attendrai en bas dans la cuisine. Ou plutôt à côté. Oui, ce serait mieux. Retrouvons-nous dans votre bureau.

La femme semblait un peu plus déconcertée à chaque parole qu'il prononçait, mais elle reprit rapidement ses esprits.

— D'accord, répondit-elle.

Dupin quitta la chambre à la hâte. Blanche Cadiou le rejoignit quelques minutes plus tard. Elle avait revêtu un pantalon de toile noir et un chemisier anthracite fermé jusqu'au col ; elle avait posé sur ses épaules un pull vert foncé, manches nouées en écharpe. Ses cheveux étaient ramassés en une queue de cheval sévère. Elle avait chaussé des mocassins en cuir. Elle s'adressa à lui en détachant soigneusement chaque syllabe :

— J'aimerais beaucoup savoir pour quelle raison vous vous trouviez dans ma chambre au milieu de la nuit.

Dupin avait espéré qu'elle ferait l'impasse sur ce moment embarrassant.

— Il y a eu une autre agression, madame, une brutale tentative de meurtre, dit-il sérieusement. Madame Noiret a été agressée ce soir au couteau, comme Paul Picard. Sa vie n'est pas en danger, mais il s'en est fallu de peu.

Ses paroles produisirent leur effet : Blanche Cadiou écarquilla les yeux, l'angoisse se peignit sur son visage.

— C'est… c'est épouvantable.

Mais, comme auparavant, elle ne posa aucune question.

— Il y a plusieurs points que je voulais éclaircir avec vous. C'est malheureusement urgent. Mais d'abord, une question : mes deux inspecteurs sont-ils passés vous voir ce soir, à votre bureau ou plus tard ici ? Ou l'un des deux ? Les lieutenants Le Ber et Labat ?

— Non, dit-elle en fronçant les sourcils.

— Vous ont-ils contactée par téléphone ?

— Non plus.

— Vous n'avez donc pas eu de leurs nouvelles ?

— Non. Pourquoi ? J'aurais dû ?

Elle paraissait soupçonneuse. Dupin ne pousserait pas plus loin. Il n'avait trouvé aucune trace de leur présence ni dans la maison, ni dans la cour. Pas plus que de leur éventuelle séquestration – il fallait tout envisager, même les scénarios les plus improbables.

— A quelle heure exactement avez-vous quitté votre bureau ?

— Vers vingt-deux heures, il me semble.

— Où aviez-vous garé votre voiture ?

— Sur le parking de l'abbaye, pas loin du bureau.

Qui ne se trouvait qu'à quelques centaines de mètres du Relais de Brocéliande et du lieu du crime.

— Vous êtes allée directement de votre bureau au parking et de là chez vous ?

— Tout à fait.

Sa réponse aurait été la même si elle avait fait un détour par l'hôtel pour attaquer Adeline Noiret. Pour autant, les gendarmes avaient dit qu'elle était à la maison à vingt-deux heures trente. En théorie, ça collait.

— Quelqu'un vous a vue quitter votre bureau, ou sur le parking ?

— Je ne sais pas. En tout cas, je ne me souviens pas d'avoir rencontré quelqu'un. De toute façon, je ne me sentais pas d'humeur à parler avec des gens.

Dupin sortit la notice d'utilisation de sa poche.

— Bien. Voyons... Connaissez-vous le conteur professionnel Inwynn, ou plutôt Philippe Goazou ?

— Oui, bien sûr.

— Et que savez-vous de ses relations avec Guivorch ?

— Je sais que, au Centre, Auffray Guivorch est responsable des conteurs, des visites et de toute l'organisation.

— Les deux sont amis ?

— Je ne saurais vous dire.

Dupin décida d'aborder l'autre point qui l'intéressait.

— Avant son voyage à Cadbury Castle, et même après, votre mari a fréquemment parlé au téléphone avec monsieur Laurent. Savez-vous de quoi il s'agissait ?

— Du voyage et du projet de parc, je suppose.

— Vous ne vous souvenez de rien d'autre ?

— Non.

Il feuilleta la notice.

— Connaissez-vous un certain Didier Boyard, un ami de Goazou, conteur lui aussi ?

— Pas en personne. Mais les conteurs ont un rôle à jouer dans notre projet. Nous voulons qu'ils y participent. L'idée est même d'accroître leur présence. Ce serait avantageux pour eux.

— Vous pensez embaucher plus de conteurs ?

— Oui, ça aussi. Et proposer plus de contrats.

— De nouveaux conteurs signifierait plus de concurrence entre eux, non ?

— Cela signifierait surtout plus de postes pour plus de gens.

— Didier Boyard appartient au groupe des opposants au parc, comme Philippe Goazou et Auffray Guivorch.

— On dirait, répondit-elle avec calme avant de s'asseoir sur la chaise de bureau. Veuillez m'excuser, j'ai pris un calmant avant d'aller dormir. Il continue à faire effet… (Ce qui expliquait son absence de réaction à l'arrivée de Dupin.) Je voulais de toute façon vous appeler. Ce soir, je me suis souvenue de quelque chose. Un de vos inspecteurs m'a demandé cet après-midi si j'avais une arme à feu. Ce n'est pas le cas, mais mon mari possède un pistolet. Il…

— Votre mari détenait une arme ?

— Je l'avais complètement oublié, mais oui, il l'avait déjà quand nous nous sommes connus. Je ne l'ai vue qu'une seule fois. Quand nous avons emménagé ici, il m'a dit qu'il la rangerait dans la commode de sa grand-mère. Il n'y a plus jamais fait allusion, mais je suppose qu'elle est toujours là.

Incroyable ! Pourquoi diable n'en avait-elle pas parlé avant ? Comment avait-elle pu l'oublier alors que son mari avait été tué par balle ? Dupin eut la phrase « Je n'en crois pas un mot » sur le bout de la langue mais la ravala. Pour lui, Blanche Cadiou était une énigme, autant que le reste des personnes liées à cette affaire. Pour l'instant, il n'était sûr d'aucune d'elles ; il n'aurait su dire ce qu'elles manigançaient.

— J'aimerais voir ce pistolet, dit-il fermement.

— Bien sûr, acquiesça-t-elle en se levant.

Dupin la suivit.

— L'arme a été déclarée ?

— Je l'ignore. Je suppose que oui.

— Pourquoi votre mari possédait-il un pistolet ?

Pour un archéologue, c'était envisageable : ces gens avaient l'habitude de camper dans des lieux isolés et sauvages, et leurs recherches portaient souvent sur des objets de grande valeur, susceptibles d'attiser des convoitises criminelles. Mais un spécialiste de littérature ?

— Il l'avait hérité de son père. Je n'ai pas l'impression qu'il l'intéressait particulièrement.

Cela expliquerait pourquoi ils n'avaient pas trouvé le nom de Cadiou en contrôlant les permis de port d'arme.

— Quelqu'un d'autre était-il au courant de l'existence de ce pistolet et du lieu où il se trouvait ?

— Ça m'étonnerait beaucoup.

— Même pas son ami Paul Picard ?

— Non, je ne crois pas.

Ils étaient arrivés au dernier étage et Blanche Cadiou se dirigea dans un coin de la pièce vers une antique commode délabrée.

— Je ne sais même pas dans quel tiroir il est, dit-elle en tendant la main.

— Non, attendez ! s'exclama Dupin, la faisant sursauter. Il peut y avoir des empreintes sur les poignées.

Il avisa une petite nappe sur la table basse et demanda :

— Je peux ?

— Bien sûr.

Il prit le napperon et l'utilisa pour attraper l'extrémité de la poignée. Le premier tiroir était rempli d'albums de photos, de même que le deuxième. Le tiroir le plus volumineux contenait des boîtes de diapositives que Dupin sortit pour vérifier que rien n'était caché derrière, sans résultat. Dans les tiroirs inférieurs, il trouva des boîtes en carton plates pour les négatifs, bien classées et étiquetées.

Le tiroir du bas ne renfermait qu'un vieux coffret à cigares qu'il retira avec précaution et posa sur la commode. La taille correspondait.

— Vous pensez qu'il est là-dedans ? demanda Blanche Cadiou avec curiosité.

Au lieu de répondre, Dupin ouvrit la boîte. Vide. Il l'abandonna pour inspecter le reste du tiroir : des dossiers et des papiers, apparemment des notes datant des études de Cadiou, dont une chemise intitulée *Oralité et Ecriture durant le haut Moyen Age*. Il reposa les documents dans le tiroir.

— Je pense que l'arme se trouvait dedans, dit-il en haussant les sourcils et en indiquant la boîte d'un mouvement de tête. C'est très intéressant.

— Que voulez-vous dire ?

— Votre mari aurait-il mentionné le genre du pistolet, sa marque ?

— S'il l'a fait, je ne m'en souviens pas.

— Beretta, Glock, SIG Sauer, Walther, Smith & Wesson, Heckler & Koch… ? L'un de ces noms vous dit quelque chose ?

— Je… commença-t-elle avant de s'interrompre.

— Une réminiscence ?

— Je ne suis pas certaine. Mais c'est possible… Glock, peut-être.

— Une marque qui utilise des cartouches de neuf millimètres, constata Dupin. Votre mari a été tué par un tel calibre.

— Qu'est-ce que vous entendez par là ? demanda-t-elle, nerveuse.

— J'entends qu'il est possible que votre mari ait été abattu avec sa propre arme. Par quelqu'un qui était au courant et de plus savait où elle se trouvait.

Dans le silence pesant qui suivit, le regard de Blanche Cadiou se fixa sur la boîte à cigares. Son visage était vide d'expression.

— Je comprends, dit-elle d'un ton monocorde.

C'était une femme intelligente. Selon elle, il était exclu qu'une tierce personne eût été au courant de la présence du pistolet, ce qui la mettait d'office en difficulté. Pourtant, si c'était elle, pourquoi en aurait-elle parlé à Dupin ? L'arme étant déclarée sous un autre nom et personne d'autre ne connaissant son existence, le commissaire n'aurait jamais su qu'elle existait. Elle se serait incriminée ? L'arme et l'absence d'alibi faisaient d'elle une suspecte très valable. Mais Dupin ne pensait pas qu'elle était assez stupide pour s'accuser elle-même. Ou alors c'était ce qu'elle voulait lui faire croire – ce qui serait une manœuvre plutôt maligne de sa part… Il ne savait qu'en penser.

— Nous allons tout laisser en l'état pour le moment. J'appellerai la scientifique. Il faudra malheureusement en passer par là. Je vais demander à un gendarme d'attendre ici. Moi, je dois y aller.

— Bien sûr. Je…

Elle fut interrompue par le téléphone de Dupin. C'était Nolwenn. Il s'excusa auprès de Blanche Cadiou, qui quitta la pièce.

— L'étudiant de Rennes est allé à la fête d'anniversaire d'un ami après le travail et il vient seulement de rentrer. Comme je m'en doutais, il n'a pas emmené Labat et Le Ber, et il n'a aucune idée de l'endroit où ils pourraient être.

— Et merde !

Dupin était bien conscient qu'il s'était raccroché à une toute petite branche, mais ça s'était déjà vu, des branches qui tenaient ! Il ne restait plus d'autre explication logique à la manière dont Le Ber et Labat avaient quitté le château.

— Les voitures ne devraient pas tarder à atteindre les endroits cibles, j'aurai sûrement bientôt des nouvelles. Ne vous inquiétez pas, ils appelleront sur la ligne fixe, les lignes des portables nous sont réservées.

Elle avait une fois de plus lu dans ses pensées. Toute cette histoire était à s'arracher les cheveux ! Dupin avait à présent un très mauvais pressentiment, mais il devait garder la tête froide. Il prit quelques profondes inspirations et dit :

— Nolwenn, j'ai besoin d'une équipe scientifique ici, au manoir des Cadiou.

Il la mit rapidement au courant de sa conversation.

— Je m'en occupe tout de suite. Cette bonne femme est incroyable ! Il y a vraiment quelque chose qui ne va pas chez elle, dit Nolwenn, visiblement furieuse. Cela dit, ils me paraissent louches, tous autant qu'ils sont. On a l'impression qu'ils sont de mèche… (Dupin entendit une sonnerie stridente à l'autre bout du fil.) Un moment, commissaire. Allô, oui ?… Très bien, racontez-moi !… Je comprends. Rien de suspect au Tombeau de Merlin. Je voudrais quand même que vous inspectiez à fond les environs. Tout… Oui, tout… Oui, la forêt aussi. Peu importe si tout a l'air normal. Rappelez-moi après ! (Nolwenn raccrocha mais reçut immédiatement un autre appel.) Allô, oui ?… Un riverain dit qu'il a vu quelqu'un de suspect à l'église du Graal ? Au milieu de la nuit. Vraiment ?… Autour de l'église puis à l'intérieur ?… Et il conduisait un…

Elle se tut. Dupin savait bien quelle voiture le suspect conduisait ! Nolwenn n'avait pas besoin de donner d'explications. D'ailleurs, elle avait très bien compris.

Il avait négligé de lui parler de sa visite à l'église. Soudain, il eut une montée d'adrénaline : il avait oublié autre chose d'important !

— Nolwenn ! hurla-t-il dans son portable.

— Commissaire ? dit-elle d'une voix sévère.

— Il faut que les gendarmes se procurent la clé de la petite annexe de l'église !

Sans attendre, elle reprit sa conversation avec l'autre correspondant :

— Je viens d'apprendre que le suspect était le commissaire Dupin en personne… Non, je n'étais pas au courant non plus… Il vous demande d'examiner l'annexe de l'église. Pour l'instant, elle est verrouillée… Oui, je sais l'heure qu'il est. Vous devrez quand même sortir quelqu'un du lit… Exactement. Nous non plus, on ne dort pas !… Bon, à plus tard. (Elle revint à Dupin :) Les recherches suivent leur cours, commissaire. Je vous ferai signe si j'ai du nouveau.

Cela voulait dire : laissez-moi travailler.

— Encore une chose, Nolwenn. A l'entrée du chemin qui mène au manoir, il y a une voiture de chez nous. Demandez à l'un des deux gendarmes de me rejoindre ici immédiatement.

— D'accord.

— Et envoyez la scientifique.

— Je l'avais déjà noté, dit Nolwenn avant de raccrocher sèchement.

Dérogeant à ses habitudes, Dupin s'assit sur le bord d'un canapé. Il se sentait épuisé, mais au bout de quelques instants il se ressaisit et partit frapper à la porte du bureau de Blanche Cadiou.

— Un instant, entendit-il.

Elle mit un moment à lui ouvrir.

— Je voulais prendre congé, madame. Pour l'instant, je n'ai rien d'autre à vous demander.

C'était sorti sans aménité. Il se hâta d'ajouter :

— On va me relayer d'ici peu, et la police scientifique sera là bientôt.

— Je suppose que vous n'avez pas besoin de moi ? J'aimerais bien aller me coucher.

— Comme vous voulez… Je me demandais si vous ne voudriez pas fermer à clé la porte latérale, avec tout ce qui s'est passé…

Il voulait dire : le meurtrier est probablement entré par là. La question parut la troubler.

— Je… Nous ne la fermons jamais. Je n'y ai pas pensé. Mais vous avez raison, je…

Ils entendirent un bourdonnement grave et discret. Pas étonnant que Dupin n'ait pas perçu la sonnerie. Blanche Cadiou lui jeta un regard interrogateur.

— C'est sûrement le gendarme, l'informa-t-il. Je vais lui donner des instructions. Une dernière chose, ajouta-t-il avant de sortir, votre mari n'a jamais mentionné les munitions pour le pistolet, je suppose ?

Elle triturait le pull vert posé sur ses épaules.

— Non, il a toujours…

Brusquement, Dupin sursauta, imité par Blanche Cadiou.

— Bien sûr ! s'écria-t-il avec véhémence.

C'était ça ! Il en était certain. Il venait de s'en souvenir : le blouson vert ! Il connaissait le blouson qui était posé sur le siège arrière de la Citroën, au château !

— Je vous donnerai des nouvelles !

Il se précipita, descendit les marches à toute vitesse et attrapa son portable.

Nom d'un chien ! Pourquoi n'y avait-il pas pensé avant ?

— Toutes les voitures au château ! Tout de suite et directement !

— Quoi ?

— Je veux toutes les voitures au château de Comper, immédiatement !

— Je vous écoute, dit Nolwenn.

— Le Ber et Labat doivent être quelque part là-bas. J'en suis sûr.

Dupin démarra et accéléra énergiquement.

— Qu'est-ce qui vous fait dire ça ?

— Le blouson de Labat !

— Comment ça, le blouson de Labat ?

— Il est sur le siège arrière de la Citroën toute neuve garée sur le parking du château !

Ses pensées se bousculaient, il imaginait tous les scénarios possibles. C'était ça. Il avait jeté un regard dans la voiture et avait vu le blouson, sans faire le lien. Ce n'est qu'en remarquant le pull de Blanche Cadiou qu'il avait compris.

— Qu'est-ce que son blouson fait dans… Vous avez dit « neuve » ?

— Oui.

— C'est une voiture de location ! Ils ont fini par louer une voiture. Je l'avais conseillé à Labat, mais il ne m'en a pas reparlé… On peut se faire livrer la voiture… Bien sûr, c'est ça !

— Il faut tout de suite vérifier le numéro d'immatriculation !

Dupin atteignit la route goudronnée et accéléra davantage dans un crissement de pneus. L'affirmation de Nolwenn était plausible, qui plus est si c'était Labat qui avait commandé la voiture. Dupin imagina l'appel à l'agence de location : « Je veux votre voiture la plus rapide et la plus puissante. » Et surtout : « Enquête spéciale de la police parisienne sur ordre du ministre de l'Intérieur. Livrez la voiture immédiatement au château de Comper. »

Nolwenn posa la question décisive :

— Mais où sont-ils passés ? Les gendarmes ont pourtant fouillé le château…

— Alors ils sont passés à côté !

Il prit un virage serré et peina à garder le contrôle de son véhicule.

— Appelez Guivorch ! Qu'il vienne sur-le-champ.

Il s'était rappelé les plans aperçus brièvement sur l'ordinateur de Guivorch. Depuis, ils lui trottaient dans la tête sans qu'il sache pourquoi. Et il y avait une deuxième raison tout à fait objective.

— Guivorch doit être en possession des plans du château. Au moins, il saura où les trouver. Pareil pour les plans de tout le site, peut-être même des environs immédiats. Il se peut qu'il y ait un bâtiment dans la forêt qui appartienne au château – du genre pavillon de chasse ou cabanon.

— Je l'appelle maintenant et lui dis de venir immédiatement. Voulez-vous que je vienne, moi aussi ?

— Restez où vous êtes, Nolwenn. Nous avons besoin d'un poste central.

C'était beaucoup lui demander, mais elle acquiesça :

— Vous avez raison. Je vais téléphoner aux gendarmes qui ont le passe.

— Parfait. Merci, Nolwenn, à tout de suite.

— Bonne chance !

Elle raccrocha. Il fallut à peine dix minutes de plus avant que Dupin ne déboule sur le parking visiteurs du Centre, s'arrêtant pile à côté de l'élégante Citroën. Il bondit de son siège et rappela Nolwenn en s'agenouillant devant la plaque d'immatriculation, tout juste lisible dans le clair de lune. L'astre était plus haut dans le ciel, mais, pour une raison que Dupin ignorait, son intensité avait faibli.

— Le numéro est EJ-364-AS.

— Ne quittez pas, j'ai préparé le terrain. Rennes attend mon appel.

Même au milieu de la nuit, Nolwenn réalisait l'impossible. Dupin attendit, faisant nerveusement le tour de la Citroën. Le blouson et le pull se trouvaient toujours sur le siège arrière. Il entendit Nolwenn parler avec son interlocuteur rennais : « Oui, je comprends… Je répète : déclarée au nom d'Europcar Ploërmel, 22 avenue du Maréchal-de-Lattre-de-Tassigny… Une DS 5 Performance Line, gris platinium métallisé, 180 chevaux, première immatriculation au mois de mai de cette année… Très bien, merci beaucoup. »

La conversation prit fin. Le modèle « Performance Line » ressemblait bien à Labat.

— C'est bien ce que nous pensions, reprit Nolwenn, ils ont pris une voiture. Ils auraient pu aller au Relais de Brocéliande, comme Le Ber l'avait annoncé, mais ils ne l'ont pas fait. L'affaire n'en est que plus urgente…

Peut-être les a-t-on contraints à se rendre quelque part, sous la menace d'une arme ? En tout cas, il y a bien un pistolet dans cette histoire. Il se peut qu'on les ait enfermés.

Nolwenn exprimait à haute voix ce que Dupin craignait déjà. Et le pire était envisageable.

Tous deux se turent. Dupin sortit la lampe de poche de sa boîte à gants et retourna à la voiture de location, portable toujours collé à l'oreille. Deux véhicules approchaient sur la route, et peu après le commissaire perçut les sirènes. Nolwenn aussi les entendit.

— Enfin. Ils ont pris leur temps, je leur avais bien demandé de…

— Le blouson est sous mes yeux, coupa Dupin. Vert kaki.

— Vous voyez le logo de la marque ?

— Oui, à peu près. C'est un S majuscule. Salomon.

— C'est bien celui de Labat.

Les deux voitures de gendarmerie arrivèrent au parking.

— Bon, Nolwenn, nous allons tout fouiller jusqu'au moindre recoin.

— Allez-y. Tenez-moi au courant. Aballain est dans l'une des voitures.

— Très bien. Au fait, savez-vous si le conseil d'administration du Centre s'est souvent réuni au château ? ajouta-t-il.

— Cinq fois ces dix dernières années, tous les deux ans. Avant, je l'ignore. Mais tout le monde doit être familier du château et des environs.

Nolwenn avait compris à quoi il voulait en venir.

Autant Inwynn que Blanche Cadiou connaissaient le coin.

Entre-temps, les forces de l'ordre étaient arrivées, toutes celles qui étaient intervenues dans la forêt étaient à présent réunies – neuf voitures au total. Phares et gyrophares allumés, postés devant le décor féerique du château et du lac enchanté sous une pleine lune pâle, les véhicules offraient un spectacle impressionnant.

Dupin rassembla autour de lui les dix-huit gendarmes équipés de lourdes torches et de talkies-walkies. Les deux hommes rencontrés dans le bureau de Cadiou s'étaient joints à eux, munis du passe de Guivorch. Appuyé à la portière de sa voiture, Dupin résuma la situation et donna ses instructions. Les mines étaient sombres – ce n'était pas tous les jours qu'ils avaient à accomplir une telle mission.

Le 4 × 4 bleu foncé de Guivorch apparut dans le parking. Dupin s'en approcha à grands pas, s'arrêta à un mètre et dévisagea le directeur adjoint en plissant les yeux. Il n'avait pas envie de se lancer dans une joute verbale, ni même de le saluer.

— Avez-vous une idée du lieu où mes deux lieutenants seraient retenus ?

La participation de Guivorch aux opérations de recherche était pour le moins ambiguë, puisqu'il faisait partie des suspects – même s'il n'était pas l'agresseur d'Adeline Noiret. Des complicités étaient possibles, par exemple celle du conteur ; rien n'excluait qu'il puisse être responsable de la disparition de Le Ber et de Labat. La situation était absurde. Mais, tout bien considéré, on avait besoin de Guivorch pour sa connaissance des bâtiments et des alentours. Pour autant, un tel contexte équivoque n'était pas pour déplaire à Dupin. Il serait aux premières loges pour observer le bonhomme de près, à l'affût d'une éventuelle erreur. Rien ne lui échapperait.

— Si c'était le cas, vous croyez que je me serais levé au milieu de la nuit pour vous aider dans les recherches, commissaire ? rétorqua Guivorch avec condescendance.

— Où sont les plans du château et des environs ?

— Dans mon bureau. Le mieux serait que nous nous y rendions.

Il se montrait on ne peut plus coopératif. Dupin réfléchit, mais ce léger retard dans leurs recherches était inévitable. Il fallait une vue d'ensemble précise. Il se tourna vers les gendarmes.

— Allons tous dans le bureau de monsieur Guivorch.

Le groupe se mit en mouvement. Ils entrèrent dans le château par la librairie et se rassemblèrent autour d'une grande table dans le bureau de Guivorch, au même étage que celui de Cadiou. Ici, en revanche, les murs étaient tapissés d'étagères, la table de réunion et huit chaises remplaçaient l'ensemble canapé-fauteuils. A droite se trouvait un bureau, un modèle identique à celui de Cadiou.

Les plans étaient anciens et très grands. Il y en avait deux : l'un du château, avec les différents étages dessinés les uns à côté des autres, l'autre des alentours, avec les bâtiments annexes. Le château possédait certaines pièces, coins et recoins que les gendarmes avaient négligés durant leur inspection.

Le colonel Aballain prit la parole en abordant le problème de manière stratégique.

— Qu'est-ce qui a éveillé l'intérêt de vos inspecteurs ? Où ont-ils pu aller ? Nous devons considérer ces questions de leur point de vue. Mais il se peut aussi que quelqu'un les ait menacés et emprisonnés. Auquel cas il nous faut adopter le point de vue du ravisseur. Où aurait-il agi sans éveiller de soupçons ?

Pendant l'exposé d'Aballain, Dupin n'avait pas quitté Guivorch des yeux. Ce fut le gendarme pâle qui se lança.

— Nous devrions partir de l'endroit où, à notre connaissance, les lieutenants se trouvaient en dernier. C'est-à-dire la grande salle des armures, à l'étage. Si quelqu'un les a interceptés là-bas, ça laisserait supposer qu'ils sont ici, au château.

— Professeur, dans quelles pièces pourrait-on le plus facilement enfermer deux personnes ? demanda un gendarme.

— Je pense au grenier. Au-dessus de la salle des armures. Même nous, ici au Centre, nous avons tendance à l'oublier.

Dupin se pencha sur le plan.

— Il y a apparemment des pièces à droite et à gauche de la salle. Qu'est-ce que c'est ?

— On y accède par les deux cages d'escalier. Les deux portes sont peu visibles.

— Que deux hommes aillent vérifier, d'abord un côté puis l'autre. Une fois l'inspection terminée, revenez ici.

— Au rez-de-chaussée, il y a quelques pièces du côté est qui ne font pas partie des espaces d'exposition, juste ici, poursuivit Guivorch en pointant le doigt. On les utilise plus ou moins comme débarras. Ah oui, il y a aussi deux pièces derrière la librairie, l'une fait office de bureau, l'autre de réserve.

Dupin réagit immédiatement :

— Deux hommes pour inspecter ces pièces et tout le rez-de-chaussée !

Les gendarmes s'étaient déjà groupés par deux dans l'attente d'une mission et tout se déroulait en vitesse et sans heurts. Dupin était impressionné.

— Au premier étage, reprit Guivorch, nous avons d'autres surfaces d'exposition du côté ouest et au centre. A l'est se trouvent les bureaux et les salles de réunion.

Sur un coup d'œil de Dupin, deux gendarmes sortirent.

— Qu'en est-il d'autres pièces ou passages cachés ? Comme au grenier ?

— Il n'y en a pas ailleurs.

Impossible… Dupin se pencha de nouveau et étudia le plan étage par étage. Chaque surface semblait en effet clairement attribuée. Mais l'essence même des pièces cachées ne résidait-elle pas précisément dans leur absence sur les plans ?

— Vraiment ? Il n'y a que ça ?

— Oui.

Aballain, qui semblait lui aussi avoir des réserves sur la fiabilité de Guivorch, attrapa le deuxième plan et le posa à côté du premier.

— Bon, voyons maintenant les bâtiments annexes. Il y a ceux qui sont dans l'enceinte du château, les anciennes écuries et logements des domestiques ; ensuite, ceux qui se trouvent à l'extérieur. L'ancienne maison du garde forestier, par exemple, au bord de la route qui mène au parking des visiteurs, et un bâtiment plus petit près du parking des employés.

— Celui-là, il sert d'entrepôt général, dit Guivorch en devançant la question de Dupin.

Celui-ci disposait encore de six équipes. Il donna ses consignes :

— Deux hommes pour fouiller les bâtiments à l'intérieur, deux autres pour la maison du garde forestier et l'entrepôt.

— Il existe aussi une remise à outils, ajouta Guivorch en désignant un endroit sur le plan, à côté de l'entrée des visiteurs. On ne la voit pas très bien. Ainsi que deux remises hors de l'enceinte et une maisonnette dans la forêt, ou plutôt au bord du lac. Ici, ici et ici.

Il pointa les emplacements. Les gendarmes restants s'étaient serrés autour d'Aballain et de Guivorch.

— C'est quoi, cette maisonnette ? demanda Dupin qui ne voulait laisser aucune zone d'ombre.

— Elle abrite une exposition sur la flore et la faune de la forêt.

— Et il n'y a pas d'autres bâtiments, d'autres abris, remises ou autres ?

— Non… non.

— Qu'est-ce que vous nous cachez, professeur ?

L'atmosphère s'était sensiblement tendue.

— Il y a encore une cabane au bord du lac, avec un abri que nous utilisons quand il pleut lors des visites guidées.

Dupin envoya deux autres équipes pour inspecter ces derniers endroits.

— Et puis il y a la cave, bien sûr, ici au château. Un vrai dédale. Il faut absolument l'examiner.

— Il y a une cave ? Pourquoi vous ne l'avez pas dit tout de suite ?

— J'allais y venir, mais le colonel a commencé à parler des environs, ça semblait plus urgent.

— Elle fait toute la surface du château, cette cave ? Il existe un plan ?

— Non, ce ne sont pas de vraies pièces, mais pour l'essentiel des espaces voûtés. Ils nous servent de réserve, ou pour les archives. Mais leur surface dépasse nettement celle du château. Il n'y a qu'une entrée, derrière la librairie.

— Vous voulez dire que la partie souterraine du château est plus vaste que la partie visible ?

— Tout à fait.

— Et il n'existe aucun plan ?

— En fait, je viens de me souvenir qu'il en existe un de la partie frontale.

Guivorch se plaça face à son ordinateur. Devant le froncement de sourcils de Dupin, il se hâta de préciser :

— C'est un stagiaire qui l'a établi un jour. Le voici.

Les hommes s'étaient groupés autour de l'écran sur lequel s'affichait le plan du rez-de-chaussée avec, dessiné par-dessus au crayon noir, un contour qui le dépassait effectivement, correspondant à celui de la cave. Certaines parties manquaient, et on distinguait plusieurs points d'interrogation.

— La partie de devant est celle que nous utilisons, précisa Guivorch.

— Qu'est-ce qui s'y trouve ?

— Toutes sortes d'objets découverts pendant les fouilles. Une fois enregistrés, ils vont dans les réserves.

— Des objets trouvés dans la forêt ou dans la région ? Vous les entreposez ici ?

— Cela fait partie des missions du Centre.

Réponse banale s'il en était.

— Je vais examiner ces pièces, et vous allez m'accompagner. (Guivorch hocha la tête et fit mine de s'éloigner.) Et le reste de la cave ?

Dupin désignait sur l'écran deux espaces délimités par de minces lignes qui marquaient une extension du sous-sol vers l'est et jusqu'à l'étang. A deux endroits, on avait même l'impression que la cave se prolongeait sous le plan d'eau.

— Que signifient les points d'interrogation ?

— A vrai dire, je n'en sais rien. La cave était le domaine de Cadiou. Personnellement, je n'aime pas les caves. (Pour une fois, Dupin put sympathiser : lui non plus ne les aimait pas.) L'ancien propriétaire y avait installé une cave à vin ; Cadiou avait trouvé quelques vieilles bouteilles.

— Vos lieutenants connaissaient l'existence de cette cave ? demanda Aballain au commissaire.

— Je ne sais pas, mais…

Guivorch le coupa :

— Dans la salle des armures, nous avons parlé des pièces et des objets découverts pendant les fouilles.

— Quand ça ?

— Après nos dépositions pour les alibis, ils nous ont encore posé quelques questions.

— C'est-à-dire ?

Dupin était sur le point de perdre son sang-froid. Guivorch devait savoir que ces informations l'intéresseraient !

— C'était encore une fois au sujet des projets de fouilles dans la forêt, et même au-delà. Ce sujet semblait surtout intéresser le plus sympathique des deux inspecteurs. Il était remarquablement bien informé.

Dupin faillit sourire : Le Ber eût été fier de se voir complimenté pour ses connaissances par un professeur d'archéologie renommé.

— Que voulez-vous dire par « même au-delà » ?

— Il a voulu savoir précisément qui a participé à des fouilles, quand, où et comment. Des questions que vous-même aviez déjà posées.

— Il s'intéressait à un point en particulier ?

— Nous avons évoqué les projets que vous connaissez : Cadbury Castle, Glastonbury et les trois projets en cours dans la forêt.

— Colonel, je voudrais que vous demandiez aux scientifiques de quoi Le Ber et Labat leur ont parlé.

— Maintenant ? demanda Aballain en regardant sa montre.

— Oui, maintenant.

Le colonel sortit son portable et s'isola dans le couloir. Dupin s'adressa sèchement à Guivorch :

— Les autres ont-ils connaissance de l'existence de la cave ?

— Oui. La dernière fois que le congrès s'est réuni ici, nous avons eu droit à une visite guidée par l'ancien président de l'unité de recherche en archéologie de l'université Rennes 2, qui avait été un temps administrateur du Centre. A l'époque, le Centre était encore une institution assez modeste. L'homme est depuis décédé, mais pendant toute sa vie il a investi beaucoup d'énergie dans les fouilles, son violon d'Ingres. C'est lui qui a créé les réserves.

— On pourrait y trouver les premières trouvailles des fouilles de Picard ?

— Comme je l'ai dit, les fouilles proprement dites n'ont pas commencé, nous en sommes encore aux travaux préliminaires.

— Les deux équipes restantes se rendront à la cave, ordonna Dupin, l'une inspectera la partie avant, l'autre s'occupera de l'arrière avec les points d'interrogation.

Aballain téléphonait toujours dans le couloir. Les quatre hommes se mirent en route sans attendre, laissant Dupin avec Guivorch.

— Si vous croyez que c'est un jeu, dit le commissaire au chercheur sur un ton de menace, et si votre implication est avérée, il ne restera pas grand-chose de vous une fois que vous serez passé entre mes mains.

Il martelait les mots à voix basse ; son sang-froid était sur le point de l'abandonner pour de bon, mais il s'en moquait.

Il se détourna et s'approcha de la fenêtre. Les rayons de la lune baignaient le lac – ce lac qui n'en était pas un mais seulement une illusion. Cette affaire, que Dupin allait tirer au clair – et dans sa fureur il en était certain –, n'offrirait pas de conclusion limpide, il s'en doutait. Lui revint en mémoire la phrase inquiétante dans l'église du Graal : « Dites-vous bien que ce que vous voyez n'existe pas mais que ce que vous ne voyez pas existe bien. »

— Je n'ai rien… commença Guivorch.

— Je sais que vous me cachez quelque chose, vous et tous les autres, que vous en savez bien plus que vous ne voulez nous dire.

Guivorch, mal à l'aise, préféra se taire.

— Cette partie non définie, ici, y êtes-vous déjà allé ? demanda Dupin en désignant sur l'écran les lignes tracées en direction du lac.

— Non. Comme je l'ai dit, la cave était le domaine de Cadiou. Il parlait toujours de l'aménager.

— Et alors ?

— Je pense qu'un jour nous aurions…

Il fut interrompu par Aballain qui entra d'un pas énergique et s'adressa à Dupin :

— Je viens de parler à Denvel. Je n'ai pas réussi à joindre Bothorel ni Terrier.

— Racontez.

— Après avoir terminé de recueillir les alibis de chacun, vos inspecteurs ont posé d'autres questions plus générales. Le professeur Denvel se souvient que le lieutenant Labat a voulu savoir qui avait posé sa candidature pour le poste de Cadiou. Il semblait attacher de l'importance à cette information. Et il a annoncé qu'il allait vérifier méticuleusement tous les alibis. (Cela ressemblait bien à Labat.) Le lieutenant Le Ber s'est plutôt renseigné sur les fouilles, en particulier celles d'ici, dans la forêt, et d'autres en Espagne. Puis il s'est intéressé à la cave, la réserve et l'entrepôt. Il s'est surtout entretenu avec vous, monsieur Guivorch. Il a entre autres évoqué des galeries et des passages souterrains. Denvel se souvient que le lieutenant Le Ber a voulu savoir à quel point chacun connaissait le château et les alentours, et à quand remontait leur dernière visite. Il s'est concentré sur les trois derniers mois. C'est tout.

— Très intéressant, monsieur Guivorch, dit Dupin sur un ton glacial. Voilà qui s'éloigne curieusement de ce que vous avez déclaré jusqu'ici.

— Vous saviez que nos déclarations montreraient des divergences, commissaire. Je crois que c'est normal. A ma connaissance, personne n'a pris de notes.

— Et chacun de vous a peut-être une bonne raison de ne pas rapporter tel ou tel détail. De quelles fouilles en Espagne s'agit-il ?

— Votre lieutenant a tout à coup abordé le sujet. Il a demandé si l'un d'entre nous y participait, mais personne n'y est impliqué.

— Quel est ce projet ?

— Vous avez vu aujourd'hui, chez moi, le livre du prêtre espagnol – vous savez, le monastère de…

— Ah oui, l'histoire avec le Graal, se souvint Dupin.

— Exactement.

— Et de quels passages souterrains avez-vous parlé ?

Guivorch répondit avec empressement :

— Déjà au Moyen Age on creusait des galeries sous le lac. Certaines partaient du château, mais pas toutes, d'autres arrivaient de l'extérieur. On dit qu'il y en a des dizaines, mais on n'en connaît que quelques-unes, qui n'aboutissent d'ailleurs pas très loin. Depuis le temps, elles se sont écroulées, les entrées ont été comblées ou envahies par la végétation. Il paraît que certaines s'étendent sous tout le lac, où elles forment un système organisé. Pour ce qui est de la légende, il faudrait aller au fond des choses, littéralement. (Guivorch eut le sourire supérieur que Dupin connaissait.) Au cours des siècles, plus d'un aventurier a prétendu avoir trouvé le château de Viviane tout en refusant de divulguer l'emplacement des accès. Un secret éternel. Blanche Cadiou projette de faire d'une de ces galeries une attraction du parc. « Le château de la fée Viviane au fond du lac. »

Cette dernière phrase dégoulinait d'ironie.

Dupin se souvint du tableau dans le bureau de Blanche Cadiou et d'un croquis pour le lac de Viviane. Il n'avait remarqué qu'un ponton et une salle panoramique sous l'eau.

— De quelle galerie parlons-nous ?

— Je n'en ai aucune idée.

— Et qui parmi les membres du conseil d'administration s'est trouvé ici au cours des trois derniers mois ?

Il ne fallait pas oublier ce point du questionnaire de Le Ber. Aballain consulta ses notes.

— D'après les souvenirs de Denvel, Picard et Terrier étaient présents à cause des fouilles, Terrier est revenu pour une réunion ainsi que Denvel lui-même, également pour une réunion.

Ah, quand même…

— Denvel aussi ? Quand ça ?

Ce fut Guivorch qui répondit :

— Il y a six semaines. Je l'ai invité à Rennes pour une conférence et il est passé au Centre. Nous avons pris un café ensemble.

— Vous l'avez invité ? Existe-t-il une relation plus étroite entre Marc Denvel et vous ?

— Non, pas vraiment. Mais je sais qui travaille sur des sujets scientifiques intéressants.

Dupin s'adressa à Aballain :

— Les réponses de Denvel concernant les trois derniers mois sont précises ?

— Il avait oublié le débat public à Nantes de Sibylle Bothorel, sa belle-mère, il y a quelques semaines.

— Où se trouvent les accès connus aux galeries extérieures au château ? demanda-t-il à Guivorch.

— Il y a plusieurs plans sur Internet qui indiquent les accès, ceux qui sont avérés et les hypothétiques. Je vous montre. (Guivorch afficha les cartes.) Ici, à ces trois endroits-là, et puis deux autres ici, dans la cave.

— Que savez-vous de ces accès par la cave ?

— Rien, à part qu'ils ont été fermés par mesure de sécurité.

— Les trois à l'extérieur sont-ils intacts ?

— Deux sont bouchés. Le troisième, le plus grand, se trouve sur la lisière nord-est du lac.

Le talkie-walkie émit un craquement et on entendit « Ici Dubois ».

— J'écoute, dit Aballain.

— Nous avons terminé avec le grenier. Négatif. Personne n'est venu ici depuis longtemps.

— Bien. Revenez.

Dupin réfléchit.

— Contactez l'équipe de la cave, finit-il par dire à Aballain. Je veux que les hommes examinent tout de suite les deux accès aux galeries. Et envoyez l'équipe du grenier à l'accès au bord du lac. (Il se passa une main dans les cheveux.) En fait, non, on va faire autrement. Je veux voir celui-là par moi-même.

Inwynn n'avait-il pas raconté qu'il avait emmené un groupe la veille le long du lac ?

Si Aballain semblait surpris, l'expression de Guivorch était difficile à déchiffrer.

— Mais là non plus on ne peut pas entrer dans la galerie, objecta-t-il. Je connais l'entrée, elle est condamnée.

Les deux gendarmes revenant du grenier apparurent.

— Vous, venez avec moi, leur dit Dupin. Vous aussi, monsieur Guivorch. Le lieutenant Le Ber est très débrouillard. Quand il veut entrer quelque part, rien ne l'en empêche.

Il stoppa dans l'encadrement de la porte.

— Colonel, reprit-il, envoyez les prochaines équipes aux deux accès comblés à l'extérieur du château, par précaution.

— D'accord. Tenez, prenez ça, dit l'officier en tendant un talkie-walkie. Ça ne fonctionnera pas sous terre, c'est pour avant et après.

Dupin se mit en route, suivi de Guivorch et des deux gendarmes.

Aucune étoile n'était visible. Pourtant, le ciel était sans nuages, seule une sorte de brume flottait partout. Dans la forêt touffue qu'ils traversaient, à quelque distance du château, il était de toute façon impossible de distinguer la Lune et les étoiles. La nuit était d'un noir profond, un noir qui n'était plus couleur mais matière, plus lourde que l'air et dans laquelle on s'enlisait.

Ici ou là surgissait dans la lumière des torches un fragment du monde, aussitôt absorbé par l'obscurité. Des sous-bois montait une odeur épicée de décomposition végétale. Le brouillard avait nettement rafraîchi la nuit d'été. Ce n'était pas inhabituel, tout Breton savait que la température pouvait chuter en l'espace d'un quart d'heure.

Ils ne devaient pas être loin du bord du lac, pas plus de vingt ou trente mètres, et pourtant on ne le voyait pas. Mais, dans l'après-midi, Dupin avait remarqué que la forêt s'approchait de la rive, possessive : le lac lui appartenait.

— Ce n'est plus très loin, dit Guivorch.

Les unes après les autres, les équipes faisaient leur rapport à Aballain, qui en informait Dupin avant de leur assigner de nouvelles tâches. Jusqu'ici, personne n'avait rien vu de suspect. Dupin était de plus en plus inquiet ; son appréhension ne se traduisait pas seulement par une activité accrue mais aussi par des doutes : tenait-il le bon bout ? Au fond, leur entreprise ne reposait que sur des conjectures. La vérité pouvait être tout autre. Par exemple, Labat et Le Ber avaient pu aborder au cours de leurs entretiens un sujet compromettant qui aurait entraîné un guet-apens dans lequel ils seraient tombés.

Il se sentait responsable : il aurait dû agir plus tôt. Cela dit, que ses lieutenants suivent d'eux-mêmes une piste était tout à fait plausible, compte tenu de leurs fréquentes initiatives durant leurs enquêtes communes.

La tension montait au sein de leur groupe ; le pesant silence fut brisé par Guivorch :

— Ici, il faut prendre à droite. Soyez prudents, c'est un sentier forestier assez étroit. On trébuche facilement sur des racines et des pierres, même en plein jour.

Ils descendirent le chemin en silence d'un pas rapide, frôlant buissons et branches. Puis Guivorch s'arrêta.

— C'est là.

La torche du gendarme éclaira une cahute basse dans une petite clairière. Dupin en fit rapidement le tour :

le bois couvert de mousse était pourri par endroits, et il découvrit une porte dans un état tout aussi précaire mais dotée d'un solide cadenas. Il y dirigea le faisceau de sa torche : celui-ci semblait intact. Il le secoua de toutes ses forces sans parvenir à faire bouger les charnières.

— Personne n'est entré par ici, conclut un gendarme.

— Peut-être sont-ils passés par le toit ?

Dupin s'apprêtait à regarder de plus près lorsque le talkie-walkie fit entendre un bruit de ferraille assourdissant.

— Allô ! Ici Mandon ! Vous m'entendez ?

— Oui, on vous entend.

— J'arrive de la cave. Nous pensons qu'il y a eu un accident ici. (Le gendarme était hors d'haleine et tentait de reprendre son souffle.) On dirait que quelque chose s'est écroulé. Il y a de l'eau qui filtre du plafond. Il est possible que les lieutenants soient bloqués dans une galerie.

— Vous avez remarqué quelque chose ? Un signal quelconque ? Un contact ? s'enquit Dupin avec angoisse.

— Non, rien pour l'instant. Ce n'est qu'une supposition, mais nous avons trouvé des traces d'au moins deux personnes.

— Plus de deux, peut-être ?

— Difficile à dire pour le moment.

— Nous arrivons !

Dupin coupa le contact et partit en courant.

La première partie du sous-sol ressemblait encore à une cave ordinaire. Ils traversèrent ensuite une pièce au sol en terre battue malgré ses murs de pierre. Par une porte à moitié désagrégée, ils accédèrent à un autre espace étonnamment vaste aux parois de terre montrant par endroits des taches d'humidité. Ce qu'il y avait de plus remarquable étaient des poutres en U, reliées entre elles par des contrefiches, et qui soutenaient murs et plafond. D'après leur aspect, elles étaient séculaires. L'ensemble faisait penser au squelette d'un gigantesque animal. Dupin estima à une trentaine de mètres la longueur de la cave voûtée.

A proprement parler, ils ne se trouvaient ni dans une cave, ni dans une caverne, mais dans une cavité artificielle et visiblement fragile. Dupin détestait se retrouver sous terre, les caves provoquaient toujours chez lui un malaise profond, voire d'affreuses angoisses.

L'odeur qui régnait dans ces sous-sols pouvait facilement être qualifiée de puanteur ; c'était un mélange âcre de vieille terre humide, de mousse, de moisissure, de champignons. Une odeur de pourriture.

Les pompiers et deux ambulances de Ploërmel ne tarderaient pas, et Dupin avait demandé une équipe de techniciens de Rennes. Aballain avait mis Nolwenn au courant. Dupin avait envisagé de renvoyer Guivorch dans le bureau mais il avait fini par l'emmener.

— La galerie en question part de là-bas, dit Aballain en dirigeant le faisceau de sa torche du côté opposé. Mais je dois vous prévenir, commissaire, ce n'est pas bon signe.

Ces paroles lui coûtaient, et Dupin se mit à courir.

Un trou rectangulaire dans le mur de terre, aussi haut que la pièce, donnait sur un autre assemblage à étais. Cependant, ceux-ci n'étaient plus formés de poutres taillées mais de troncs de taille moyenne grossièrement élagués. Un mètre plus loin, une porte rudimentaire voisinait avec deux grands panneaux à l'inscription estompée : *Accès interdit* et *Danger de mort.*

Dupin passa dans la salle suivante, Aballain et deux gendarmes sur ses talons.

— Il y a une deuxième porte là-bas. Elle est…

— Je la vois.

La construction était totalement effondrée, un trou béant apparaissait dans le plafond. La terre venait de là.

— Le Ber ? Labat ? cria Dupin.

— La terre absorbe les sons. Et même s'ils nous entendaient, leur réponse pourrait ne pas passer. Il serait possible de communiquer si on frappait sur de la pierre mais pas sur de la terre meuble.

Dupin lança au tas de terre un regard hostile. La tête lui tournait.

— Ça sent la terre fraîchement remuée, ça s'est produit récemment, poursuivit Aballain. Nous ne devrions même pas être ici. Les techniciens ont demandé par téléphone qu'on évacue dans les plus brefs délais. Mais des hommes sont descendus, à leurs risques et périls.

Dupin remarqua seulement à cet instant que les deux gendarmes qui l'accompagnaient étaient ceux qu'il avait rencontrés dans le bureau de Cadiou, le pâle et le bronzé.

— Sortez d'ici ! leur cria-t-il, mais ils secouèrent la tête. Où sommes-nous exactement ? demanda-t-il au colonel.

Celui-ci hésita, puis indiqua une paroi latérale.

— Probablement sous le lac.

Derrière l'un des troncs, l'eau ruisselait, formant une flaque au pied du mur.

— De quand date cette construction ? demanda Dupin à Guivorch.

— Ça, personne ne le sait.

— Quelle est la longueur de la galerie ? Où est-ce qu'elle mène ?

— Je n'en ai aucune idée, et je suppose que personne de vivant ne le sait.

— Tel que ça se présente, et compte tenu de vos connaissances, pensez-vous que cet effondrement ait pu être provoqué ?

Le ton de Dupin était dur ; Guivorch sembla consterné.

— Vous suggérez l'hypothèse d'un attentat ?

— Oui, c'est bien ce que je suggère.

Guivorch contempla le monticule de terre d'un œil vague.

— Ce n'est sûrement pas à exclure, mais vous devriez plutôt demander aux techniciens.

Dupin se mura dans le silence. Son vertige s'amplifia. Il repensa à ce qu'il avait observé en traversant les caves et demanda :

— Cadiou a-t-il entreposé ici des objets découverts pendant les fouilles ? Des pierres ?

— Oui, on dirait.

— Lesquelles ?

— Je n'en ai pas été informé. Je ne peux que me répéter, que vous me croyiez ou pas : la cave était le domaine de Cadiou. Son prédécesseur avait déjà entreposé beaucoup de choses. Ces objets viennent peut-être de lui.

Une voix grave se fit entendre :

— Il y a quelqu'un ? Vous êtes là ?

Elle précédait l'apparition d'un pompier de la taille de Dupin, au visage tanné, aux cheveux gris et épais coiffés en arrière et à la moustache blanche et fournie. Le suivaient deux collègues équipés de pied en cap, ainsi que deux secouristes, à l'évidence pas très rassurés.

— Capitaine Bouvet, se présenta-t-il avec un hochement de tête aimable et un regard alentour. Alors, c'est là !

Il désigna l'amas de terre. Les pompiers approchèrent, mais les secouristes restèrent prudemment à l'écart. L'officier observa l'éboulement avec attention.

— On ne va pas y toucher pour l'instant, nous allons attendre les techniciens.

L'homme, qui semblait savoir ce qu'il disait, consulta sa montre.

— Je vais les appeler et leur donner mes estimations. Je reviens tout de suite. Vous, restez ici, dit-il aux pompiers. Et s'il se passe quelque chose…

Il leur montra son talkie-walkie et sortit. Les pompiers se joignirent à Aballain et aux courageux gendarmes. Guivorch s'était éloigné et Dupin le rejoignit.

— Vous ne pensez pas qu'il serait temps de parler ?

La colère s'empara de nouveau de lui, non seulement envers Guivorch mais envers le groupe de scientifiques tout entier.

— Même si vous n'avez pas les morts de Cadiou et Picard sur la conscience – ce que je n'exclus absolument pas pour l'instant –, je sais que vous savez quelque chose. Je crois même que vous savez de quoi il retourne, dans toute cette horrible histoire. Vous en connaissez les raisons.

Il en était convaincu. Guivorch sembla soudain épuisé ; il plissait les yeux et fronçait les sourcils. Dupin regarda sa montre : quatre heures cinq.

— Quand j'étais avec vous sur la péniche, j'ai bien vu que vous regardiez des plans. C'étaient ceux de cette cave ?

— Vous avez une imagination débordante, commissaire.

Dupin en avait assez.

— Savez-vous ce que je vais faire ? Je vais demander à deux hommes de vous accompagner à votre maison de Saint-Péran. Je veux savoir si ces travaux existent vraiment. Ensuite, vous leur montrerez votre ordinateur, y compris le fichier qui était ouvert quand je suis venu.

Pourquoi avait-il autant attendu pour employer l'approche directe et brutale ?

— Vous savez que pour ça vous aurez besoin d'une commission rogatoire. (Dupin faillit perdre ce qui lui restait de sang-froid.) Mais si vous me promettez que de cette façon je pourrai bientôt aller me coucher, j'emmène qui veut avec plaisir.

La raillerie perçait sous la fatigue, mais Dupin ignora la dernière phrase et demanda à Aballain d'envoyer deux gendarmes avec Guivorch à Saint-Péran, pour examiner son ordinateur sans pour autant le quitter des yeux. Puis il retourna sur le site de l'effondrement. En peu de temps, la petite rigole qui ruisselait le long du mur s'était nettement agrandie et la flaque s'étendait à vue d'œil. Que pouvait-il bien se passer de l'autre côté ?

Il avait les nerfs à fleur de peau, miné par l'inquiétude pour ses inspecteurs. Pendant tout ce temps, il avait eu un mauvais pressentiment, et celui-ci se confirmait.

Dupin n'aurait su dire combien de temps il resta planté devant l'éboulement. Parfois, il était victime d'hallucinations, il avait l'impression que l'entrée de la galerie s'élargissait sur une caverne gigantesque, l'instant d'après les parois se rapprochaient dangereusement et la caverne disparaissait. A un moment, il chancela en croyant que le sol tremblait.

Il avait essayé de passer en revue tous les événements de la journée de manière méthodique, mais avait lamentablement échoué. Il n'était plus capable de raisonner.

— Veuillez vous mettre sur le côté. Il y a trop de monde ici. J'avais pourtant exigé l'évacuation totale des lieux !

L'ordre venait d'un homme maigre et nerveux aux cheveux foncés presque ras, au front haut et aux yeux sombres, qui se frayait un chemin vers l'ouverture de la galerie. Il portait une combinaison bleu foncé sur laquelle étaient attachées diverses sangles ; sous le bras, il tenait un casque muni d'une lampe frontale. Dupin s'écarta (il s'agissait manifestement du chef des secours du SDIS, le Service départemental d'incendie et de secours).

— Je suis le commissaire Georges Dupin, je mène cette…

— D'accord, mais nous devons nous mettre au travail, coupa l'homme en s'arrêtant devant l'entrée obstruée.

— Ce sont mes lieutenants qui sont à l'intérieur. Je reste.

Le chef des secours hésita et lança un regard curieux à Dupin avant de murmurer :

— Ce sera votre responsabilité.

— Pas de problème.

L'homme ôta ses gants et s'agenouilla, puis il prit une poignée de terre et la frotta entre le pouce et l'index avant de la sentir. Il répéta l'opération à plusieurs endroits.

— Je vous demande quand même de quitter cet endroit, dit-il.

Trois hommes pareillement harnachés et portant de grosses valises en aluminium se pressaient devant l'ouverture. Deux d'entre eux tirèrent un mince tuyau télescopique qu'ils déployèrent ; il devait faire entre sept et huit mètres, estima Dupin. Le troisième tenait d'une main une imposante torche à anse et de l'autre un appareil impressionnant, une sorte de récepteur surdimensionné. Il posa la lampe et actionna un bouton de l'appareil. Après un court instant, il informa d'un ton sec :

— Pas d'air frais, chef, mais rien de létal.

Son supérieur hocha la tête.

— D'accord, on y va.

Aballain et les pompiers avaient quitté cette partie de la galerie – ils devaient attendre dans la cave. Dupin se retira. Les opérations semblaient suivre une procédure bien rodée. Les deux hommes placèrent le tuyau à une vingtaine de centimètres au-dessus du sol et entreprirent de l'introduire dans la terre en vissant. Le chef ne quittait pas des yeux la scène éclairée par les lampes.

A plusieurs reprises, Dupin eut envie de dire : « Ça paraît pas mal, non ? », et il avait toute une série de questions angoissées au bout des lèvres, mais il se retint. Il était inutile de déranger l'équipe de sauveteurs et de lui faire perdre son temps avec des interrogations auxquelles personne ne pouvait répondre.

Le temps s'écoulait lentement ; les hommes procédaient avec une extrême prudence. Les secondes devinrent des minutes qui semblaient une éternité. La tension était palpable. Dupin examinait l'endroit où le tuyau entrait dans la terre, en espérant qu'il serait assez long.

Soudain, il y eut une petite secousse et il ne put s'empêcher de lâcher un « Oui ! » plein d'espoir. Cela voulait dire qu'ils avaient percé, non ?

Les trois autres restèrent imperturbables, lançant un regard interrogateur à leur chef. Celui-ci enfila une paire de gants de travail jaunes et saisit le tuyau qu'il remua très lentement, d'abord en le tirant, puis en le poussant de nouveau. Il répéta l'opération plusieurs fois.

— Ce n'est probablement qu'une partie meuble. Poursuivons.

Ils continuèrent dans le silence le plus total, et peu après leur chef exerça un mouvement de va-et-vient sur le tuyau.

— C'est bon, nous y sommes, dit-il.

Dupin n'avait rien vu venir, aucune secousse, rien du tout.

— Je vais maintenant retirer le bouchon, dit le chef.

Il manipula un mécanisme sur le tuyau.

Un de ses hommes s'allongea sur le sol en prenant appui sur ses coudes. Du regard, il demanda le feu vert du chef puis dit :

— Ici l'équipe de secours du SDIS. Est-ce que vous m'entendez ?

Il approcha son oreille du tuyau et attendit, puis répéta la question. Rien. Encore une fois. Toujours rien.

— Bon, nous allons introduire la sonde, nous pourrons voir ce qui se passe. Et savoir ce qu'il en est de l'air, dit le chef.

— Le taux d'oxygène a diminué, l'informa l'homme en charge de l'appareil de mesure.

Le chef demeurait impassible, contrairement à Dupin :

— Allez, la sonde ! Il faut…

Soudain, une faible voix métallique se fit entendre :

— Allô ? Patron ? Patron ? Vous êtes là ?

— Le Ber ! C'est le lieutenant Le Ber ! s'écria Dupin, qui se jeta à plat ventre à côté du tuyau. Le Ber ?

— Je le savais ! Je savais que vous viendriez !

— Vous êtes blessé ? Labat est avec vous ?

— Oui, il est là. Il a perdu connaissance après l'éboulement, mais il est de nouveau conscient.

— Quelle est la situation de votre côté ?

— Jusqu'ici, stable. Il y a beaucoup d'eau qui filtre mais elle se disperse. La galerie semble très longue.

— On va vous sortir de là, Le Ber !

Le chef des secouristes s'agenouilla à côté de Dupin.

— Je m'en occupe.

Dupin s'écarta, prodigieusement soulagé. Ses lieutenants étaient vivants !

— C'est le commandant de l'équipe de secours qui vous parle. Faites exactement ce que je vous dis. Eloignez-vous maintenant de la zone d'éboulement, puis attendez. Nous allons passer un tuyau assez large pour que vous puissiez vous glisser dedans et sortir en rampant. Pensez-vous être en état d'y parvenir par vous-mêmes, ou avez-vous besoin d'aide ?

— Non, ce n'est pas nécessaire. Nous y arriverons.

Le ton était ferme. Les secouristes étaient déjà en train d'assembler les différentes pièces, chacune longue d'un mètre environ, d'un tuyau en métal très fin.

— Je reviens tout de suite, je dois passer un appel urgent, déclara Dupin.

Il devait sans perdre un instant tranquilliser Nolwenn. Le commandant hocha la tête et rejoignit ses hommes. Dupin traversa au pas de course les caves et couloirs, grimpa les marches quatre à quatre et sortit à l'air libre par la librairie.

Nolwenn décrocha aussitôt, comme si sa main n'avait jamais quitté le téléphone.

— C'est bon, nous les avons trouvés ! Ils sont sains et saufs !

— Où étaient-ils ? demanda Nolwenn d'une voix où perçait le soulagement.

— Dans une ancienne galerie sous le lac. Un éboulement a obstrué le passage et ils se sont retrouvés coincés. Ils y sont encore, mais le contact a été établi et les opérations de sauvetage sont en cours.

— Eh bien, la chance nous sourit une fois encore, lâcha Nolwenn dans un soupir.

Réaction typiquement bretonne après des moments d'angoisse : l'humour noir.

— En tout cas, comme on dit : *N'eus nemet un dra a bouez : Chom bev a-hed e vuhez* – la chose la plus importante dans la vie est de vivre tant qu'on est en vie.

C'était bien ça. Dupin sourit intérieurement.

— J'y retourne, dit-il.

Il voulait être là pour accueillir ses lieutenants.

— Arrêtez, je vais bien ! Je n'ai besoin que d'une douche et de vêtements propres.

Labat avait tenu à sortir le dernier du tuyau. L'opération s'était parfaitement déroulée et le ton bougon du lieutenant en était la meilleure preuve – ce que, bien entendu, le commandant ignorait. Malgré tout, Labat était très pâle et une balafre lui barrait la joue. Il chancelait et on lisait sur son visage les efforts qu'il faisait pour reprendre le dessus. Ses vêtements étaient trempés et maculés de boue, ses cheveux et ses bras couverts de terre. Il ressemblait à un homme des bois.

Un secouriste s'approcha de lui, l'autre s'occupait déjà de Le Ber.

— Allez, allez, tout le monde doit quitter la cave, tout de suite !

La voix autoritaire et impatiente du commandant incita toute la troupe à se mettre en chemin, précédée par le colonel Aballain. Bien qu'il ait renâclé, Labat finit par prendre appui sur le secouriste. La mine guillerette de Le Ber, en revanche, surprit Dupin, qui ne put s'empêcher de le bombarder de questions.

— Que s'est-il passé ? Qu'est-ce que vous faisiez là-dessous ? Quelqu'un vous y a forcés ?

— Tout est ma faute, patron. Nous… je veux dire, je voulais… vérifier quelque chose, bégaya Le Ber.

— Vérifier ?

— Je voulais examiner les vestiges archéologiques. Ils sont depuis toujours entreposés à la cave à divers endroits, mais Cadiou est allé plus loin. Nous… nous sommes venus de notre propre initiative. C'était mon idée…

Dupin avait compris.

— Vous n'avez fait que suivre une piste. C'est ce que l'on attend d'un policier. Vous avez fait votre travail, voilà tout.

Le commissaire voulait rassurer son lieutenant mais lui-même poussa un soupir de soulagement en quittant l'entrée de la galerie.

— J'ai été idiot, murmura Le Ber. Je pensais que quelque chose pouvait être caché ici. Nous avons parlé des fouilles avec les scientifiques, et nous avons examiné dans le bureau de Cadiou le catalogue d'inventaire des pièces stockées ici. J'en ai repéré quelques-unes de cette année, provenant des fouilles de Terrier et de Guivorch. Alors j'ai pensé…

Il hésita, décontenancé, puis reprit :

— Nous avons vu qu'il y avait des objets presque partout, dans tous les coins, pas seulement dans les endroits marqués comme entrepôt ou réserve. C'est comme ça que nous sommes arrivés ici, à l'entrée de la galerie. C'était la cachette parfaite, si on avait quelque chose…

Il se tut. Dupin pouvait tout à fait suivre son raisonnement.

— Et après ? C'était un accident ou il y avait quelqu'un d'autre en bas ?

— Nous avons passé la première porte en bois, puis la deuxième, qui était plus difficile à ouvrir. Juste après, il y a eu des bruits bizarres, très forts. Ça s'est passé très vite. Et nous avons couru.

A ce souvenir, Le Ber frissonna.

— Alors ce n'était pas une attaque ?

— Non.

— Comment Labat s'est-il blessé ?

— Il s'est cogné assez violemment à une poutre.

— Combien de temps a-t-il été inconscient ?

— Quelques secondes, pas plus. C'était la joue, heureusement.

Ils atteignirent l'escalier.

— Dites-moi, Le Ber, quelle idée aviez-vous en tête pour chercher là-dessous ?

Le lieutenant fronça les sourcils.

— Je me disais que Picard et son ami Cadiou avaient peut-être trouvé quelque chose, un objet de valeur qu'ils auraient descendu à la cave. Et pour éviter que les autres ne le découvrent, ils l'auraient placé dans un endroit où personne ne se rendrait jamais.

Une fois en haut, ils traversèrent la librairie et sortirent à l'air libre, où les attendait un impressionnant comité d'accueil composé de tous les policiers et gendarmes ayant participé à l'opération, ainsi que les secouristes qui n'étaient pas au sous-sol.

Tout le monde se mit à applaudir, les secours comme les secourus. D'habitude, Dupin était hostile à ce genre de manifestation, mais il dut admettre que celle-ci s'accordait avec ses propres émotions. Un peu de sentimentalisme ne faisait pas de mal.

On les informa que les ambulances étaient là. Elles les attendaient en compagnie de deux camionnettes de pompiers et une du SDIS dont les puissants projecteurs éclairaient le mur du château, lui donnant des allures de décor de théâtre.

— Bon, ça y est. Le spectacle est terminé. Nous allons rentrer, dit le chef des secours.

Il tendit la main à Dupin, qui la serra longuement.

— Merci, dit-il, et ce mot exprimait toute sa gratitude.

Derrière lui, il entendit Labat protester :

— Ce n'est qu'une éraflure, je n'ai pas besoin d'une ambulance !

Le Ber, quant à lui, avait pris place dans un véhicule et un infirmier prenait sa tension. Aballain s'approcha de Dupin.

— Les ambulances se rendront directement à l'hôtel à La Gacilly et non…

— A l'hôtel ?

— Sur ordre de Nolwenn, qui a tout organisé. Vos lieutenants seront examinés et soignés en chemin. Bien sûr, si nécessaire, ils seront emmenés à l'hôpital – au cas où vous vous inquiéteriez, a-t-elle précisé.

Dupin se passa la main dans les cheveux et haussa les épaules, résigné. Si les deux inspecteurs étaient relativement en forme, il était inutile de leur imposer un séjour déprimant à l'hôpital ; ils apprécieraient davantage un lit confortable dans un hôtel agréable où Nolwenn en personne pourrait s'occuper d'eux.

— Par ailleurs, elle m'a prié de vous dire que le cuisinier est déjà en train de vous… préparer quelque chose.

Dupin tourna un visage ahuri vers le gendarme.

— Nolwenn s'est dit que les inspecteurs n'ont rien mangé depuis midi et qu'ils ont besoin de s'alimenter. Et qu'un vrai bon repas serait le meilleur des remèdes. Une prescription médicale et psychologique – ce sont ses mots.

Le portable de Dupin sonna : Nolwenn.

— Je vous attends, commissaire. Tout est arrangé.

— Je sais.

— C'est la meilleure chose à faire, croyez-moi.

Il poussa un soupir.

— Je sais. Nous nous mettons en route.

Mais Dupin n'avait pas encore terminé. La réalité reprenait ses droits ; le sauvetage de Le Ber et de Labat était un succès, mais l'affaire était loin d'être résolue.

— Une dernière chose, dit-il à Aballain, ayant décidé de suivre l'intuition de Le Ber. J'aimerais que l'entrée aux caves soit surveillée en permanence. Personne n'y entre sans mon autorisation.

— Je m'en occupe.

— Prévoyez une relève. Les hommes ont amplement mérité quelques heures de sommeil. Vous avez une équipe extraordinaire, dit-il avec un regard à la ronde tandis que le colonel se rengorgeait sous le compliment. Et demain matin – je veux dire tout à l'heure –, quand les employés du Centre arriveront, il me faudra un inventaire complet de toutes les pièces archéologiques rassemblées au château depuis deux ans, surtout les plus récentes. Je veux savoir s'il y a eu des nouveautés ces quinze derniers jours et, si oui, lesquelles. D'après Le Ber, il y a un classeur dans le bureau de Cadiou.

— D'accord. Je dois vous dire que la presse a eu vent de l'agitation au château, j'ai donc interdit l'accès au bâtiment et aux environs.

— Parfait. Pour finir : le conseil d'aller dormir vaut aussi pour vous.

Aballain ne protesta pas ; au contraire, un sourire de satisfaction éclaira son visage.

— Bonne nuit, commissaire.

Dupin se dirigea vers les ambulances : il avait de bonnes nouvelles pour ses lieutenants.

Cinquante minutes plus tard, ils entrèrent dans le restaurant Les Jardins sauvages.

Pendant le trajet, les secouristes avaient nettoyé et pansé la plaie de Labat. Ni lui ni Le Ber ne semblaient touchés davantage. Puis tous les trois étaient montés dans leurs chambres pour prendre une douche et se changer. Les employés de l'hôtel s'étaient chargés des bagages restés dans la voiture de Dupin, et un gendarme avait rendu la voiture de location. Nolwenn s'était occupée plus tôt dans la soirée d'interdire l'accès à la presse, même si cette tactique ne pouvait être que provisoire – il faudrait bien mettre les journalistes au courant à un moment ou un autre.

Pour Dupin, ce fut le dîner le plus tardif – ou le plus précoce – de sa vie. L'aube pointait déjà à l'est, dévoilant la douzaine de parterres d'herbes aromatiques, délimités par de grossières planches en bois, qui donnaient son nom à l'établissement : sauge, romarin, thym, citronnelle et menthe. Dupin découvrit aussi des carrés de courgettes, de tomates, de carottes et de petites laitues.

L'hôtel, un beau bâtiment moderne aux lignes claires, situé au-dessus du village pittoresque de La Gacilly, était entièrement aménagé en bois naturel. Ils s'installèrent dans un coin du restaurant. Les autres tables étaient déjà préparées pour le petit déjeuner. Sur la leur, on avait disposé quatre grandes assiettes, du pain, de l'eau, du vin – et du whisky.

Le cuisinier en tablier blanc, frais comme un gardon, la mine réjouie, s'approcha :

— Je vous ai préparé trois belles entrecôtes, ça vous va ? Et une portion de légumes à la vapeur, ajouta-t-il sur un ton moins enthousiaste.

— Une entrecôte ? Absolument ! s'écria Le Ber. Je meurs de faim. Au fait, j'ai fait interdire l'entrée aux sous-sols et j'ai demandé la vérification des objets entreposés.

Il eut un sourire de contentement et aussi de fierté : après tout, c'était lui qui les avait mis sur la voie.

— Je suis sûr que nous étions sur la bonne piste, s'empressa d'ajouter Labat.

Que Labat soit du même avis que Le Ber était un petit miracle.

— Tout à l'heure, vous rapportiez votre conversation avec les scientifiques dans la salle des armures, et vous avez mentionné les sujets débattus lors du dernier conseil d'administration. Que vouliez-vous dire exactement ? demanda Dupin.

— J'avais…

— Bon, ça suffit pour aujourd'hui ! intervint Nolwenn énergiquement. Nous allons tous faire une pause. Moi, je veux que vous me racontiez vos aventures dans la galerie, et, pendant ce temps, nous allons manger. Et après, nous avons tous besoin de dormir un peu. Ensuite, nous reprendrons.

Bien sûr, elle avait raison. Elle leva son verre de whisky.

— Mais d'abord : *Yec'hed mad*, à votre santé ! Et bien sûr *Yec'hed deomp tout ! Hemañ zo 'vont en e roud !* A notre santé à nous tous ! Vidons nos verres !

C'était là ce que les Bretons célébraient avant tout : la vie, dans tous ses états. Ils levèrent tous leur verre et burent une grande gorgée, puis une autre.

— C'est bon pour les nerfs, ça. Bon, maintenant, racontez-moi, dit Nolwenn en se tournant vers les inspecteurs.

Elle était formidable. Comme si elle respectait la procédure en cas de traumatisme, elle les laissait raconter leurs épreuves pour mieux les atténuer. Associé à une entrecôte, c'était le meilleur remède après une journée éreintante.

— Le plafond de la galerie s'est écroulé juste au-dessus de nous, commença Labat avec entrain. On a dû se prendre des dizaines de mètres cubes de terre. C'est un miracle qu'on ait survécu, ne serait-ce…

C'est ainsi que l'épisode entra dans la légende du commissariat de Concarneau. Elle serait racontée par les arrière-petits-enfants de Labat et Le Ber, et pas seulement par eux : la ville entière s'en souviendrait.

Dupin n'en fut guère contrarié ; au contraire, un sourire naquit sur ses lèvres tandis qu'il était envahi par une douce impression de chaleur.

LE DEUXIÈME JOUR

La sonnerie du téléphone dans la chambre de Dupin se mit à retentir sans pitié à sept heures moins une. Jamais un téléphone n'avait produit autant de bruit, c'était certain.

Ce n'était qu'une demi-heure auparavant qu'il avait enfin réussi à s'écrouler sur son lit comme une pierre et à sombrer dans un état de totale inconscience. L'entrecôte avait été délicieuse, de même que le bordeaux. La seule difficulté avait été de mettre fin à la logorrhée chargée d'adrénaline de Le Ber et de Labat.

— Ouais ? grogna-t-il dans le combiné.

— Salut, Georges ! Tu as passé une bonne nuit ?

Jean Odinot débordait d'énergie et de gaieté. Il avait toujours été ainsi : facétieux dès potron-minet.

— De quelle nuit tu parles ?

Dupin avait du mal à reprendre pied dans la réalité, non seulement à cause d'un manque criant de sommeil – celui dont il avait pu profiter ressemblait plus à une anesthésie – mais aussi en raison d'un mal de tête lancinant. Si sa consommation d'alcool avait eu l'effet thérapeutique escompté, d'un point de vue physique aussi bien que psychique, elle n'avait pas été raisonnable – c'était quand même le matin, une nouvelle journée pour laquelle il avait besoin de toutes ses forces ! Mais son problème avec la réalité tenait en premier lieu au caractère fantastique de cette affaire.

— Nos derniers scientifiques ont survécu jusqu'ici ? reprit Oudinot. *Et il n'en resta que cinq*... alors qu'ils étaient encore huit il y a trois mois. Le conseil d'administration arthurien perd ses membres à un rythme effréné !

Dupin se dressa dans son lit.

— Je suppose que tu es au courant de tout, même de l'opération de sauvetage ?

— Je viens de m'entretenir avec Nolwenn qui, elle, est d'excellente humeur. Cette femme est un phénomène. Je commence à comprendre pourquoi on l'appelle « la tigresse bretonne » ! (Incroyable ! Nolwenn s'était-elle seulement couchée ?) En fait, nous avons eu le même problème avec l'ordinateur de Laurent que vos experts. Toutes les données, sauf les programmes, sont stockées dans le Cloud, sauvegardées plusieurs fois et cryptées par des logiciels professionnels. (Dupin regarda autour de lui, à la recherche de la machine à café qu'il avait aperçue la veille dans la chambre.) Ça semble être une particularité récurrente. Nous nous sommes renseignés auprès de quelques personnes ici, à l'université, et toutes ont une peur panique d'une perte de données – de perte et de vol, d'ailleurs. C'est un monde sans pitié, on dirait. Même pour effacer les données, Laurent avait un programme spécial sur lequel nos informaticiens se sont cassé les dents. Ils parviennent à détecter les processus de suppression mais pas le contenu. Au fait, Laurent a été exhumé voici une demi-heure.

— Pardon ? fit Dupin, encore hébété.

— La dépouille est au labo. Formidables, les enquêtes spéciales, tu ne trouves pas ? Tout va aussi vite que souhaité.

— Peut-on encore découvrir quelque chose après tout ce temps sous terre ?

La veille, Dupin s'était posé la question – et une bonne dizaine d'autres – sans avoir eu l'occasion de la formuler.

— Dans le sang, non, mais dans les tissus, oui, on peut. Madame Laurent nous a remis tout ce qu'on lui a envoyé d'Angleterre, ce qui concernait l'expédition scientifique, et aussi ce qu'elle-même avait apporté quand elle s'y était rendue après la mort de son mari. Nous avons aussi épluché ses appels téléphoniques, données bancaires, etc.

Dupin sortit de son lit, remplit la cafetière d'eau et prépara deux tasses.

— Et alors ? demanda-t-il.

— Rien de particulier à signaler. Aucun mouvement bancaire suspect.

Jean Odinot était persuadé qu'un crime se matérialisait toujours d'une façon ou d'une autre sur un compte bancaire. C'était son dada, et il avait souvent raison. Mais son savoir-faire allait bien au-delà : à partir des opérations sur un compte, y compris les facturettes de cartes de crédit, Jean parvenait à retracer la vie entière d'un individu. Même quand il n'était en possession que de quelques données, tels que les achats ou les virements permanents, il savait les relier de manière à recréer trait pour trait une personnalité, pas seulement une esquisse. Et surtout, il savait mettre le doigt sur ses faiblesses. Dupin et lui appartenaient à la vieille école. Ils suivaient les pistes, s'efforçaient de se mettre à la place du criminel, de comprendre l'individu dans son ensemble, avec ses particularités, ses motivations et ses peurs. Mais les méthodes avaient changé et on considérait la leur comme désuète, voire obsolète. Dupin restait cependant convaincu que leur meilleure arme était la recherche des « significations ».

Il mit en marche la machine à café, qui émit un vrombissement bruyant.

— J'ai besoin d'un café. Continue, dit Dupin.

— Les dernières semaines de la vie de Laurent semblent s'être écoulées de façon tout à fait normale, y compris pendant son séjour à Cadbury. Il logeait à l'hôtel The Camelot à South Cadbury, dînait tous les soirs dans le même restaurant et a pris le train à plusieurs reprises, dont quelques-unes pour Aberystwyth. Nous ne savons pas pourquoi, c'est la seule chose qui ne s'intègre pas dans le reste. Il avait peut-être une connaissance là-bas, une relation de travail. Ah, oui : il s'est acheté une paire de jumelles, très coûteuse.

— Et qu'en est-il des appels ? demanda Dupin.

— En dehors de ceux passés à Fabien Cadiou que nous connaissons déjà, rien de suspect. Pas de conversation ces derniers mois avec les autres membres du conseil d'administration du Centre. Ils ne communiquaient que par e-mails.

Dupin avala une première gorgée de son double expresso. Quel bonheur !

— De mon côté, c'est tout, dit Jean. Est-ce que toi, tu as…

Ils furent interrompus par des coups violents sur la porte de Dupin et la voix surexcitée de Le Ber :

— Patron ! Patron !

— Je suis au téléphone, Le Ber ! Qu'est-ce qu'il y a ?

Dupin posa sa tasse de café et alla ouvrir la porte.

— C'est le professeur Terrier, patron. Il est mort.

— Quoi ?!

— Bastien Terrier. Il a été poignardé !

Le Ber était bouleversé. Sans doute l'appel l'avait-il tiré du sommeil. La porte de la chambre voisine s'ouvrit à la volée et Labat se précipita dehors, la mine confuse.

— Que se passe-t-il ?

— Bastien Terrier est parti courir ce matin dans la forêt derrière l'hôtel, selon son habitude. Il y a été poignardé. Un autre joggeur l'a trouvé. L'ambulance et la gendarmerie sont déjà sur les lieux.

L'engourdissement de Dupin se volatilisa d'un coup.

— Quoi ? Il a fait son jogging, alors que sa femme a failli être tuée hier soir ?

— Peut-être qu'il voulait se changer les idées, proposa Le Ber, qui ne semblait pas autrement choqué. Ou qu'il voulait se calmer. Il est bien connu que le sport aide à surmonter le stress. Ou c'était un rituel. Les rituels aussi réduisent le stress.

Labat et lui attendirent que Dupin rassemble ses idées.

— Jean, dit-il au téléphone à Odinot, tu as entendu tout ça ?

— Oui ! Je n'arrive pas à y croire !

— Je te rappelle plus tard, dit Dupin avant de raccrocher.

Il se précipita dans sa chambre et cria par-dessus son épaule :

— En bas dans trois minutes !

Il lui en fallut à peine deux pour se présenter au restaurant. Nolwenn semblait tout à fait éveillée et reposée, comme si elle profitait de ses vacances. Elle terminait un appel :

— Très bien, oui. Vous serez sur place dans un quart d'heure.

Donc, elle aussi était déjà au courant… comme toujours. Son efficacité naturelle avait, aux yeux de Dupin, quelque chose de nettement surnaturel.

— C'était Aballain. On peut dire que la journée commence bien ! Quelle pagaille ! lança-t-elle avec courroux. Et notre belle excursion est fichue ! Il va falloir rattraper ça.

Dupin aperçut sur la table quatre tasses de café fumant ainsi qu'un panier de croissants. C'était très appétissant.

— L'affaire prend des proportions inouïes, poursuivit Nolwenn. Trois meurtres, peut-être même quatre, et une tentative de meurtre. Donc, presque cinq meurtres ! Si ça continue, tous nos chercheurs auront bientôt disparu !

Elle avait raison : ce qui avait débuté de manière fortuite – une simple conversation avec un chercheur en matière arthurienne, à la demande d'un ami de la police parisienne – avait dégénéré en l'affaire criminelle la plus énorme que le commissaire eût connue dans sa carrière.

— J'aurais dû les faire tous surveiller ! ragea Dupin.

— Quelqu'un serait allé courir avec lui ? Nous avons affaire à quelqu'un de très malin. Et qui se méfie. Mais ça ne lui servira pas plus que ça, continua Nolwenn sur un ton songeur, il va perdre, c'est certain.

— Moi, je pense que ce n'est pas encore terminé, commenta Dupin d'une voix sombre.

Le criminel les menait par le bout du nez ! Malgré la présence des forces de l'ordre, il se moquait d'eux !

Nolwenn resta pragmatique :

— Ça ne sert à rien de vous énerver, commissaire. Encore une chose, avant que vous vous mettiez en route : la scientifique a terminé l'examen de la commode des Cadiou vers cinq heures, et ils n'ont trouvé que les empreintes du couple. Elles sont récentes et propres, au milieu de la poignée du tiroir du bas où se trouve la boîte à cigares, comme si on l'avait ouvert sans faire particulièrement attention. Aucune autre empreinte, même partielle, et rien n'a été effacé, ce qui montre que personne n'a essayé d'essuyer des traces. Cela dit, avec des gants, quelqu'un aurait pu saisir la poignée par les extrémités.

— On sait de quand datent ces empreintes ? demanda Dupin, qui savait combien c'était difficile à déterminer.

— Pas précisément, bien sûr, mais on pense qu'elles remontent à deux ou trois semaines.

Une chose était donc sûre : Fabien Cadiou avait lui-même ouvert la commode. Mais était-ce lui qui en avait sorti l'arme, celle avec laquelle il avait été tué ? Que diable signifiait tout cela ?

— Et la femme de Terrier ? On l'a mise au courant ?

— Pour l'instant, elle reste injoignable.

— Ce ne devrait pas être trop difficile de la localiser à la clinique…

A ce moment, Labat et Le Ber apparurent dans le restaurant.

— Nous voilà, on peut y aller !

Tous deux avaient l'air étonnamment en forme. Même Labat, qui pourtant avait été le plus secoué, comme en témoignait sa joue enflée, faisait montre d'un bel entrain.

— Buvez donc votre café et prenez un croissant, les encouragea Nolwenn. (Les inspecteurs interrogèrent leur chef du regard.) De toute façon, Terrier est mort.

Ils sirotèrent bruyamment leur café tandis que Nolwenn désignait trois armes, des SIG Sauer posés sur le rebord de la fenêtre.

— Vous feriez bien de les porter, aujourd'hui, dit-elle en se levant. Je vais commencer les recherches et m'occuper des points en suspens.

Si la mémoire de Dupin était bonne, il en restait quelques-uns encore à éclaircir. Sans Nolwenn et sans sa notice d'utilisation Citroën, il serait perdu.

La brume qui, la nuit précédente, avait englouti les étoiles s'était muée au matin en un brouillard épais qui flottait en nappes denses et inégales permettant de voir tantôt à cinquante mètres, tantôt seulement à deux. On aurait pu croire que, nées de la forêt, elles s'écoulaient de l'immense mer sylvestre. L'odeur, plutôt fraîche, n'était pas celle de la lourde terre humide.

Le silence qui régnait était remarquable, comme si toute sonorité était avalée par le brouillard.

L'endroit où on avait trouvé Bastien Terrier se situait au milieu des bois. Malgré l'obscurité, Dupin avait l'impression que la forêt se prolongeait à l'infini dans toutes les directions – une curieuse sensation qui le submergeait chaque fois qu'il pénétrait dans cet univers, ne serait-ce qu'en le traversant à toute allure en voiture. Il s'était fait violence pour y retourner, quelque chose en lui avait voulu résister. C'était absurde, ridicule, il le savait bien, mais c'était plus fort que lui.

Ils abandonnèrent la voiture sur la D38 et empruntèrent un chemin gravelé qui serpentait entre les arbres. Evidemment, pas la moindre réception sur son portable, alors qu'ils en auraient eu bien besoin. Dupin voulait savoir si l'on avait contacté Adeline Noiret. A présent, il devenait nerveux dès que quelqu'un n'était pas immédiatement joignable.

Au bout de dix minutes de marche rapide, ils furent accueillis par le colonel Aballain, lui aussi étonnamment frais et fleurant l'après-rasage.

— Le voilà, dit-il avec un signe de tête.

Le corps de Terrier gisait au bord du sentier, couché sur le côté droit parmi les herbes. Le visage et le reste du corps étaient contractés à l'extrême, témoins d'une terrible agonie. Le meurtrier s'était acharné sur l'abdomen, avec plusieurs coups de couteau donnés à proximité du cœur, comme pour Picard. Le rouge vif du sang frais, omniprésent, contrastait avec la blancheur d'origine de son tee-shirt qui en était imbibé, rendant l'ensemble d'autant plus effroyable. Le plus horrible était les yeux ouverts qui, avec une expression de stupeur, semblaient encore quémander de l'aide.

Ce qui s'était déroulé ici était d'une férocité sans nom. Et les forces de l'ordre restaient à la traîne, dépassées et mortifiées. Les médias ne tarderaient pas à parler d'un meurtrier en série et, considérant la situation, ils n'auraient pas tort.

— Quel merdier, lâcha Dupin en détournant le regard.

Il était peu probable qu'ils trouvent des empreintes. Le meurtrier faisait preuve d'intelligence et de prudence. Par ailleurs, sous l'effet de la sécheresse des dernières semaines, le fin gravier s'était transformé en une surface aussi dure que du béton sur laquelle ne s'imprimait aucune trace.

A quelque distance de là se tenait un groupe de gendarmes et de secouristes avec, parmi eux, un homme d'un certain âge aux cheveux clairsemés. Un survêtement bariolé couvrait ses bras et ses jambes pâles et maigres – ce devait être le joggeur qui était tombé sur le cadavre. Il paraissait terrifié.

Le Ber, Labat et Aballain rejoignirent Dupin. Le commissaire se tourna vers le colonel, aussi consterné que lui.

— Je souhaiterais que, à partir de cet instant, chacun des chercheurs soit mis sous surveillance : Denvel, Bothorel, Noiret, Guivorch et madame Cadiou, de même que le conteur. Et aussi son ami le garde forestier, ajouta-t-il après un instant de réflexion.

La raison de cette surveillance était double, puisque chacune de ces personnes pouvait être la prochaine victime aussi bien que le coupable.

— Je m'en occupe, dit Aballain avant de s'éloigner.

Le portable de Dupin se mit à sonner, affichant un numéro inconnu. La réception était revenue.

— Oui ?

— Nous avons trouvé Adeline Noiret.

Dupin sursauta, plein d'appréhension.

— Quoi ?

— Elle dormait profondément à l'hôtel.

— Que voulez-vous dire ? demanda Dupin, déconcerté.

Le gendarme parlait lentement, en détachant les mots, comme s'il avait affaire à un étranger.

— Adeline Noiret, l'épouse du professeur Terrier… Elle a quitté la clinique hier dans la nuit. Elle est partie à l'hôtel, avec son mari. Elle a pris un cachet et a dormi profondément. Elle n'a répondu ni aux appels sur son portable, ni au téléphone de la chambre. Ce n'est que quand j'ai frappé fort à la porte que…

— Oui, je comprends. Vous lui avez déjà annoncé la nouvelle ?

Quel cauchemar !

— Je n'ai pas pu faire autrement, même si le colonel avait dit qu'il s'en chargerait lui-même…

— Ne vous inquiétez pas, vous avez fait ce qu'il fallait.

— Elle est anéantie. Elle a d'abord cru que je me permettais une plaisanterie macabre. Il lui a fallu du temps pour…

La voix du gendarme se brisa. Dupin ne comprenait que trop bien : c'était le moment le plus pénible de leur métier. On ne s'y habituait jamais, l'horreur était toujours aussi vivace.

— Madame Noiret a-t-elle l'intention de nous rejoindre ?

— Oui, à tout prix. Elle a demandé si je pouvais l'accompagner.

— Faites-le. Où est-elle en ce moment ?

— Dans la salle de bains.

— Je vous attends ici. A tout de suite.

Dupin retourna vers ses lieutenants et Aballain.

— Tout va bien, elle est vivante. Elle a quitté la clinique dans la nuit et a dormi à l'hôtel, précisa-t-il devant leurs regards interrogateurs. Un gendarme va l'amener ici… Elle est au courant.

Il sursauta. Du coin de l'œil, il venait de voir une forme blanche. Encore. Dans le brouillard, à dix mètres de distance à peine, derrière les arbres mais près du chemin. Il aurait voulu demander à l'un de ses lieutenants de le pincer. Avait-il des hallucinations ? Etait-ce l'alcool de ce matin ? Ou alors les prémices de la folie qu'on lui avait pratiquement prédite ? Peut-être divaguait-il déjà dans la forêt, l'esprit embrouillé, comme le chevalier au Lion…

Il se secoua et s'avisa alors des regards perplexes posés sur lui. Il s'éclaircit la gorge et demanda d'une voix ferme :

— Sait-on à quelle heure Terrier est parti courir ? Quand a-t-il quitté l'hôtel ?

— J'ai posé la question. Il est sorti un peu avant six heures et demie, dit Aballain.

— L'homme qui l'a trouvé, c'est le joggeur là-bas ?

Aballain hocha la tête.

— Quand a-t-il découvert le corps ?

— A six heures cinquante-sept. Il le sait parce qu'il a tout de suite donné l'alerte sur son portable.

— Quand Noiret et son mari sont-ils rentrés de la clinique ?

Curieux que Terrier soit allé courir ce matin. Mais Le Ber avait raison : certaines personnes courent pour se concentrer, comme une sorte de méditation, en particulier dans des moments difficiles.

— Selon le personnel de la clinique, tous deux sont partis vers une heure vingt-cinq, contre l'avis du médecin. Ils ont dû signer une décharge, rapporta Aballain.

Dupin faisait les cent pas. Il avait les nerfs à fleur de peau et du mal à se concentrer.

— Le tueur doit se sentir vraiment en confiance ! Son comportement montre un aplomb diabolique, s'indigna Labat. Quoi qu'il en soit, c'est intolérable. Nous devons changer de tactique !

— Et qu'avez-vous en tête ? demanda Aballain, dévisageant Labat qu'il ne connaissait guère.

— Nous devrions tous les placer en garde à vue. L'un d'eux doit être le coupable.

Dupin aussi penchait vers cette solution ; rien ne lui aurait fait plus plaisir.

— Avant tout, il nous faut découvrir ce qui motive l'assassin. Il n'y a que comme ça que nous pourrons l'arrêter, fit remarquer Le Ber.

— Oui… qu'est-ce qu'il veut ? demanda Labat comme à lui-même.

Ils l'ignoraient. Hormis des bribes éparses, ils n'avaient rien. Dupin avait voulu creuser l'hypothèse de Le Ber, à savoir que tout tournait autour d'une trouvaille archéologique. Encore une fois, on ne leur laissait pas le temps de suivre une idée de manière systématique. Chaque fois, un nouveau drame les en détournait et ils étaient emportés par le tourbillon des événements.

Le portable d'Aballain sonna.

— Oui ?… Très intéressant. Et qu'est-ce qu'il a fait ?… Il y a combien de temps ?… Oui, c'est une information importante. Merci ! (Il raccrocha et expliqua :) C'était un de mes hommes. Très intéressant…

Il fronça les sourcils d'un air songeur.

— Ou peut-être pas, reprit-il. Enfin : un couple qui a dîné hier soir au Relais de Brocéliande s'est souvenu que, en fait, Philippe Goazou a bien quitté sa table, et il vient d'en informer la gendarmerie de Plélan-le-Grand.

— Combien de temps s'est-il absenté ? Où est-il allé ?

Allaient-ils enfin trouver une ouverture ?

— Les témoins l'ont vu au bar, mais ne peuvent pas dire combien de temps il y est resté. Ils n'y ont pas vraiment fait attention.

— Qu'est-ce qu'il faisait ?

— Ils l'ignorent. Le gendarme a appelé l'hôtel et a joint une serveuse de service hier soir. Elle ne se souvient pas d'avoir vu Philippe Goazou, bien qu'elle le connaisse. Mais elle va en parler à ses collègues.

Goazou et son ami avaient démenti catégoriquement avoir quitté la table ne serait-ce qu'un instant. Pourquoi mentir si la raison était futile ?

— Labat, allez donc cuisiner nos deux conteurs. Et demandez-leur leurs alibis pour ce matin. Pas la peine de prendre des gants.

Labat eut un sourire en coin. Compte tenu de son humeur présente, c'était une mission réjouissante.

— Avec plaisir. Tout de suite ?

— Oui, tout de suite. Et prenez deux hommes avec vous.

Dupin s'était juré de ne plus laisser partir ses lieutenants seuls. Labat se mit en route, enchanté.

— Le Ber, dites-m'en plus sur la réunion du conseil dont vous vouliez me parler.

— Voilà : l'année dernière, le sujet était « la source », un thème passionnant du mythe arthurien, la recherche d'éventuels textes fondateurs. Wolfram von Eschenbach, le plus grand poète arthurien – avec Chrétien de Troyes, bien entendu –, fait allusion dans ses écrits à un auteur nommé Kyot dont il aurait repris les histoires. Et Chrétien mentionne lui aussi explicitement un livre très ancien sur le Graal qui lui aurait été offert par le comte Philippe d'Alsace. Ce qui est certain, c'est que Chrétien a puisé surtout dans le fonds des contes et légendes celtes, transmis oralement au cours des siècles, et non…

— C'est bon, Le Ber, on a compris. La réunion ?

— Ont été évoqués des lieux en rapport avec le Graal, d'origine littéraire, historique ou archéologique : la source Chalice Well en Angleterre, un manoir au pays de Galles, une église à Gênes et une autre à Valence, le monastère Saint-Jean de la Peña dans le nord de l'Espagne, ou encore le château de Montségur, dans le sud-ouest de la France. La question était : quel lien peut unir ces différents sites ?

Le Ber était une encyclopédie ambulante. Pour Dupin, tout cela appartenait au domaine du fantastique. Mais son lieutenant lisait dans ses pensées.

— Ne croyez pas que c'est comme dans *Indiana Jones*. Il s'agit d'un débat scientifique interdisciplinaire sérieux.

La remarque de Le Ber n'aida pas son chef à donner corps à l'idée.

— Est-ce qu'il y a…

Dupin s'interrompit. Il saisit sa notice d'utilisation, qu'il feuilleta frénétiquement. Il avait quand même pris pas mal de notes, avait-il omis celle-ci ? Le Ber et Aballain l'observaient.

— Nom d'un chien, je… Ah, je l'ai. Saint-Jean de la Peña, le monastère espagnol… Il est considéré comme l'un des lieux susceptibles d'abriter le Graal. (Le Ber hocha vigoureusement la tête.) Guivorch avait un livre à ce sujet sur son bureau.

Dupin avait baissé la voix. L'idée était saugrenue, mais les yeux de Le Ber brillaient. Aballain, lui, paraissait perplexe.

— Vous pensez qu'il s'agit vraiment du Saint Graal ? demanda-t-il. Je veux dire… vous pensez que les scientifiques étaient à la recherche du Graal ? Qu'ils l'ont trouvé ? Du moins l'un d'eux ?

Ses questions rencontrèrent le silence. Dans le brouillard, ses paroles gagnaient encore en étrangeté. Il fallut un certain temps à Dupin pour répondre :

— C'est totalement aberrant.

Comment avait-il pu se laisser aller à de telles divagations ? Il avait besoin de s'éclaircir la tête – il avait besoin de caféine ! Il reprit, s'efforçant de rester le plus factuel possible :

— Picard et Guivorch participaient tous deux à des projets de fouilles en Espagne.

— Ah oui ?

— Ils n'en étaient pas à l'origine. Et ça remonte à sept ans pour Picard, à six pour Guivorch. Bon, continuons. Qu'est-ce qu'on a d'autre ?

— Je me propose de rester ici pour accueillir la scientifique et le médecin légiste, dit Aballain.

— Quant à nous, dit Dupin, nous devrions faire trois choses urgentes parallèlement : attendre Adeline Noiret, nous occuper de la cave et des objets qui y sont entreposés, et interroger de nouveau tous les suspects.

Tout à coup, Dupin se souvint de la deuxième question qu'il voulait poser à Le Ber, en lien avec sa conversation avec Jean Odinot. Il se rappela vaguement un nom alambiqué – un peu comme les noms bretons.

— Dites-moi, Le Ber, est-ce qu'un endroit du nom d'*Averwitch* ou un truc du genre vous évoque quelque chose ? C'est dans le sud-ouest de l'Angleterre, je crois, probablement à proximité de South Cadbury, là où habitait Gustave Laurent…

— Vous voulez dire Aberystwyth ?

— Exactement ! Nous savons que Laurent s'y est rendu plusieurs fois pendant son séjour à Cadbury.

— C'est une station balnéaire au pays de Galles – et le centre de la culture galloise. Les Gallois sont l'un des grands peuples celtiques.

Les six pays celtiques présents sur les côtes déchiquetées du Nord-Ouest européen étaient un autre dada de Le Ber. Dupin savait, à force de l'entendre, qu'ils abritaient les descendants de l'immense peuple celte qui dominait jadis presque tout le continent.

— Aberystwyth est aussi un important centre universitaire. Le prince Charles y a étudié. Peut-être Laurent avait-il des relations à l'université ? On doit sûrement y trouver un département d'archéologie d'envergure. Attendez, je regarde… (A toute vitesse, Le Ber tapota sur l'écran.) Et voilà : « History, Genealogy and Archaeology, Aberystwyth University. » Vous voulez que j'essaie de savoir s'il avait pris contact avec quelqu'un là-bas ?

Une mission en rapport avec un pays celtique frère serait tout à fait du goût de Le Ber. Lors d'une autre enquête, il avait dû se rendre en Ecosse, et le récit de son expédition restait l'une de ses histoires préférées[1].

— Oui, allez-y. Mais je ne pense pas qu'un voyage sera nécessaire. Pour revenir à notre sujet : je veux les voir tous ensemble. Pas seulement les chercheurs, mais aussi Blanche Cadiou et le conteur, avec son ami.

Et cette fois les choses ne se passeraient pas comme la veille. L'idée venait seulement de germer dans son esprit, mais il suivait une intuition et attendait beaucoup de sa décision. Par ailleurs, il avait bien envie de laisser libre cours à sa colère – de préférence devant tout le monde.

— Avec les deux… les deux veuves ? demanda Aballain, dubitatif. Vous voulez vraiment leur faire subir ça ?

— Tout à fait. Les deux.

Beaucoup de choses étaient en jeu. Ils avaient besoin d'indices concrets, de résultats. Le Ber, qui connaissait son patron, ne s'étonna guère de la demande.

— Où voulez-vous les réunir ?

---

1. Voir *L'Inconnu de Port Bélon*, du même auteur, chez le même éditeur.

L'hôtel était l'endroit le plus proche, mais, pour une raison indéfinie, cette option déplaisait à Dupin.

— Nous pouvons les interroger à la gendarmerie, proposa Aballain, qui ignorait combien Dupin détestait les bâtiments officiels.

— Peut-être le café dans la rue principale ? Le Brécilien ?

L'attrait d'un double expresso n'était pas étranger à son choix.

— Il va y avoir du monde à cette heure, objecta Aballain.

La remarque était fondée. Dupin regarda sa montre.

— Alors nous irons au bureau de Blanche Cadiou, là où les plans du parc à thème garnissent les murs.

Cela pourrait se révéler intéressant…

Avant qu'ils puissent poursuivre, ils furent interrompus par un « Bonjour, messieurs ! » enjoué et le médecin légiste surgit du brouillard, suivi des membres de la scientifique aux visages brouillés après leur nuit blanche.

C'était pour Dupin le signal de se mettre en route. Alors qu'il s'apprêtait à partir, deux autres silhouettes émergèrent de la brume : Adeline Noiret et un gendarme.

— Dites à tout le monde que je les verrai à neuf heures et quart, dit-il au colonel.

C'était calculé un peu juste, mais il leur fallait à tout prix avancer.

Dupin s'approcha d'Adeline Noiret.

A la vue du corps de son mari, celle-ci s'effondra littéralement et Le Ber dut la soutenir. Elle faisait visiblement de terribles efforts pour se montrer forte, et les larmes coulant sans retenue sur son visage étaient un spectacle désolant. Quelques minutes passèrent avant que Dupin puisse l'emmener à distance du lieu du crime.

Un vent léger déplaçait les nappes de brouillard qui flottaient au-dessus du sol. Le Ber et Aballain étaient partis vers leurs missions respectives.

— Donc, votre mari et vous avez quitté la clinique à une heure vingt-cinq pour l'hôtel ?

— Oui, il était deux heures moins le quart quand nous l'avons rejoint.

Elle n'émettait plus qu'un filet de voix brisée, à peine un chuchotement.

— Et vous êtes allée directement vous coucher, après avoir pris un comprimé pour dormir ?

— Du valium. Je me suis mise au lit tout de suite.

— Avez-vous vu quelqu'un en arrivant à l'hôtel ?

— Le réceptionniste de nuit. Il a été très aimable et nous a accompagnés à l'étage.

— Personne d'autre ?

— Non.

— Et ensuite, votre mari est allé dans sa chambre ?

La question était douloureuse mais malheureusement inévitable.

— Je… (Elle sembla vouloir ajouter quelque chose mais renonça.) Oui.

— Où vous êtes-vous séparés ?

— Il m'a accompagnée dans ma chambre. Le réceptionniste est parti et nous nous sommes souhaité bonne nuit.

— Il n'a pas voulu rester avec vous, compte tenu de votre état ?

Pour Dupin, c'était incompréhensible.

— Il fallait que je dorme, j'étais épuisée. Ça ne servait à rien qu'il reste. Il n'aurait rien pu faire. (Mais il ne serait peut-être pas sorti et n'aurait pas été tué, songea Dupin.) Il a attendu que je sois au lit, puis il a éteint et a quitté la chambre.

— Il vous a dit qu'il avait l'intention d'aller courir ce matin ?

— Non, mais il le fait aussi souvent que possible, au moins trois fois par semaine, sur recommandation de son médecin. Ça l'aide aussi à se concentrer.

Le reste d'énergie quitta sa voix et son regard, et Dupin craignit qu'elle ne s'effondre à nouveau. Il lui prit le bras avec douceur. Sa sollicitude aida la femme à reprendre ses esprits.

— Et les autres, demanda-t-il, je veux dire les membres du conseil d'administration, savaient-ils que votre mari partait courir le matin ?

— Oui… Oui, bien sûr.

— Il partait toujours tôt, à la même heure ?

— Pas toujours, mais le plus souvent, oui.

— Vous pensez donc qu'on pouvait prévoir à quel moment il sortirait ?

Adeline Noiret fut désarçonnée.

— Je suppose que oui, dit-elle enfin.

— Savez-vous si quelqu'un d'autre du groupe pratique le jogging ?

Elle lui lança un regard interrogateur avant de répondre :

— Parfois, quand ils se retrouvaient à certaines réunions, mon mari allait courir avec Cadiou.

— Et vous-même, est-ce que vous courez ?

— Une à deux fois par semaine.

Dupin se posta face à elle et plongea son regard dans le sien.

— Madame, pourquoi avez-vous été attaquée et votre mari tué ? Pour quelle raison ?

— Pardon ?

— Ce qui se passe est une terrible tragédie. Pourquoi ne pas me dire enfin ce qui se trame ici ?

Il était certain qu'elle lui taisait des choses – des choses qu'elle savait ou qu'elle supposait dans cette affaire. Elle ne montra pourtant ni surprise ni contrariété, seul le désespoir se lisait sur ses traits. Elle prit une grande inspiration et se fit violence pour ne pas flancher.

— Je ne sais pas. Je vous assure.

Avec effort, Dupin parvint à cacher son impatience. Il décida d'être plus tranchant.

— Qu'est-ce qui vous retient de tout me raconter, madame ? Vous-même avez de peu échappé à la mort et il est possible que votre agresseur récidive. Vous en êtes consciente, j'espère ! Vous êtes en danger de mort ! Je suis tout à fait sérieux, madame.

Ce n'était que la pure vérité, et Dupin eut de nouveau l'impression qu'elle était sur le point de parler, de dévoiler ce qu'elle savait. Elle déglutit en essayant tant bien que mal de cacher son désarroi, en proie à une sourde bataille intérieure. Il attendit. Baignant dans le brouillard qui semblait se dissiper, ils restèrent un instant face à face, puis elle tourna les talons et s'éloigna. Dupin la suivit à contrecœur ; peut-être avait-elle besoin de plus de temps, elle se trouvait tout de même en état de choc. Et puis, son hypothèse – qu'elle savait quelque chose, que tout le groupe savait quelque chose, pas seulement le coupable –, était-elle bonne ? Dupin aurait juré avoir raison ; cela dit, il lui était déjà arrivé de se tromper…

— Je… commença-t-elle. (Dupin retint son souffle.) Je… n'en peux plus. J'aimerais être seule.

Dupin avait à peine entendu son murmure. Il lui jeta un regard de biais, étudiant avec attention l'expression de son visage. Il se refusait à la laisser tranquille, persuadé qu'un élément décisif allait apparaître. Il maudit son téléphone, qui s'était mis à sonner. C'était Aballain, qui ne pouvait pas être très loin.

— Veuillez m'excuser, je dois prendre l'appel.

Elle hocha la tête et poursuivit son chemin. Dupin lui tourna le dos.

— Oui ?

— L'étudiante qui travaille au château s'est souvenue d'avoir vu monsieur Denvel sortir de la pièce derrière la librairie hier soir vers neuf heures moins dix. C'est la pièce qui…

— Qui donne accès à la cave ? Et c'est maintenant qu'elle le dit ?

— Eh oui.

— A quelle heure Le Ber et Labat ont-ils terminé les interrogatoires dans la salle des armures ?

— Huit heures et demie, répondit Aballain.

— Ce qui veut dire que Denvel est descendu à la cave tout de suite après l'entretien…

— Tout à fait. Vos lieutenants ne l'ont pas vu parce qu'ils se trouvaient encore dans le bureau de Cadiou.

— Dites à l'étudiante qu'elle est formidable. Un peu lente, mais formidable !

Enfin ! Une pièce manquante ! Denvel avait omis d'évoquer son escapade – hautement suspecte, bien entendu –, et on pouvait le prouver. Quoi qu'il puisse avancer comme explication, le fait était accablant.

— Vous pensez que Denvel a provoqué l'éboulement ?

A cette pensée, Dupin frissonna. L'hypothèse n'était pas à exclure. Si Denvel n'était pas lui-même archéologue, il pouvait connaître la façon de s'attaquer à une telle construction. Par ailleurs, il y avait bien un archéologue dans le groupe : Guivorch ! Dupin se frotta les tempes.

— Je veux parler à Denvel, seul pour commencer. Juste lui et moi.

— Vous voulez qu'on décale la rencontre avec l'ensemble du groupe ?

— Oui, d'une demi-heure.

— D'accord. Il y a d'autres nouvelles intéressantes. La voiture de Guivorch a été aperçue ce matin vers six heures et demie à l'entrée de Paimpont.

— Comment ? Qui l'a vue ?

L'information était d'une importance considérable.

— Un des deux gendarmes de garde cette nuit au manoir des Cadiou. Il rentrait chez lui à la fin de son service. Il connaît Guivorch, et quand il a entendu parler du meurtre de Terrier, il nous l'a signalé.

Splendide ! Même le meilleur enquêteur avait besoin de ce genre d'heureux hasard.

— Que faisait Guivorch à Paimpont à cette heure-là ? Il n'a pas pu aller se coucher avant cinq heures du matin.

— S'il s'est couché.

Dupin se souvint soudain des gendarmes qui avaient accompagné Guivorch chez lui et à son bateau ; il n'avait pas eu de ses nouvelles depuis.

— Au fait, qu'en est-il de sa cuisine et des plans sur son ordinateur ?

— Ah oui… Il semblerait que Guivorch fasse vraiment des travaux dans sa cuisine et le rez-de-chaussée de sa maison. Il a montré les plans et nous a remis sans faire d'histoires son ordinateur pour la vérification de votre… hypothèse. Nous n'y avons trouvé aucun plan mais ce n'est pas forcément significatif. Seul un expert pourra évaluer ce que Guivorch a effacé, et encore, si Guivorch s'y connaît un peu, on ne trouvera rien.

Dupin avait espéré autre chose, des faits à charge.

— Il faut que je parle à Guivorch, déclara-t-il.

— Avant ou après la réunion ?

— Avant.

Aballain ne se laissa pas désarçonner.

— Bon, alors on va dire dix heures et quart pour la réunion ? Ou plutôt dix heures et demie, pour être sûr. Où voulez-vous voir Denvel et Guivorch ?

— Plutôt dans un endroit qui les déstabilise.

C'était là une des méthodes particulières de Dupin : choisir des lieux inhabituels pour des entretiens et interrogatoires serrés et qui, de préférence, coïncidaient avec ses propres intérêts.

— Je pense qu'on trouvera un coin tranquille pour deux personnes au café Le Brécilien, ajouta-t-il.

— Vous en êtes sûr ?

— Dans un quart d'heure. D'abord Denvel, puis Guivorch une demi-heure plus tard.

— Et peut-être aussi Sibylle Bothorel ?

Dupin reçut une goutte de pluie sur le visage.

— Pourquoi madame Bothorel ?

— Nous savons qu'elle était réveillée très tôt ce matin. Une des employées de l'hôtel préparait le petit déjeuner et l'a vue ouvrir ses rideaux vers six heures et quart.

On recueillait souvent des témoignages de cet ordre après un événement dramatique, la plupart du temps anodins. Cela étant, dans cette affaire, le moindre indice pouvait avoir son importance. Dupin, qui préconisait en général que l'on porte une extrême attention aux détails, en était le premier persuadé.

— Dans tous les cas, elle était réveillée à l'heure du crime, insista Aballain.

— Il suffira que je l'observe de près. Autre chose, colonel ?

Dupin avait du pain sur la planche et était pressé de conclure.

— C'est tout pour l'instant. J'arrive tout de suite.

Dupin retourna rapidement sur le lieu de l'agression, rattrapé par une grosse goutte, suivie d'une deuxième et d'une troisième – lui qui avait espéré que le brouillard laisserait la place à un grand ciel bleu. Il se hâta tout en guettant Adeline Noiret ; au bout d'un moment, il vit se découper dans la brume l'équipe de la scientifique ainsi que la silhouette du légiste, déjà au travail.

— Madame Noiret est-elle passée par ici ? demanda-t-il à un gendarme en faction.

— Non, pas récemment. Je ne l'ai vue qu'avec vous, il y a dix minutes.

Ça ne lui était d'aucune utilité. Dupin s'éloignait vers la route où étaient garées les voitures lorsqu'il entendit le gendarme qui ajoutait :

— En fait, quatre journalistes sont venus. Nous les avons renvoyés et avons fermé l'accès au chemin piéton.

— Très bien ! s'écria Dupin par-dessus son épaule. Le Ber ? Colonel ?

Mais où donc étaient-ils tous passés ? Aballain apparut devant lui.

— Ici ! Je suis ici, commissaire ! Je suis en train d'organiser…

— Avez-vous vu Adeline Noiret ? Elle est passée par ici ? coupa Dupin.

— Non, mais je n'ai pas fait attention.

Brutalement, l'angoisse submergea de nouveau le commissaire. Il s'était pourtant juré de ne plus perdre personne ! Il croyait le meurtrier tout à fait capable de tenter un autre coup, même ici, à proximité de son dernier méfait, dans un endroit grouillant de gendarmes.

— Madame Noiret ! Vous m'entendez ?

Il s'époumonait sans recevoir de réponse.

— Venez avec moi ! cria-t-il à Aballain. Madame Noiret !

La sonnerie stridente de son téléphone ne pouvait pas tomber plus mal. L'écran afficha le numéro de Jean Odinot.

— Oui ? fit-il en continuant sa course, suivi par Aballain.

— Après les premiers examens et batteries de tests, ça ne ressemble pas à un meurtre. (Ah oui, Gustave Laurent. L'exhumation…) On a exclu les substances et poisons que l'on rencontre habituellement dans les cas de défaillance cardiaque. Cela dit, il se peut qu'on lui ait administré un produit exotique, mais ç'aurait été plus compliqué de s'en procurer. Je ne crois pas que, parmi les suspects, il y ait un spécialiste en pharmacologie et toxicologie, si ?

— Non, pour ce que nous en savons…

— Alors il s'agit probablement d'une mort naturelle, dit Jean Odinot, presque déçu.

Dupin était lui aussi parti de l'hypothèse d'un homicide. Pour autant, la façon dont Laurent était mort n'apportait rien à l'enquête.

— Vous procédez à d'autres examens ? demanda Dupin.

— Oui, absolument. J'ai mis la pression, histoire d'éliminer toutes les possibilités. Je t'appelle si j'ai du nouveau.

— D'accord. (Dupin rangea le portable dans la poche de son jean.) Madame Noiret ! Madame Noiret !

Elle restait introuvable. En revanche, il avait commencé à pleuvoir à verse et le vent gagnait en force. Près de la voiture, Dupin avait du mal à conserver son sang-froid.

— Mais où est-elle passée ? Bon sang !

Tout aussi nerveux, Aballain donnait ses instructions par téléphone. Il était tout à fait possible que leur réaction fût exagérée, il se pouvait que madame Noiret eût décidé de rentrer à l'hôtel en passant inaperçue dans le brouillard. Malgré tout, cette éventualité n'empêchait pas l'inquiétude d'envahir Dupin. Mais ils devaient garder leur calme. Il se secoua.

— Je vais me rendre au café pour m'entretenir avec Denvel.

— Il ne sera peut-être pas encore arrivé, commissaire, le prévint Aballain.

Peu importait – Dupin devait de toute façon joindre Nolwenn.

— Appelez-moi dès que vous avez du nouveau, dit-il.

Il ouvrit la portière et se laissa tomber sur le siège. Cinq minutes plus tard, il se garait sur le parking voisin de la somptueuse abbaye. L'averse s'était muée en déluge – type de pluie des plus courants en Bretagne. Il se trouvait proche du café qui lui-même n'était pas loin du bureau de madame Cadiou. Il sortait de sa voiture lorsque son téléphone sonna. C'était Aballain.

— Nous avons trouvé madame Noiret ! Elle est à l'hôtel. Elle est rentrée à pied sans se faire remarquer dans le brouillard.

Quel soulagement !

Dupin se mit à courir sous la pluie, mais lorsque, hors d'haleine, il ferma la porte du Brécilien derrière lui, ses chaussettes étaient trempées. Il fut consolé par l'atmosphère chaleureuse et douillette du café où l'heure de pointe matinale touchait à sa fin. La plupart des clients étaient au comptoir devant leur café ; l'arrière-salle était vide et, comme il s'y attendait, Denvel n'était pas encore là. Cela lui laissait le temps d'avaler un café et d'appeler Nolwenn.

— Bonjour, monsieur ! Contente de vous revoir. On dirait que vous vous plaisez chez nous ! dit la femme sympathique qui, la veille, lui avait par erreur apporté du vin. En voilà une histoire ! Je pense que la dernière fois qu'autant de sang a été versé dans la forêt, c'était pendant la Révolution. Trois meurtres, et un autre à moitié commis ! Et à quelques mètres d'ici…

Elle était donc au courant.

— Vous le savez par la radio ? demanda-t-il.

— Non, par la télé.

Elle désigna du menton le poste au-dessus du bar qui diffusait la chaîne TVR : des images tremblotantes de la forêt dans la brume, filmées caméra à la main, assorties de quelques commentaires formulés d'une voix excitée qui montait dans les aigus. On aurait dit un film d'horreur amateur. On voyait le chemin où avait été trouvé le corps de Terrier.

— On a aperçu à l'écran l'épouse de la victime et les autres chercheurs, poursuivit la femme.

Dupin n'avait ni l'envie ni le temps de commenter.

— Deux cafés, commanda-t-il. Je vais m'asseoir là-bas.

— Très bien.

Son téléphone sonna de nouveau. Cette fois, c'était Nolwenn.

— J'ai quelque chose, commissaire. Tous ont posé leur candidature pour le poste de direction à l'institut le plus renommé en recherche arthurienne à Paris. Tous sauf Sibylle Bothorel. Il s'agit de la chaire du légendaire professeur Victor Denvel, sommité du domaine arthurien et défunt mari de Sibylle Bothorel. Il semblerait que cette chaire représente une sorte de Graal de la recherche arthurienne.

Dupin n'en croyait pas ses oreilles et tenta de mettre de l'ordre dans ses pensées.

— Victor Denvel était le père de Marc Denvel, continua Nolwenn. Il est mort il y a plus de deux ans et il a fallu tout ce temps pour ouvrir l'appel à candidatures. Les moulins tournent lentement dans le monde universitaire et ce délai est apparemment normal. (Comme pour Dupin, l'inertie était contre la nature de Nolwenn, qui ne la supportait pas.) L'annonce date d'avril et se clôt fin septembre. En novembre, les postulants sélectionnés doivent faire une présentation. Il va de soi que les candidatures sont confidentielles, c'est pour ça que j'ai un peu tardé. (Bien que curieux, Dupin ne posa pas de questions : Nolwenn avait ses méthodes et, la plupart du temps, il préférait ne pas les connaître en détail.) Le recteur de l'université ne peut évidemment pas dire s'il y a eu des fuites au comité d'attribution, si quelqu'un a divulgué aux prétendants les noms de leurs concurrents.

— Picard et Cadiou avaient eux aussi posé leur candidature ?

— Oui, eux aussi.

— Et Gustave Laurent ?

— Non, pas lui. Mais il est mort peu après l'appel à candidatures.

Dupin se rendit compte qu'il avait oublié de mettre Nolwenn au courant des derniers développements concernant Laurent et il rattrapa ce retard.

— On va procéder à des analyses plus poussées, mais cela a tout l'air d'être un infarctus, conclut-il.

— Tant mieux, il y a eu assez de meurtres comme ça.

Dans le silence qui suivit, la voix du téléviseur lui parvint d'autant plus fort : « Je pense que nous pouvons à juste titre parler d'un tueur en série. »

Dupin réfléchit à haute voix :

— Donc, tous nos illustres chercheurs ont présenté leur candidature pour la même fonction et ils concourent pour le poste le plus prestigieux de leur spécialité…

— Tout à fait. De la plus haute renommée, et particulièrement bien doté : environ quinze mille euros par mois et plusieurs assistants. De plus, le directeur de l'institut dispose de moyens de recherche considérables qu'il peut octroyer et répartir à sa guise. Un vrai rêve… pas pour moi, mais pour d'autres sûrement. (De mieux en mieux… Une fois encore, personne n'en avait dit un traître mot.) Peut-être qu'on peut même tuer pour ça ?

— Vous croyez ?

C'était à l'évidence un élément très important, mais cela constituait-il un mobile ?

— Nous avons déjà arrêté des meurtriers avec des mobiles plus banals que ça, dit Nolwenn. Il s'agit ici du plus puissant de tous : la reconnaissance, ou plutôt le manque de reconnaissance qui se traduit en humiliations, vexations et railleries. Ils se massacrent mutuellement. L'un d'eux a commencé hier matin et cela a déclenché une avalanche sanglante. Ou alors quelqu'un projette de se débarrasser de tous ses concurrents. C'est peut-être la version la plus plausible.

La solution se trouvait-elle là ? C'était bien possible, mais la question cruciale restait ouverte : qui avait tué ? Une seule personne ? Plusieurs ?

— Ça me fait un bon sujet supplémentaire pour notre grand rendez-vous, finit-il par dire. Je vais d'abord voir Denvel puis Guivorch, ensuite je les verrai tous ensemble.

Les cafés lui furent servis et il but sa première tasse, délicieuse.

— J'ai déjà pu répondre à la plupart des questions, dit Nolwenn. Dans le rapport intermédiaire de Guivorch concernant ses fouilles et qu'il a soumis au conseil municipal et à Rennes, je n'ai rien trouvé d'intéressant. Comme les fouilles sont infructueuses pour l'instant, le rapport est succinct.

Dupin but la seconde tasse ; ça faisait déjà sept cafés, rien que ce matin. Il allait battre son record.

— Est-il fait mention d'un quelconque objet, des pierres, des tablettes ou quelque chose de ce genre ?

— Seulement une pierre longue de soixante-dix centimètres, mais dont il n'est pas sûr qu'elle appartienne au site. Il la décrit comme « négligeable ». Cela dit, il l'a rapportée au château et elle devrait se trouver dans la cave.

— Dans la cave du château ? s'écria Dupin.

— Oui, vous pourrez aller l'inspecter. Bon, je continue…

Nolwenn ne semblait pas autrement impressionnée par la pierre, mais Dupin y reviendrait, ne serait-ce que parce que Guivorch avait passé la trouvaille sous silence.

— En ce qui concerne le garde forestier, reprit Nolwenn, le second conteur, il a apparemment d'autres métiers : il s'essaie à l'apiculture et travaille parfois comme mécanicien dans un garage. Il paraît qu'il a piqué par-ci par-là des outils de valeur, une fois il a même volé une moto. C'est un habitué de la gendarmerie de Plélan-le-Grand, que je viens d'avoir au téléphone. Cela dit, aucun délit sérieux n'a été signalé jusqu'ici. Un petit délinquant, je dirais.

— Mais peut-être avec des tendances plus criminelles qu'on ne le croit, ajouta Dupin.

— Sur Goazou, je n'ai rien de plus pour l'instant, sauf qu'il n'est pas connu des services de police, ce qui est déjà quelque chose. J'ai une autre information : les gendarmes ont fouillé la petite annexe de l'église du Graal, et ils n'ont rien de particulier à signaler. Et, par souci d'exhaustivité, j'ajoute que la scientifique n'a rien trouvé de significatif dans tout le Relais de Brocéliande.

— Merci, Nolwenn.

— La presse est dans tous ses états, mais j'imagine que vous pouvez le voir par vous-même. Il y a déjà une bonne vingtaine de journalistes sur place qui se sont à l'affût à différents endroits. En tout cas, l'affaire fera les gros titres des infos nationales du soir. Je…

— Je dois y aller, Denvel arrive, la coupa Dupin qui, un œil sur la porte, avait vu entrer le jeune chercheur.

— Quel dommage, je voulais encore vous parler des appels à répétition du préfet ! Il demande si, « à la fin », il y aura une conférence de presse « appropriée » et qui, en dehors de lui, y prendra la parole, dit Nolwenn en riant.

— A plus tard, Nolwenn.

Denvel avait aperçu Dupin et se dirigeait vers lui, avec cet air prévenant sans être chaleureux que Dupin lui avait déjà vu. « Aristocratique » était le mot qui lui venait à l'esprit en observant Denvel. Il avait la démarche de celui qui sait qu'il dirige. Et cela lui était tout naturel, il n'avait même pas à s'imposer.

— Bonjour, dit Denvel en esquissant un sourire qu'il gomma aussitôt. Ce qui est arrivé aujourd'hui dépasse l'entendement.

Il prit place en face de Dupin, qui entra aussitôt dans le vif du sujet.

— Hier soir, après votre entretien avec mes deux lieutenants, vous vous êtes rendu dans les caves du château, où vous êtes resté environ un quart d'heure. Dans les caves où les lieutenants ont été ensuite victimes d'un accident…

Denvel n'essaya nullement d'éviter le regard perçant de Dupin – au contraire, il le soutint sans effort.

— Je suis allé dans les caves, il y a deux ans, lors d'une visite guidée. Les échanges d'hier m'ont amené à vouloir examiner de nouveau certaines pièces. En si peu de temps, c'était bien sûr impossible mais j'y retournerai une autre fois à loisir. En tout cas, même ces quinze minutes ont été fascinantes.

— Si je comprends bien, vous vouliez examiner les pièces plus en détail, puis vous avez décidé de n'y consacrer que quinze minutes pour revenir une autre fois plus longuement ?

Denvel ne se laissa pas déstabiliser par ce résumé provocateur.

— C'était une décision prise sur le vif, car l'entretien avec vos lieutenants m'a inspiré. J'avais presque oublié cette collection entreposée dans la cave, et pourtant elle est remarquable. Il y a par exemple une série très intéressante d'inscriptions datant du VIIe au IXe siècle.

— C'est-à-dire ?

— Il y est question des premiers rois de Bretagne, des rois puissants et fiers.

S'il en parlait si ouvertement, est-ce que cela signifiait que les pierres n'avaient rien à voir avec l'affaire ?

— Qu'est-ce que ce sera pour vous, monsieur ? commença la serveuse avant de détailler Denvel. Vous êtes l'un des chercheurs, non ?

On aurait dit qu'elle rencontrait une star du rock. Denvel lui offrit un sourire poli.

— Un café pour moi aussi, s'il vous plaît.

— Tout de suite, dit-elle avant de disparaître.

Dupin reprit le fil de la discussion.

— Et y a-t-il autre chose qui vous amènerait dans les caves du château ? demanda-t-il en reprenant l'expression de Denvel.

— Rien de spécial. Mais en tant qu'historien, et de plus intéressé par l'archéologie, c'est pour moi un rêve chaque fois que je peux examiner des reliques ou des vestiges de l'époque que j'étudie. Ne serait-ce que pour ce supplément d'âme qu'ils dégagent. La plupart du temps, la période de l'histoire sur laquelle je travaille demeure pour moi tout à fait abstraite – morte, si l'on peut dire, tellement elle est lointaine. On n'en connaît que ce que des comptes rendus fondés sur d'autres comptes rendus nous racontent. Et voilà que je me retrouve brusquement devant une représentation matérielle qui a traversé le temps. Certes, parfois sous forme de fragments, mais, avec un peu d'imagination, on peut en recréer l'ensemble.

Ce qu'il décrivait comme une passion était pourtant exprimé avec retenue, sans aucune fougue.

— Racontez-moi donc de quoi il retourne, dit Dupin d'un ton volontairement flegmatique. Quel est le but du tueur ? Et votre but à tous ? Vous le savez. Vous le savez tous.

— C'est ça, votre hypothèse, commissaire ? Que nous sommes tous au courant des raisons qui ont provoqué ces morts ? (Il parlait sans bravade, comme s'il soupesait lui-même la pertinence de cette théorie.) Je ne peux parler que pour moi, mais je ne connais pas ces raisons. Tout ce qui se passe ici est pour moi un cauchemar confus.

C'était là une description tout à fait juste de l'affaire. Pourtant, dans la bouche de Denvel, cela ne semblait guère crédible. Cet homme représentait une énigme : rien de ce qu'il disait n'était objectivement irritant et pourtant chacune de ses phrases sonnait comme une insolence.

— Il existe un mobile valable, dit Dupin sans quitter Denvel des yeux. Qui vous concerne, vous aussi. Vous voulez diriger l'institut où votre père occupait une chaire, le poste le plus important de tout l'univers arthurien. (Pour plus d'effet, il fit une pause avant de conclure :) Et tous vos confrères ont eux aussi postulé.

Il avait réussi : l'espace d'un instant, les traits de Denvel laissèrent transparaître sa perplexité, mais Dupin ne resta pas longtemps maître de la situation. Très vite, Denvel se ressaisit.

— Je suis abasourdi, je l'admets. D'ordinaire, les candidatures universitaires sont soumises à la plus stricte confidentialité.

— D'ordinaire, les candidatures ne sont pas liées à plusieurs affaires de meurtres. Cela rend la situation quelque peu extraordinaire.

— Bien sûr, vous avez raison. Ne vous méprenez pas, je suis simplement surpris. Et je me refuse d'instinct à envisager une quelconque relation entre ce poste et les meurtres. Croyez-vous vraiment que ce soit possible ? Que quelqu'un tue trois, presque quatre confrères de longue date uniquement pour éliminer la concurrence ? Ça me semble plutôt extrême, non ?

— Si j'ai bien compris, l'humiliation de celui qui aura échoué est à l'aune de la supériorité dont peut s'enorgueillir le vainqueur. On en revient à qui est adoubé et qui ne l'est pas... Si vous me demandez si cela est suffisant pour que quelqu'un commette plusieurs homicides, je vous réponds : bien sûr.

Dupin ne se laissa pas berner par la mine de son interlocuteur, qui semblait pris dans une intense réflexion, et poursuivit :

— Par ailleurs, cette histoire revêt nécessairement pour vous une autre dimension : vous succéderiez à votre père, vous continueriez l'œuvre de sa vie et pourriez même le dépasser.

Denvel resta de marbre. La serveuse déposa le café avec un « Et voilà pour notre chercheur ! » puis s'éloigna.

— Vous n'étiez pas au courant que vos confrères ont postulé ? poursuivit Dupin.

— Ma belle-mère aussi ?

La question était posée d'une voix ferme et impassible, alors que Dupin avait espéré provoquer une réaction.

— Vous étiez au courant ou pas ? insista-t-il.

— Evidemment que non. Je ne m'occupe par principe jamais des autres candidatures.

Dupin n'en croyait pas un mot. Denvel considérait que le poste lui revenait de droit.

— Je comprends que vous vous méfiiez de mes déclarations. Je ne vous en veux pas, reprit Denvel en levant les sourcils.

Cet homme ne doutait de rien !

— C'est très aimable à vous. Mais, croyez-moi, le contraire me serait complètement égal, répondit Dupin avec un sourire.

— Bien sûr. Je fais partie des suspects. Dans votre métier, on ne se fie à personne.

— Tout à fait. Mon métier consiste à découvrir à qui on peut se fier ou non.

Il en avait assez de cette prise de bec qui, bien que d'un certain niveau, lui avait essentiellement servi à se faire une idée de la personnalité de Denvel.

— Donc : où étiez-vous ce matin entre six heures et demie et sept heures ? reprit le commissaire.

— Je… (Dupin s'attendit à « dormais »)… faisais une promenade.

— Vous faisiez quoi ?

— Je n'ai pas besoin de beaucoup de sommeil, je suis un lève-tôt depuis mon enfance. Tous les matins, je me lève à six heures moins le quart. Parfois je me mets directement au travail, parfois je vais me promener, que ce soit à la maison ou en voyage. C'est partout pareil. Aujourd'hui, je suis allé me balader entre six et sept heures, je pense. J'ai bu un café dans la chambre et me suis mis en route.

Est-ce qu'il se moquait de lui, à admettre ainsi de but en blanc avoir quitté l'hôtel à l'heure en question ? Etait-ce du bluff ?

— Où étiez-vous ?

— Au lac.

— Là où Adeline Noiret se promenait hier ?

— Je suppose que oui. Je ne connais pas son parcours, mais…

— Vous n'avez rencontré personne ?

— Non.

— Vers cette heure-là, des gens sortent leur chien ou font leur jogging. Et vous n'avez vu personne ?

— En entendant parler de ce nouveau meurtre, je savais bien que j'aurais du mal à fournir une explication valable. Cette promenade sans témoin me rend forcément suspect. J'ai beaucoup réfléchi, commissaire, c'était inévitable. (De tous les suspects que Dupin avait fréquentés dans sa carrière, celui-ci remportait le pompon !) J'avais d'ailleurs l'intention de venir vous en parler. Je l'avais annoncé au gendarme, celui qui s'appelle Aballain.

— Qu'est-ce que vous avez annoncé ?

— Que je voulais vous parler.

— Mais vous n'avez pas essayé de m'appeler directement…

— Je ne voulais pas faire l'important. Il était évident que vous aviez des choses plus essentielles à faire à ce moment-là. C'est alors qu'Aballain m'a appelé.

Dupin se leva sans crier gare.

— Je vous remercie, monsieur. Nous avons terminé. J'attends un autre… invité.

Denvel se leva à son tour sans paraître autrement perturbé par la conclusion abrupte de leur entretien.

— Votre temps est précieux, répondit-il sur un ton amène. Et il est dans notre intérêt à tous – égoïstement, je l'admets – que vous attrapiez le coupable au plus vite. De toute façon, nous nous reverrons bientôt en cercle élargi.

Etait-ce du sarcasme ? Denvel tourna les talons, s'approcha du comptoir et régla sa note. Il n'avait pas touché à son café.

Dupin feuilletait son bloc-notes lorsque son téléphone sonna. C'était le lieutenant Labat, qui posa d'emblée comme à son habitude cette question absurde : « C'est vous, patron ? » Trop heureux d'avoir récupéré ses deux collaborateurs sains et saufs, Dupin ne put s'empêcher de sourire.

— Bien sûr que c'est moi, Labat ! Alors ?

— Je n'ai pas pu tirer grand-chose des deux conteurs. J'ai d'abord parlé à Philippe Goazou, puis à Didier Boyard. Goazou prétend qu'il voulait lire le journal, qu'il pouvait consulter au bar, pour voir si la manifestation contre le parc avait été annoncée.

— Et cette question si capitale pour lui ne l'a effleuré qu'au dîner ?

— C'est ce que je lui ai demandé. Il m'a expliqué qu'il n'avait pas eu le temps pendant la journée, ne serait-ce qu'à cause des « événements », comme il dit. J'ai interrogé deux autres serveurs qui travaillaient hier soir. Ils ne se rappellent pas avoir vu Goazou se lever. Il n'y a que le couple qui en a été témoin.

— Si c'était si anodin, pourquoi ne l'a-t-il pas mentionné hier soir ?

— Il dit que votre question concernait quelqu'un « ayant quitté la pièce » mais que ce n'était pas ce qu'il avait fait.

— J'ai dit que… commença Dupin avant de décider d'en rester là. Et l'autre ?

— Lui continue d'affirmer qu'il est resté tout le temps à table.

Dupin poussa un soupir.

— Bon, laissez tomber, Labat. Allez retrouver Le Ber.

Dupin posa le téléphone sur la table et reprit la notice. Au passage de la serveuse, il commanda un café au lait, avec beaucoup de lait très chaud. Sa consommation de caféine le préoccupait.

Subitement, Guivorch fut à côté de la table sans que Dupin l'ait vu entrer. Son sempiternel sourire malicieux se dessinait sur ses lèvres, mais de profonds cernes témoignaient du manque de sommeil, et son visage hâlé avait pâli depuis la veille. Il s'apprêta à saluer Dupin, qui le devança :

— Voilà ce que ça donne quand on ne s'est couché qu'à cinq heures du matin et qu'on est de nouveau en route à six heures et demie. Ça fatigue.

Le sourire se fit plus appuyé – ce n'était pas à coups de sarcasmes qu'on venait à bout de cet homme. Guivorch s'assit sur la chaise encore chaude que Denvel venait de quitter.

— On dirait qu'on me surveille. Ou qu'on me protège. Dans un cas comme dans l'autre, je me sens flatté.

— Bon, trêve de préambules. Que faisiez-vous à l'entrée du village ce matin, au moment où Bastien Terrier a été tué près de Paimpont ?

— Je me rendais au bureau. J'y vais en passant par Plélan-le-Grand et Paimpont.

— Vous vous êtes mis en route vers six heures, ce qui veut dire que vous vous êtes levé vers cinq heures et demie pour être, quoi, vers sept heures moins le quart au bureau ?

— C'est bien cela.

— Que faisiez-vous au bureau après une nuit pareille ? Vous vous moquez de moi, monsieur !

Dupin avait haussé la voix et sentit les regards des autres clients converger vers lui. Et ça lui était bien égal !

— Je ne me suis pas couché. Après des nuits comme ça, c'est encore pire quand on doit se lever. Je sais me contenter de peu de sommeil, voire de pas de sommeil du tout quand il faut. Et d'abord, c'est à vous que je dois cette nuit blanche.

Dupin fut agacé : il aurait dû fermer l'accès au château tout entier, pas seulement aux caves. Il n'y avait pas pensé ; cela étant, la nuit n'avait été que désordre et tension.

— Pourquoi vous y êtes-vous rendu à cette heure-là ?

— Avec tout ce remue-ménage hier soir, j'y ai laissé les clés de mon bateau. (Excuse cousue de fil blanc !) Il paraît qu'il va de nouveau faire beau cet après-midi et je me suis dit que je changerais bien de cadre. C'est l'avantage d'un…

— Vous emportez toujours vos clés quand vous allez au bureau ?

— Elles étaient dans mon pantalon. J'ai sorti je ne sais plus trop quoi de ma poche et je les ai posées sur la table, où je les ai oubliées.

— Et vous n'en aviez pas besoin quand vous êtes allé sur votre bateau avec les gendarmes ?

La voilà, la question piège !

— Je parlais de la clé du moteur, qui ne sert qu'à le démarrer.

C'était à s'arracher les cheveux ! Mais Guivorch savait que Dupin ne pouvait rien contre lui. En dépit des éléments à charge, il n'y aurait pas de garde à vue.

— Vous n'irez nulle part avec le bateau. Il reste où il est jusqu'à nouvel ordre, dit Dupin.

— Je n'ai pas l'intention de m'enfuir, je pensais plutôt à l'Ile-aux-Pies. Ce n'est qu'à quelques centaines de mètres, mais la pêche y est bien meilleure.

— Vous n'avez pas aperçu les gendarmes en arrivant au château, ce matin ?

La question plus judicieuse était : un gendarme avait-il vu Guivorch ? Si oui, cela lui donnait un alibi pour sept heures.

— J'ai vu de loin deux voitures de gendarmerie sur le parking des visiteurs, rien de plus. Moi-même, je me suis comme d'habitude garé sur celui des collaborateurs et je suis entré par l'arrière. Vous connaissez l'accès.

Avant que Dupin pût laisser libre cours à la colère qu'il sentait monter en lui, son téléphone sonna : Nolwenn. Il se leva d'un bond et jeta à Guivorch :

— Vous, attendez ici !

Il sortit en hâte du café et prit l'appel.

— Oui ?

— J'ai trouvé quelque chose d'intéressant. (A présent, les informations arrivaient en rafale. La réserve d'énergie de Nolwenn semblait intacte.) Paul Picard et l'expertise : nous avons fini par trouver son nom dans un article sur le parc, paru juste après la remise du rapport par Blanche Cadiou au conseil municipal. Il y a bien eu une mention, même si ce n'est que dans les pages régionales d'*Ouest France*. Moi, je vous dirais : il est impossible que madame Cadiou l'ignore, ou qu'elle ait pu l'oublier.

Nolwenn avait raison, c'était hautement improbable. Par conséquent, Blanche Cadiou avait sciemment passé sous silence l'information, pour une raison qu'il ignorait. Cela signifiait aussi qu'en théorie tous avaient pu être au courant de l'engagement de Picard en faveur du parc.

— C'est très intéressant.

Ce qui lui échappait encore pour l'instant était le lien entre le parc et cette série de meurtres. Quel pourrait donc être le scénario qui prendrait en compte tous les événements des dernières heures ? Pour l'instant, certains détails collaient, d'autres pas du tout. Peut-être qu'une unique pièce supplémentaire suffirait pour compléter le puzzle…

— Je n'ai rien d'autre, patron, dit Nolwenn avant de raccrocher.

Immédiatement, le téléphone se remit à sonner. A l'abri sous l'auvent d'une des grandes fenêtres du café, Dupin regardait la jolie place devant l'abbaye. Le vent avait faibli.

— Oui ?

— Ici Aballain. J'ai des nouvelles très sensibles ! (Sa voix était tendue.) Vous êtes prêt ?

— Allez-y ! cria Dupin pour couvrir le bruit de la pluie battante, le téléphone pressé contre son oreille.

— Il y a bien eu quelques pierres descendues dans la cave ces deux dernières semaines – en provenance des fouilles de Picard, je veux dire. Mais pas beaucoup, cinq à vue d'œil.

— Comment ?

— Comme vous l'aviez demandé, nous avons épluché le catalogue des objets provenant des fouilles archéologiques qui se trouvent en réserve, en particulier pour ceux qui ont été entreposés récemment. D'habitude, c'est la secrétaire du Centre – celle qui est en vacances – qui s'en occupe. Elle consigne ces informations dans un classeur que Le Ber et Labat ont examiné hier soir. Elle a pu être jointe et elle a rapporté que plusieurs pierres a priori plus prometteuses sont arrivées la semaine dernière, mais qu'elle n'avait pas encore eu le temps de les inventorier. Mais il semblerait finalement qu'elles n'étaient pas si importantes que cela.

— Qui a dit ça ? Picard ?

— Les deux assistants qui ont effectué les fouilles préliminaires et qui les ont apportées. Encore une chose, commissaire. C'est un détail mais qui pourrait avoir de l'intérêt.

Dupin, qui avait fait machinalement un pas, se remit d'un bond à l'abri.

— Oui ?

— Le professeur Picard s'est présenté en personne au début des prétendus « travaux préliminaires », il y a quinze jours.

Etait-ce là la clé de l'énigme ? Est-ce que, après tout, il s'agissait bien des fouilles ?

— Je présume que ce qu'on a trouvé par hasard lors de ces fouilles était de grande valeur, poursuivit Aballain sur un ton sobre. Cette valeur est peut-être seulement scientifique et intellectuelle, mais assez sérieuse pour conduire au meurtre.

— Et assez sérieuse aussi pour que le chercheur responsable de la découverte décroche la chaire la plus prestigieuse du monde arthurien.

— Ce qui donnerait un double mobile.

C'était de la folie ! Dupin inspira profondément.

— Cela expliquerait aussi l'examen de la cave par Denvel, dit-il.

— Et les plans de bâtiments étudiés par Guivorch. En gros, tous les scientifiques pourraient courir après la trouvaille, ce qui confirmerait votre intuition que tout le monde connaît l'histoire mais refuse d'en parler.

— Absolument.

Dupin se souvint qu'il avait laissé Guivorch au café.

— Très bien, colonel ! Merci d'en informer Nolwenn, Le Ber et Labat. Peut-être que quelque chose leur viendra à l'esprit.

— Je m'en occupe.

— Où se trouvent les pierres, maintenant ?

— Toujours à la cave. J'ai demandé à la scientifique de les examiner en détail. Ils sont sur le coup.

— A quoi ressemblent-elles, ces pierres ?

— De tailles différentes et ouvragées. Je ne les ai pas encore vues de mes yeux.

— Il faudrait que nous les examinions, ainsi que la pierre des fouilles de Guivorch.

— Une dernière chose : j'ai discuté avec le chef de l'équipe de sauvetage pour lui demander si l'hypothèse d'un sabotage de la galerie était envisageable. (C'était du bon travail ; la sympathie que Dupin éprouvait à l'égard du colonel allait croissant.) Il est d'avis que c'était possible, à condition d'être réalisé par un spécialiste. Pour lui, un archéologue compétent en serait éventuellement capable, mais la manœuvre est extrêmement délicate et dangereuse. Quiconque s'y risquerait pourrait provoquer un éboulement à n'importe quel moment. Personne ne peut connaître l'état de ces vieilles constructions.

C'était une autre caractéristique de cette affaire extravagante : ce que l'on croyait réglé réapparaissait avec plus d'insistance encore.

— Est-il encore possible de dénicher des éléments de preuve ?

— Seulement si, en déblayant, on trouve une poutre fraîchement sciée, ou quelque chose du genre.

— Très bien. Je vous vois sous peu chez madame Cadiou, conclut Dupin.

La pluie s'était intensifiée. Autre particularité bretonne : quand on ne le croyait plus possible, la pluie pouvait toujours redoubler, telle une douche au jet puissant ou des seaux gigantesques renversés.

Dupin rangea son téléphone et réintégra le café.

Guivorch faisait des efforts pour montrer que l'attente ne le dérangeait pas. Il avait commandé un grand crème et un pain au chocolat dont il ne restait qu'un fragment. L'apparition de Dupin à la table faillit lui arracher un sourire, mais lorsque le commissaire, sur le point de s'asseoir, se dressa d'un bond, il lui lança un regard irrité.

— Je reviens tout de suite.

Sans plus d'explication, Dupin se dirigea de nouveau vers la sortie en sortant son téléphone. Il venait d'avoir une idée qui lui plaisait bien.

— Colonel, petit changement de programme. Quand la scientifique aura fini avec les pierres de la cave, je voudrais qu'on les monte. Nous les utiliserons pour la grande réunion. J'aimerais observer les réactions de chacun.

— D'accord, je comprends. Où voulez-vous qu'on les place ? Dans la salle des armures ?

— Non, il y fait trop sombre.

Dupin réfléchit. Il voulait d'abord examiner les pierres avec Le Ber, Labat et Aballain.

— Quel endroit est le mieux éclairé ?

— Sûrement les salles d'exposition.

— Alors ce sera là.

Le cadre était parfait.

— On vient de les ouvrir au public, objecta Aballain.

— Qu'elles restent fermées jusqu'à nouvel ordre.

— D'accord, je m'en occupe. Le motif de trois meurtres sera suffisant.

— Oui, je le crois aussi.

— A quelle heure voulez-vous fixer le rendez-vous ?

— Onze heures, répondit Dupin après un coup d'œil à sa montre. (Cela lui laisserait le temps pour l'entretien avec Guivorch et l'inspection des pierres.) En attendant, est-ce que tous nos amis sont sous surveillance discrète ?

— Aussi discrète que possible.

— Alors à tout à l'heure.

Quelques instants plus tard, il reprenait place en face de Guivorch.

— Nous sommes maintenant au courant de tout. Nous savons de quoi il s'agit, dit-il.

Il prononça ces mots avec délectation, sans tenir compte des doutes et complications qui subsistaient. Il avait d'abord songé à confronter directement Guivorch avec l'histoire des pierres, mais son intuition lui souffla qu'il valait mieux aborder ce point en compagnie de tous les autres pour se lancer dans la phase finale de cette affaire. Du reste, il n'était pas à exclure que plusieurs d'entre eux, voire tous, fussent de mèche et que Guivorch les alerterait.

Guivorch écarquilla les yeux sans paraître troublé.

— Je suis rudement content de vous l'entendre dire.

Le ton était plutôt convaincant.

— Mais nous en discuterons en grand comité, pas maintenant, dit le commissaire.

— Et de quoi allons-nous discuter maintenant ?

— Des raisons que vous avez de taire votre candidature à la si convoitée chaire arthurienne à la Sorbonne, dit Dupin en ne lâchant pas Guivorch du regard.

Celui-ci fit entendre un bruit entre le soupir et le rire.

— C'est très simple : cela me serait extrêmement dommageable si l'université de Rennes l'apprenait, puisqu'une possible prorogation de mon contrat est en jeu. Du reste, je considère une telle candidature comme strictement privée. Ce sont des raisons suffisantes, il me semble. D'ailleurs, vous êtes tenu de garder ces informations pour vous.

Guivorch n'avait fait aucun effort pour cacher la pointe d'âpreté, voire d'agressivité, dans sa voix.

— Rien ne reste confidentiel dans une affaire de triple homicide.

— La loi stipule le contraire. (Guivorch continuait de lui tenir tête.) Vous avez l'obligation de rester discret sur tout ce qui appartient au domaine privé, même lors d'une enquête pour homicide.

Dupin ignora la remarque.

— J'ai entendu dire que le renouvellement de votre contrat serait une simple formalité.

— Alors si vous l'avez entendu, je n'ai plus de souci à me faire, répliqua Guivorch, sarcastique.

— C'est ce que dit le recteur de l'université.

— Dans le monde universitaire soumis aux aléas budgétaires, seul comptent les faits établis.

Dupin se pencha vers Guivorch.

— Saviez-vous que tous vos confrères du conseil d'administration ont eux aussi postulé ?

Guivorch parvint à rester impassible ; la maîtrise de ses muscles faciaux était remarquable.

— Par principe, je ne m'intéresse pas à ce genre de choses.

— Ah non ?

— Non.

Dupin se leva, extirpa un billet de sa poche de pantalon et le posa sur la table.

— Alors nous nous reverrons tout à l'heure, monsieur. Vous serez peut-être plus loquace. A plus tard.

Avant que Guivorch pût réagir, il lança par-dessus son épaule :

— En fait, le lieu et l'heure du rendez-vous ont changé. Ce sera à onze heures, chez vous, au château.

Dupin sortit du café en songeant à l'ultimatum que Claire lui avait fixé. Il devait être de retour dans la soirée, ce qui lui laissait tout juste huit heures pour élucider l'affaire ! Il se remémora l'histoire tragique du chevalier au Lion et imagina son propre scénario d'horreur : il ne parviendrait pas à respecter le délai et serait condamné à errer dans la forêt enchantée, comme Yvain en proie à la folie, puis à veiller pour toujours en sage ermite sur un trésor insensé. Cette espèce d'animal blanc qu'il semblait être seul à voir était à coup sûr un signe avant-coureur, un mauvais présage… Tourmenté par un soudain accès de panique, il se passa vigoureusement une main dans les cheveux.

— Merde, alors !

La pluie s'était arrêtée et les gros nuages sombres laissaient passer çà et là des rayons de soleil qui faisaient jaillir des éclairs argentés en tombant sur ce monde détrempé. Ses vêtements humides et froids collaient désagréablement au corps de Dupin.

En approchant de sa voiture, il entendit « Patron ! Patron ! » ; il se retourna et vit Le Ber et Labat qui arrivaient en courant.

— Nous vous avons cherché au Brécilien, mais vous veniez de partir. Nous…

— Qu'est-ce qu'il y a ? demanda Dupin pour couper court aux commentaires parfois laborieux de Labat.

— Nous avons trouvé la solution !

Après cette spectaculaire déclaration, Le Ber s'immobilisa, hors d'haleine, et respira profondément avant de reprendre.

— J'ai fait des recherches sur Aberystwyth.

— Oui ?

— Vous savez, cette station balnéaire galloise, ajouta Labat avec empressement.

— Donc, Aberystwyth possède une bibliothèque. Pas n'importe laquelle, non – la Bibliothèque nationale du pays de Galles, l'une des plus importantes de toute la Grande-Bretagne. On y trouve… (Le Ber marqua une nouvelle pause, cette fois pour ménager ses effets)… un immense fonds de manuscrits médiévaux.

— Et alors ?

— La Bibliothèque nationale galloise, la Llyfrgell Genedlaethol Cymru, abrite une collection de plus de quatre millions de livres, parmi lesquels on trouve des œuvres extrêmement rares, comme le premier livre imprimé en gallois, en 1546, ou encore la première traduction galloise de la Bible, datant de 1588. Figurent aussi…

— Le Ber !

Dupin traversa la rue. De l'autre côté, les pelouses impeccablement entretenues du parc de l'abbaye s'étendaient jusqu'au bras de l'étang, tout en longueur et bordé d'arbres touffus. L'endroit était loin de l'agitation et assez discret pour une discussion qui s'annonçait intéressante.

— Il y a tellement de manuscrits que quelques-uns, vieux de plusieurs siècles, voire de mille ans et plus, dorment aux archives. Certains sont décrits de façon très approximative, et beaucoup ne sont pas répertoriés du tout, ou alors de manière erronée, avec des noms d'auteur inexacts ou aucun, juste marqués « anonyme ».

— Et ? fit Dupin, qui ne comprenait toujours pas.

Labat prit la relève.

— Gustave Laurent a fait plusieurs fois l'aller-retour entre South Cadbury et Aberystwyth.

Ses lieutenants avaient-ils décidé de jouer aux devinettes avec lui ?

— Vous pensez que Laurent a visité la bibliothèque ?

— Il s'y est rendu exactement huit fois entre le début de son séjour et sa mort. A une occasion deux jours de suite, dit Le Ber.

Les trouées s'étaient agrandies et lentement le bleu du ciel prenait l'avantage sur les nuages. Cette lutte pour la suprématie créait des jeux de lumière époustouflants. Dupin tourna le dos au soleil.

— Comment le savez-vous ?

— J'ai téléphoné à la bibliothèque. Laurent s'était fait établir une carte de lecteur sur laquelle chaque visite est notée. Il a chaque fois passé au moins deux heures, à deux reprises une demi-journée.

— Et pourquoi ? Qu'est-ce qu'il cherchait ?

Le Ber reprit une grande inspiration.

— Et voilà : un seul manuscrit l'intéressait.

— Mais enfin, quel manuscrit ?

Dupin n'avait aucune envie de tirer les vers du nez de Le Ber.

— Un manuscrit, *prétendument* d'un certain Graddilis, datant du IXe siècle : un parchemin de cent quarante pages, reliure en bois, vingt-sept centimètres sur dix-huit cinq. C'est ce que dit le registre. Le fait que ce soit du parchemin laisse à penser qu'il était important.

— Et de quoi traite ce manuscrit ?

— *Il paraît* que ce sont les « annales des seigneurs de Homnia ». Mais personne n'a entendu parler de cette dynastie.

— Pourquoi vous n'arrêtez pas de parler au conditionnel ?

— Parce qu'il y a autre chose qui aurait beaucoup plus de sens. Tout autre chose ! intervint Labat avec jubilation.

Il envisageait visiblement de présenter lui-même la solution mais il laissa ce soin à Le Ber qui, après une pause théâtrale, annonça :

— Je crois… que c'est… « la source ».

— La source ?

— *Le* texte qui précède tous les textes arthuriens connus, leur origine, pour ainsi dire, et qui pourrait révéler beaucoup plus au sujet du vrai Arthur que ce que nous en connaissons aujourd'hui ; et surtout… (il haussa les sourcils)… au sujet du Graal. Un texte dont parlent certains des premiers poètes arthuriens et que les chercheurs ont pris pour des élucubrations.

Tout aussi excité, Labat ajouta :

— Il dévoilerait le mystère du Graal : ce qu'il est réellement, qui le possédait, où il se trouvait à l'époque. Et peut-être même où il se trouve encore !

Dupin faisait les cent pas en cercle autour des lieutenants en s'efforçant de garder son calme. C'était plus facile à dire qu'à faire, il se sentait contaminé par la fièvre de Le Ber et la chair de poule le gagnait. Ce « scénario de la source », comme celui des pierres, annonçait une découverte spectaculaire. Tous les membres du groupe étaient au courant, chacun voulait se l'approprier et, grâce à cela, obtenir à coup sûr la chaire si convoitée. Mais, si Dupin avait bien compris, son importance prodigieuse serait indiscutable, contrairement à celle des pierres, et éclipserait tous les accomplissements de la recherche arthurienne.

Le Ber semblait lire dans ses pensées.

— Cette trouvaille figurerait parmi les plus sensationnelles de la recherche de ces derniers siècles.

C'était sans doute exagéré mais, même atténué, cela suffisait largement comme mobile de meurtre. Dupin s'évertua à garder la tête froide et à se concentrer sur les faits.

— Vous supposez que ce manuscrit de la bibliothèque galloise n'est pas de la main de l'auteur présumé et que son contenu n'est pas celui consigné dans le registre – mais qu'il s'agit de cette source légendaire ? Que Laurent avait réussi à comprendre et à trouver le livre ? (C'était là une partie de l'histoire qu'ils ignoraient encore.) Et que tous les événements ici tournent autour de la poursuite de ce livre ou manuscrit ?

— Je le crois, je…

Ils furent interrompus par la sonnerie du téléphone de Le Ber, qui décrocha sur-le-champ.

— *Hello ?... I understand. Yes. Terrible ! This is a huge loss...* (Quelque chose s'était produit, on le devinait à sa voix.) *Yes, please call me if you have any news... I have another question : a certain Fabien Cadiou... was he also visiting in May ? C-A-D-I-O-U. Yes... Oh, I see. This is a very important information. Yes, absolutely... Really, are you sure ?... Thank you very much. Bye*[1].

— Qu'est-ce qu'il… commença Dupin.

Le Ber, pâle et tremblant, le coupa.

1. « Allô ?… Je comprends. Oui. C'est terrible ! C'est une perte énorme… Oui, appelez-moi si vous avez du nouveau… J'ai une autre question : un certain Fabien Cadiou… est-il lui aussi venu en mai ? Oui… Je vois. C'est une information très importante. Oui, absolument… Vraiment, vous en êtes sûr ?… Merci beaucoup. Au revoir. »

— Le manuscrit… Il a disparu. Il n'est plus là ! J'avais demandé à un collaborateur de la bibliothèque de le mettre en lieu sûr. Il a dû être volé, me dit-on. Impossible qu'il ait été égaré là-bas.

Le silence se fit. Plongés dans leurs pensées, les trois hommes se dirigèrent vers l'étang, puis Le Ber reprit :

— Ah oui, autre chose : Cadiou… Il y est venu, il a accompagné Laurent les deux fois où il lui a rendu visite. Donc, Cadiou ne s'est rendu à Cadbury que pour cette raison ! Et, selon le registre, il a consulté de nouveau le manuscrit le 26 juillet. Depuis, personne d'autre ne l'a demandé, jusqu'à moi.

— C'est dingue ! s'exclama Dupin.

— Ça complète parfaitement notre histoire ! déduisit Labat. Tous les détails collent. Cadiou a emporté le manuscrit après la mort de Laurent. C'est pour ça qu'il y est retourné. Simple et efficace.

— Fin juillet, Cadiou était en Corse, objecta Dupin.

— Aucun problème. En été, il y a sûrement des vols directs entre Bastia et Londres. De là, il ne faut pas plus de deux ou trois heures pour rallier Aberystwyth en voiture. On peut à la rigueur faire l'aller-retour dans la journée.

Labat était en grande forme. Son hypothèse était parfaitement plausible.

— Cadiou a saisi l'occasion, reprit Le Ber. Avec ce manuscrit, il édifiait sa propre statue ! Et comme le document ne correspond pas à ce qui est inscrit au registre, on aurait eu beaucoup de mal à prouver le vol. Peut-être même avait-il l'intention de le rendre. Il aurait été pour l'éternité le découvreur de la légendaire « source ». Lui seul. Ç'aurait presque été comme la découverte du Graal lui-même.

Les yeux du lieutenant brillaient et il était emporté par son enthousiasme – triple meurtre ou pas. Dupin décida de faire prendre une autre direction à leur théorie :

— Blanche Cadiou elle aussi aurait pu avoir connaissance du manuscrit.

— On pourrait certainement le vendre et en tirer une fortune, ajouta Labat, prosaïque. A un collectionneur, par exemple. Il y en a partout dans le monde, plus cinglés les uns que les autres. On n'aurait aucun problème à en trouver un, et le caractère illégal de l'affaire est secondaire. Des millions seraient en jeu.

— Peut-être Cadiou a-t-il mis Picard dans le secret ? Ou alors Picard, en tant qu'ami et compagnon de route de Cadiou, était de la partie ?

— Tout ça reste de la spéculation, dit Dupin.

Il se remit en marche. Il voulait ramener tout le monde à la réalité, y compris lui-même. Suivi par les inspecteurs, il longea lentement le rivage en songeant que, dix minutes plus tôt, ils formulaient une autre hypothèse tout aussi plausible.

Le Ber, lui, n'était pas prêt à abandonner la sienne.

— C'est plus que ça, non ? Laurent et Cadiou se sont rendus à Aberystwyth, où ils ont consulté un certain manuscrit, c'est un fait. La disparition soudaine de ce manuscrit est elle aussi un fait. Et un autre qu'il ne faudrait pas oublier : l'année dernière, le sujet du symposium était justement la source – le manuscrit légendaire.

— Pas mal, non ? fit Labat avec un sourire.

Il avait raison : c'était plus que de la spéculation. Trop de faits s'intégraient dans l'histoire. Le Ber avait eu du flair.

Pendant un moment, le silence régna tandis que le cerveau de Dupin tournait à plein régime. Il retournait en tous sens le même scénario en essayant de le compléter avec les différentes pièces de puzzle accumulées depuis la veille.

— Ça voudrait dire aussi que le manuscrit se trouve probablement ici, raisonna Le Ber. Cadiou l'avait avec lui, peut-être même chez lui. Puis il a été tué et le tueur l'a emporté.

— Si le manuscrit est dans le coin, alors tout le monde est au courant, sans exception.

— Mais peut-être ignore-t-on qui le détient maintenant, et où il se trouve. Il est possible qu'il ait été brièvement en possession de ceux qui ont été tués.

— Ou alors, intervint Labat, Cadiou l'avait déjà caché. Et ils sont tous en train de le chercher, ils pensent qu'ils ont des pistes et chacun observe les autres.

Cela expliquerait les va-et-vient incessants du groupe depuis la veille, la descente de Denvel à la cave, la présence de Guivorch au château à la première heure, la promenade de Terrier à six heures et demie du matin, Sibylle Bothorel déjà réveillée…

— Si Picard a tué Cadiou, dit Le Ber, ça expliquerait pourquoi il était le prochain sur la liste.

En principe, ces deux-là avaient été amis. Mais qui pouvait savoir ce qui s'était passé, qui pouvait connaître l'effet qu'une telle trouvaille aurait sur une amitié ? D'habitude, Dupin ne raffolait guère des séances de réflexion collectives, mais celle-ci se révélait très fructueuse. Et puis, après la nuit passée, il se réjouissait d'avoir ses lieutenants près de lui.

— Ou alors, poursuivit Le Ber, Picard avait connaissance de la découverte, il savait peut-être même où se trouvait le manuscrit – puisqu'il avait été l'ami de Cadiou –, et le meurtrier, qui l'avait pris après avoir tué Cadiou, devait par conséquent le réduire lui aussi au silence.

Toutes ces théories se tenaient. Dupin se frotta les tempes.

— Qu'en est-il de Noiret et de Terrier ? Où entrent-ils en jeu ? Et Guivorch ? Les conteurs ? Comment auraient-ils su pour le manuscrit ?

— Terrier l'a appris d'une façon ou d'une autre et a tué Picard ? tenta Labat.

Tout cela était hypothétique et se perdait dans des combinaisons infinies. Il leur fallait restreindre le champ des possibilités.

— Si le manuscrit est l'objet autour duquel tourne cette histoire, et puisque nous partons de ce principe, nous devrions traiter séparément les deux questions principales : premièrement, où se trouve le manuscrit ? Deuxièmement, qui est l'assassin ? Et nous devons absolument y aller, ajouta Dupin en consultant sa montre.

Il fit demi-tour et se hâta vers le parking. La vue de l'abbaye était fabuleuse, rehaussée par la lumière du soleil et sous un ciel d'un bleu profond, presque entièrement dégagé. Elle s'accordait avec son humeur, songea le commissaire. Ils avaient fait un grand pas en avant.

Peut-être que, finalement, il serait capable de tenir la promesse qu'il avait faite à Claire.

En route, ils se traînèrent un bon moment derrière un tracteur qui refusait de les laisser passer, malgré des coups de klaxon de plus en plus véhéments. L'obstination était l'une des qualités dont les Bretons étaient le plus fiers et dont ils faisaient preuve dès que l'occasion se présentait. En principe, Dupin la voyait d'un œil indulgent – n'était-ce pas une assurance de solidité ? – mais, dans certains cas, il avait plus de mal. En contrepartie, ses lieutenants et lui eurent tout le temps de mettre Nolwenn, Jean Odinot et le colonel Aballain au courant des derniers développements de l'enquête. Aballain ne cacha pas sa déception en apprenant que les pierres ne semblaient plus être une piste sérieuse.

Les six pierres avaient été installées dans les salles d'exposition où tout le monde avait été convoqué. Sept personnes – alors que, la veille, ils auraient pu être une dizaine. Sept personnes dont l'une était très probablement l'assassin, bien qu'on ne pût exclure la possibilité de plusieurs meurtriers.

Chacun suivait ses propres pensées. L'esprit de Dupin travaillait à plein régime et les idées s'y pressaient. Il finit par conclure que rien ne contredisait la thèse du manuscrit. Mais alors, où se trouvait-il, et qui était celui ou celle qu'ils pourchassaient ?

Les policiers pénétrèrent dans le parking des employés. Le lac aux teintes émeraude scintillait dans la lumière éclatante. Le ciel d'un impeccable bleu estival était tout entier dégagé. Peu de choses étaient aussi typiquement bretonnes qu'un changement de temps brutal. Nolwenn avait coutume de dire que Dupin ne serait jamais un vrai Breton tant qu'il s'en étonnerait – ce qui, il devait l'admettre, lui arrivait encore. Le critère était strict, mais assez juste.

Pleins d'entrain, les trois hommes s'approchèrent d'Aballain, qui les attendait devant la librairie. En passant, Dupin ne put s'empêcher de scruter les buissons où il avait vu l'animal blanc – enfin, la « chose » blanche. Mais non, c'était ridicule ! Il fit un signe de la tête à Aballain, qui dit :

— Tout le monde est là. Les pierres aussi. Elles sont plutôt lourdes, et deux sont volumineuses. Par ici.

Il les précéda dans un étroit couloir et, par la porte ouverte, Dupin jeta un regard dans la pièce qui menait aux caves. Il eut une drôle de sensation.

En entrant dans la salle, ils virent d'abord les pierres, dont les deux plus grandes mesuraient presque un mètre de longueur, disposées librement au milieu de la salle telles des pièces d'exposition. C'était d'ailleurs bien ce qu'elles étaient, en quelque sorte. Deux spots éclairaient le centre de la pièce, renforçant encore la mise en scène.

Les protagonistes de l'affaire étaient éparpillés dans la pièce. Marc Denvel et Sibylle Bothorel ; Adeline Noiret – qui s'était d'abord excusée puis avait quand même accepté de venir – était appuyée contre le mur ; Auffray Guivorch s'entretenait avec Goazou et son ami conteur ; seule au fond de la salle, Blanche Cadiou. Le tableau était très théâtral et reléguait au statut de décor l'attraction principale : la figure de cire grandeur nature du jeune Arthur tirant Excalibur de la roche et établissant par ce geste son droit au trône de Bretagne.

— Bonjour.

Dupin s'adressa à eux comme un professeur à sa classe. Il choisit une position stratégique, à côté d'Arthur, qui lui permettait de leur parler tout en les gardant rassemblés dans son champ de vision. Le Ber, Labat et Aballain, dont la nervosité était perceptible, se postèrent près de la porte.

— Je vais en venir directement au fait.

Et c'était bien ce qu'il ferait : il allait abattre une seule carte. Les visages trahissaient la curiosité et, dans le silence ambiant, l'impatience était palpable.

— Nous connaissons la raison pour laquelle trois personnes ont été tuées et une autre a failli l'être. Nous connaissons le mobile, l'histoire autour de laquelle tourne cette affaire.

Il parlait à dessein d'un ton mesuré, en appuyant chaque syllabe, et laissa ses paroles faire leur effet en observant à la ronde, étudiant chaque expression. Il y avait de l'électricité dans l'air.

— Il manque encore quelques éléments, mais nous ne tarderons pas à connaître l'ensemble. Gustave Laurent et Fabien Cadiou ont trouvé la source, le légendaire manuscrit qui a fait l'objet de vos discussions l'année dernière. Il se peut que Paul Picard aussi ait été impliqué. Dans tous les cas, nous partons du principe qu'il était au courant. Tout comme nous sommes certains que vous tous étiez au courant ; vous tous saviez que le manuscrit avait été découvert !

L'assemblée était pétrifiée. Dupin avançait ses pions sans certitude, mais, pour le moment, il n'y avait qu'une chose à faire : exacerber, pousser toujours plus loin dans la provocation. Il poursuivit :

— Vous saviez aussi qu'il était quelque part ici, dans la forêt. Il se peut que certains d'entre vous sachent où il se trouve, ou en aient une idée.

Il les dévisagea, l'un après l'autre.

— Par-dessus tout, nous savons que, tous autant que vous êtes, vous le convoitez.

Arriva la première réaction. Sibylle Bothorel choisit une fois encore de jouer l'indignée.

— C'est grotesque ! Ce manuscrit n'existe pas, pas plus que le Graal ! Quelle infamie de nous accuser…

— Si, il existe, madame, coupa Dupin qui en avait par-dessus la tête. Laurent et Cadiou l'ont découvert.

Il fut impressionné par le ton péremptoire avec lequel il présentait comme des faits ce qui n'était que des hypothèses. Mais l'implacable harpie n'en avait pas terminé.

— Vous l'avez vu ? Vous l'avez tenu entre vos mains ? Alors ?

— Je reviens à votre convoitise, dit Dupin, impassible. Nous savons que tous les membres du conseil d'administration du Centre, à l'exception de Gustave Laurent et de madame Bothorel, ont postulé pour la direction de l'Institut arthurien à la Sorbonne. Je pars du principe que la personne qui découvre la source occupera cette fonction.

Guivorch intervint, s'efforçant de demeurer détendu et placide.

— Avez-vous seulement idée de la sensation que cela produirait ? Vous ne…

— Je n'aurai plus ce genre de conversation, terminé ! coupa brutalement Dupin. Tout ce cinéma, c'est fini !

Il se mit à faire les cent pas, tous les regards braqués sur lui, puis s'arrêta devant Marc Denvel en le fixant d'un œil belliqueux.

— Dites-moi tout, professeur ! Racontez-moi l'histoire.

— Que voulez-vous que je vous dise ? Je ne comprends toujours pas ce que vous me voulez. Est-ce que je dois…

— Ce que je veux, c'est… commença Dupin.

Il fut interrompu par Blanche Cadiou.

—La vérité. Je crois que le commissaire aurait déjà dû être mis au courant, dit-elle en s'adressant à Marc Denvel.

Celui-ci posa sur elle un regard à la fois irrité, décontenancé et incrédule. L'espace d'un instant, sa maîtrise de soi lui fit défaut et il ouvrit la bouche pour répondre, mais Blanche Cadiou le devança, s'exprimant d'une voix basse mais distincte, sans émoi.

— La vérité est que vous avez raison, commissaire. Tout est comme vous l'avez dit. Il s'agit du manuscrit. De la source. Un écrit du début du IXe siècle.

Trop ahuri pour observer la réaction des autres, Dupin dévisagea la femme devant lui. Il avait du mal à y croire : maintenant qu'elle prenait corps, la situation devenait irréelle. S'il avait espéré un développement, il ne s'était pas attendu à celui-là.

— Gustave Laurent et mon mari ont déniché le manuscrit l'année dernière, en octobre. En fait, ils ont été aiguillés par des suggestions émises au cours du séminaire, je ne sais pas lesquelles. Il s'agissait d'une piste qui menait vaguement à la bibliothèque du pays de Galles ; il semblerait qu'il en ait été question ici, dans le groupe. (Son regard à la ronde ne suscita aucune réaction.) Quoi qu'il en soit, mon mari est allé le chercher en juillet.

Dupin voulut faire remarquer qu'il n'était pas « allé le chercher » mais qu'il l'avait volé, puis jugea plus prudent de ne pas interrompre Blanche Cadiou. Elle était en train de confirmer leurs plus audacieuses hypothèses ! Cette fameuse source existait vraiment !

— Le manuscrit était chez nous, à la maison. Mon mari l'a photographié. Il se trouvait à l'étage, dans la commode. Dans le tiroir du haut, tout ce temps.

Elle leva les yeux vers Dupin, puis haussa les épaules. Elle était parfaitement calme.

— Mon mari a parlé du manuscrit à Paul Picard et à moi. Picard lui avait donné une indication qui l'avait mis sur la voie. Lui aussi a pris des photos de quelques pages. (Elle se tourna vers les autres membres du groupe, les effleurant du regard.) Et tous ici, le conseil d'administration, se doutaient… non, mieux, ils présumaient que Laurent et mon mari l'avaient trouvé. Ils n'ont jamais cru à l'histoire de l'excursion à Cadbury. Mon mari recevait des questions bizarres par e-mail, et Guivorch l'a affronté plusieurs fois à ce sujet, lui disant qu'il s'agissait du résultat d'un effort commun. Fabien m'a dit que Denvel et Terrier aussi étaient informés. J'imagine qu'Adeline Noiret l'était également. Peu importe ce qu'ils prétendent maintenant, tous voulaient s'en emparer.

Comme si elle signifiait la fin de son exposé, sa voix déclina. Elle se tourna de nouveau vers Dupin et reprit :

— Paul Picard a tué mon mari. C'était lui.

— Quoi ?! s'écria Dupin, sidéré.

— C'est lui, le meurtrier de mon mari, confirma-t-elle froidement.

— Picard a tué votre mari ?

— Oui.

— C'est vous qui le dites, rétorqua sèchement le commissaire.

Blanche Cadiou ne réagit pas et poursuivit.

— Fabien et Picard se sont plusieurs fois disputés violemment au sujet de leur découverte et de ce qu'ils devaient en faire. Ils étaient proches, mais cette histoire les a divisés. Paul voulait rendre le manuscrit à la bibliothèque et divulguer la nature du trésor qui dormait depuis si longtemps dans ses fonds. Mon mari voyait les choses autrement et ne faisait plus confiance à Paul. Il croyait que Paul avait l'intention de s'arranger avec la vérité afin d'apparaître non seulement comme l'unique découvreur mais surtout comme une âme noble. Ils ont examiné le manuscrit une dernière fois dans la cuisine. Paul a voulu s'en emparer, mais Fabien a refusé de le lui remettre. En tout cas, Paul a menacé de rendre l'affaire publique. Démasqué, mon mari aurait été montré du doigt comme un vulgaire voleur.

Ce que, à vrai dire, Laurent et Cadiou étaient.

— Comment ça s'est passé ? Comment l'a-t-il tué ?

— Paul m'a dit que c'était un accident.

De mieux en mieux…

— Picard en personne vous l'a dit ? Vous en avez parlé ?

— Oui. Il a rendu visite à Fabien hier vers dix heures et demie et leur altercation a dégénéré. Je suis sûre que Paul a menacé mon mari, même s'il a minimisé le conflit quand il me l'a raconté. Je suppose que Fabien s'était muni de son arme avant la rencontre. Il s'attendait à un affrontement et voulait pouvoir se défendre. Enfin, Paul a prétendu que Fabien l'a tout à coup menacé de son pistolet, qu'il y a eu une bagarre et que des coups de feu sont partis… Je suis arrivée à la maison un peu avant midi. C'est là que…

— Pourquoi êtes-vous rentrée chez vous ? coupa Dupin.

— Pour faire une pause et manger un morceau. Ça m'arrive parfois… C'est là que j'ai trouvé le corps sans vie de mon mari. J'ai tout de suite compris ce qui s'était passé, et je suis allée immédiatement dans la forêt sur le site des fouilles de Paul. Il était dans tous ses états, et il m'a tout raconté. Puis il a commencé à crier, à me demander de partir, de le laisser seul, parce qu'il devait réfléchir. Alors je suis retournée au bureau. Moi aussi je devais réfléchir. Vous connaissez la suite.

Dupin regrettait de devoir poser l'une après l'autre les nombreuses questions qui lui venaient à l'esprit. Il décida de commencer par la plus épineuse.

— Pourquoi vous ne m'en avez pas parlé hier après-midi ?

— J'étais bouleversée, je ne savais pas ce que je devais faire.

Dupin ne l'avait pas trouvée si bouleversée au cours de leur entretien, mais ça ne voulait rien dire, compte tenu du personnage. Par ailleurs, deux heures s'étaient écoulées, ce qui laissait largement le temps d'élaborer une stratégie.

— Ou peut-être avez-vous jugé que ce manuscrit pourrait désormais vous appartenir... Ou mieux, qu'il vous revenait de droit ?

— Tous les membres du conseil d'administration ont compris la raison du meurtre de mon mari et, plus tard, de celui de Picard. Tout ce qui les intéressait était le manuscrit, rien d'autre.

— Cela ne répond pas à ma question. Etait-ce pareil pour vous ? Avez-vous tout à coup rejoint la meute des chasseurs de manuscrit ?

Elle hocha faiblement la tête.

— Oui, vous avez raison. Et je pense avoir agi comme l'aurait voulu mon mari.

— Sans parler du pactole que cela représentait pour le parc, n'est-ce pas ? ajouta Dupin. Qu'a fait Picard du pistolet ?

Cette question était primordiale pour son enquête. Il lui fallait l'arme du crime avec des empreintes. Il devait aussi analyser les mains de Picard à la recherche de résidus.

— Je l'ignore, répondit-elle.

— Vous ne l'avez pas trouvé quand vous êtes rentrée le midi et que vous avez trouvé le corps de votre mari dans la cuisine ?

— Non.

Bien sûr, il était peu probable que Picard ait commis une telle erreur, même si, d'après Blanche Cadiou, il était très perturbé.

— Picard a-t-il emporté le manuscrit ?

— C'est ce qu'il a dit.

— Et où l'a-t-il entreposé ?

— Il n'a pas voulu me le dire, mais, autant que j'ai pu en juger, il ne l'avait pas sur lui.

— Il aurait facilement pu le cacher.

— Il possédait un vieux cartable en cuir, une sorte de besace. Le manuscrit n'y était pas.

Dupin n'en avait pas entendu parler – le tueur avait donc dû l'emporter.

— Vous avez fouillé le sac ?

— Oui. J'y ai jeté un coup d'œil.

Dupin l'en croyait tout à fait capable.

— Il s'est rendu directement dans la forêt en partant de chez vous ?

— C'est ce qu'il a déclaré.

— Donc, vous n'avez trouvé chez lui ni l'arme ni le manuscrit ? résuma Dupin.

— C'est ça.

Dupin se gratta la tête. Devait-il la croire ? N'avait-elle pas systématiquement menti depuis la veille ? Les deux seuls témoins de son récit étaient réduits au silence pour toujours.

— Je suppose que, dans le cas contraire, vous ne me le diriez pas.

— Vous doutez de moi, commissaire ?

Elle ne semblait pas prendre ombrage de ses soupçons.

— Ce pourrait très bien être un habile mensonge, ou un mélange de vérité et d'invention.

— Je ne peux pas vous obliger à me croire.

Une chose était cependant facile à vérifier.

— Labat ! Appelez le médecin légiste. Je veux qu'il examine sur-le-champ les mains de Picard pour y rechercher la présence de résidus de poudre, ordonna Dupin d'une voix forte afin d'être entendu de tous.

— Tout de suite, patron.

— Et quand je dis sur-le-champ, je veux dire sur-le-champ.

— Pas de problème, il s'agit d'une enquête spéciale, dit Labat en se dirigeant vers la sortie, la mine satisfaite.

Dupin se tourna de nouveau vers Blanche Cadiou – il était loin d'en avoir terminé avec elle.

— Qu'avez-vous fait quand le manuscrit s'est révélé introuvable ? Vous avez tué Picard ? Peut-être vous êtes-vous battus, comme votre mari avant vous ? Ou a-t-il voulu vous empêcher de fouiller sa besace ?

Il s'exprimait posément, présentant ses explications comme des solutions à un problème mathématique. Et cela correspondait aux faits – à condition que la première partie de l'histoire fût véridique. Blanche Cadiou avait d'elle-même admis avoir un double mobile. Il se pouvait que Picard ait eu le manuscrit sur lui, contrairement à ce qu'elle avait déclaré. Peut-être même avait-il essayé de la tuer, elle.

— Que vous arriviez à cette conclusion ne m'étonne pas, commissaire. C'est pourquoi j'ai d'abord décidé de ne rien dire. Mais d'autres pourraient mourir, croyez-moi.

— Adeline Noiret et son mari, Bastien Terrier, ont découvert que vous étiez en possession du manuscrit. Il vous a donc fallu les tuer eux aussi. Admettez que ça se tient. Qui d'autre aurait tué Terrier et commis l'agression contre madame Noiret ?

Il continuait à parler comme s'ils étaient seuls dans la pièce. La réponse fusa :

— Auffray Guivorch.

Tous les regards convergèrent sur Guivorch, qui se troubla, puis revinrent se poser sur Blanche Cadiou. Elle avait formulé son accusation avec la même assurance que le reste de sa déclaration, comme s'il s'agissait d'une évidence.

— Quand je suis partie, je l'ai croisé alors qu'il arrivait en voiture, en amont du parking près de la fontaine de Barenton. Il n'y a aucune raison de s'y garer, sauf si on a l'intention de se rendre à la fontaine.

Ça devenait de plus en plus dingue !

— Vous êtes sûre que c'était lui ?

— Oui, tout à fait. C'était sa voiture et je l'ai vu au volant. Lui aussi m'a vue.

— Et pour quelle raison m'avez-vous caché ça aussi ?

— Parce que, sinon, j'aurais dû tout vous révéler.

— Ce qui aurait mis fin à vos tentatives de vous emparer du manuscrit.

— Oui, ça aussi, admit-elle après une courte hésitation.

Dupin tourna le regard vers Guivorch. Celui-ci secoua la tête.

— C'est très amusant, tout ça, dit-il. J'avais l'intention…

Il s'interrompit, décontenancé, ce qui ne lui ressemblait guère.

— Je vous écoute. Parlez ! Sinon je vous arrête tout de suite !

Ce n'était pas une menace en l'air et Guivorch céda à contrecœur.

— Eh bien, oui, j'y suis allé. Je voulais parler à Paul.

Il se tut, comme s'il regrettait déjà d'avoir commencé, alors qu'il avait omis l'essentiel. Dupin s'emporta :

— Qu'est-ce que ça veut dire ? De quoi vouliez-vous discuter ? Avez-vous parlé avec lui ?

— Je voulais lui offrir mon aide pour l'examen du manuscrit. Mon aide et celle du conseil. Nous en avions discuté, en l'absence de Fabien Cadiou et de Paul Picard. Nous étions certains qu'ils l'avaient trouvé, trop d'indices convergeaient. Mais, sans notre travail collectif, ils n'y seraient jamais arrivés. La théorie sur le nom de l'auteur…

— … vient de moi ! s'exclama Sibylle Bothorel. Il faut rendre à César ce qui est à César ! C'est moi qui en ai fait mention au cours d'une session du conseil l'année dernière !

— Et ensemble nous l'avons concrétisée en limitant les possibilités de localisation à deux bibliothèques. L'idée d'Aberystwyth vient de moi. J'ai tout de suite su que le voyage à Cadbury n'était qu'un prétexte pour partir en quête du manuscrit.

— Et c'est pour cette raison que vous vous êtes tous trouvés en Angleterre l'année dernière, me semble-t-il, argua Dupin.

Ce n'était pas le moment de jubiler, mais dès le départ son intuition ne l'avait pas trompé. Tous connaissaient les tenants et les aboutissants, et tous avaient passé sous silence des éléments essentiels. Denvel prit la parole :

— Nous pensons que la découverte revient à l'ensemble du conseil d'administration et devrait être présentée comme telle.

C'était franchement incroyable ! La seule chose qui leur importait ! L'égocentrisme, le narcissisme de cette élite de chercheurs rassemblée ici étaient tout bonnement abjects.

— Trois personnes, presque quatre, ont été brutalement assassinées ! Trois hommes ont perdu la vie à cause de ce fichu manuscrit ! En avez-vous seulement conscience ? Et tout ce qui vous intéresse, c'est votre propre renommée ! Continuez, monsieur Guivorch. Vous êtes arrivé au parking et vous vous rendez à la fontaine de Barenton. Et après ?

Guivorch dirait-il la vérité ? Dupin le découvrirait bien.

— Picard était bien là, mais mort, répondit Guivorch, de nouveau maître de lui.

— Vous dites que vous avez trouvé son cadavre ?

Le sang-froid de l'homme était impressionnant. Qu'est-ce que c'était encore que ce retournement de situation ?

— Oui, il était mort.

— Et pourquoi je vous croirais ?

Et, plus important : comment Guivorch pensait le prouver ?

— Je ne peux que vous l'assurer. Je n'ai pas de témoin pour confirmer ma déclaration.

— Comment est-ce possible ? Blanche Cadiou quitte Picard bien vivant, vous arrivez peu après et il est mort ?

Dupin se tourna vers Le Ber.

— Combien de temps faut-il pour aller à pied du parking à la fontaine ?

— Un quart d'heure environ, en marchant vite.

— Donc, ce que vous me dites, monsieur Guivorch, est grotesque.

— Peut-être le tueur se trouvait-il sur place quand madame Cadiou y était. Il aurait observé la scène et serait ensuite passé à l'action, rétorqua Guivorch. Ou alors... Blanche Cadiou a elle-même tué Picard. C'est aussi simple que ça.

— Quand je l'ai quitté, Paul était vivant. Et puis vous êtes arrivé, dit-elle, imperturbable. Commissaire, vous déciderez par vous-même. Je n'ai fait que rapporter les faits.

Dans un silence sinistre, Dupin reprit sa marche de long en large devant l'assemblée statufiée sans, en apparence, prêter attention à quiconque. Cette situation terriblement compliquée le devenait encore davantage. Tout était envisageable, on ne pouvait éliminer aucune hypothèse. Madame Cadiou disait-elle la vérité et Guivorch mentait-il, ou était-ce le contraire ? Il ne pouvait pas non plus exclure une troisième éventualité, celle où le coupable n'était ni l'un ni l'autre et où ils disaient la vérité, du moins sur ce point.

— Je vais engager des poursuites contre vous tous pour faux témoignage, tromperie et dissimulation d'informations au cours d'une enquête sur un triple homicide ! lança Dupin brusquement. Lieutenant Le Ber, pourrez-vous lancer la procédure dès la fin de cet entretien ?

— C'est ridicule, vous n'oserez pas ! cracha Sibylle Bothorel, indignée.

— Oh que si, madame !

Goazou prit pour la première fois la parole.

— Mais moi, je ne savais rien de tout ça ! Et je n'ai rien caché !

— Moi non plus, renchérit le garde forestier, qui semblait intimidé.

— C'est ce que nous verrons.

Dupin resta imperturbable. Après tout, il ne connaissait pas encore le fin mot de cette histoire.

— Je voudrais revenir à vous, monsieur Guivorch. Vous dites avoir découvert le cadavre de Picard. Comment avez-vous su qu'il était mort ? Si je vous écoute, le meurtre a dû être commis quelques instants auparavant. Picard pouvait encore être en vie.

— J'ai tâté son pouls.

— Et vous êtes un expert ? Auriez-vous été capable de détecter un pouls très faible ? Au faux témoignage, on pourra peut-être ajouter une charge de non-assistance à personne en danger.

— Croyez-moi, il était mort.

Dupin décida de passer à autre chose.

— Et ensuite, qu'avez-vous fait ? Vous avez cherché le manuscrit ?

— Oui, j'ai jeté un coup d'œil autour de lui. Mais je me suis dit que l'assassin avait dû l'emporter. Si tant est que Picard l'avait avec lui à la fontaine de Barenton.

La lumière se fit dans l'esprit de Dupin.

— En fait, vous n'y croyez pas ! Vous et les autres, vous vous figurez que le manuscrit est ici, au château.

En dépit du haussement d'épaules indifférent de Guivorch, Dupin était prêt à le parier. Chacun poursuivait ses propres intérêts mais était disposé à former des alliances stratégiques, fussent-elles éphémères et limitées. Ces ententes devenaient caduques dès lors qu'il s'avérait plus rentable de faire cavalier seul. Concrètement : si l'un entrevoyait la possibilité de s'emparer du manuscrit sans les autres, tout scrupule le quittait. Le comble était que cela semblait être une règle tacite – difficile de faire plus cynique, brutal et irrespectueux.

— Vous présumez probablement que Picard l'a caché. Ou peut-être même Cadiou avant lui.

Dupin parlait plus à lui-même qu'à Guivorch. Une sensation de picotement le parcourut, comme lorsqu'au fil de ses réflexions il approchait de quelque chose d'important.

— Et vous croyez que le manuscrit se trouve ici. Au sous-sol, par exemple ? Alors vous avez de nouveau étudié les plans hier, monsieur Guivorch. (Dupin avait toujours eu la certitude qu'il ne s'agissait pas de plans de rénovation.) Ce matin, vous êtes arrivé très tôt au bureau parce que vous vouliez fouiller les caves sans être dérangé, mais leur accès était surveillé par la gendarmerie. Cela dit, ce ne sont pas les cachettes qui manquent. (Guivorch ne faisait aucun effort pour effacer le sourire provoquant qui se dessinait sur son visage.) Revenons un peu à l'histoire comme vous l'avez racontée : vous avez donc inspecté le site des fouilles ; et après ?

— Je suis retourné à la voiture et me suis rendu au château.

— Et vous avez tout de suite informé les autres de ce nouvel homicide, je suppose. Vous y étiez contraint afin de ne pas apparaître comme le suspect idéal, puisqu'ils savaient que vous alliez voir Picard.

Sibylle Bothorel l'interrompit avec rudesse :

— Je ne l'ai pas cru quand il a prétendu qu'il n'y était pour rien. Au contraire !

— Mais vous n'avez pas jugé utile d'en faire part à la police ? Même confrontée à cet épisode dramatique ?

Elle garda le silence. Dupin, lui, tenta de conserver son calme.

— Bien sûr que non, dit-il, puisque subsistaient des chances d'être la première à mettre la main sur le manuscrit. En fait, il vous revenait de droit, n'est-ce pas, puisque c'est vous qui aviez fourni l'indice crucial pour sa découverte ? Vous dédaignez peut-être la chaire à l'institut, mais sûrement pas la renommée.

Sibylle Bothorel réagit dans l'instant :

— Ce n'est qu'un ramassis d'inepties ! Comme si j'avais encore besoin de ça ! Je ne l'ai pas fait pour…

Elle s'interrompit brusquement.

— Vous ne l'avez pas fait pour vous-même, compléta Dupin.

Pour la première fois, il ne mettait pas en doute la déclaration d'un des chercheurs.

— Vous l'avez fait pour votre beau-fils, n'est-ce pas ? Vous vouliez que le mérite lui revienne. C'est en tout cas ce que vous aviez imaginé. Il aurait occupé le poste de votre défunt mari. En réalité, la relation que vous entretenez avec lui est loin d'être aussi mauvaise que vous le prétendez.

Ce n'était qu'une intuition relevant de la spéculation, et jusqu'ici Dupin ne disposait d'aucun indice sur lequel se fonder. Mais le regard noir que lui lança Sibylle Bothorel lui confirma qu'il avait mis dans le mille.

— Ce qui signifie que vous-même aviez un mobile assez puissant pour tuer Picard et Terrier.

C'était le cas de tous, sans exception, sauf, peut-être, des deux conteurs – qui pouvaient néanmoins avoir été enrôlés par Guivorch pour commettre les meurtres contre une somme rondelette. Mais Dupin y croyait de moins en moins.

— Je ne répondrai même pas à cette insinuation, dit Sibylle Bothorel en détournant le regard avec dégoût.

— Alors qui a tué mon mari ? demanda Adeline Noiret d'une voix cassée.

A l'instar des conteurs, elle s'était jusqu'ici tenue en dehors, mais elle regardait à présent Dupin d'un air de défi. Sa question avait été prononcée avec une énergie nouvelle, pleine d'agressivité, et elle se mit à détailler chaque membre de l'assemblée.

— Dans le contexte tel que nous le connaissons maintenant, qui aurait pu avoir une raison de vous tuer, vous et votre mari ? Que saviez-vous ? s'enquit Dupin.

— Nous nous sommes concertés dans le cadre du conseil d'administration où nous étions tous deux présents. Et, hier midi, nous avons appris d'Auffray Guivorch qu'il avait trouvé Paul Picard mort sur le site des fouilles. C'est tout. Nous n'en savions pas plus, nous n'étions pas davantage impliqués dans cette affaire.

Elle aussi s'exprimait comme s'il s'agissait d'une broutille. C'était franchement insupportable. Chaque suspect tentait de s'en tirer de la manière la plus grossière.

— Vous et votre mari avez aussi cherché le manuscrit, je suppose. Vous l'avez peut-être même trouvé, ou vous connaissez sa cachette, si cachette il y a.

Une pensée lui vint à l'esprit et il saisit sa notice d'utilisation pour l'inscrire en prenant son temps, ce qui lui laissa le loisir de se concentrer sur ce qui venait d'être dit.

— Depuis hier après-midi, reprit-il, vous avez tous menti comme des arracheurs de dents. Je pars du principe que vous n'arrêterez pas de sitôt… Je crois à l'existence de ce manuscrit ; je crois que vous étiez tous au courant et que vous en avez discuté. Vous le vouliez tous et vous étiez prêts à tuer père et mère pour l'obtenir. Au-delà de cela, je n'ai pas d'autre certitude. Ne serait-ce que le fait que Picard aurait pu tuer Cadiou…

Dupin s'interrompit. Tout ça ne servait à rien.

— Je note officiellement que chacun d'entre vous reste hautement suspect, et je vous offre une dernière chance de m'aider à éclaircir cette affaire. Sinon, vous serez mis sous surveillance constante à partir de maintenant.

Les mines restèrent fermées, sans expression, mais Denvel reprit la parole une dernière fois.

— En ce qui me concerne, tout a été dit. C'est à vous maintenant d'identifier le meurtrier. Je ne crois pas que nous puissions vous aider davantage.

— Parfait. Je laisse le lieutenant Le Ber s'occuper des poursuites que je lance contre vous. C'est tout. Au revoir.

Il s'apprêtait à quitter la pièce lorsqu'il entendit la voix de Sibylle Bothorel dans son dos.

— Nous avons clos officiellement notre réunion de conseil d'administration et nous partirons cet après-midi. Et ce n'est pas trop tôt, dirais-je.

Dupin fit volte-face.

— Vous ne partirez que quand je vous en donnerai l'autorisation.

Il sortit, suivi de Le Ber et d'Aballain. C'était un soulagement d'être dehors, pourtant le ciel s'était de nouveau couvert et plus aucune portion de bleu n'était visible. Il y avait de la pluie dans l'atmosphère, et le vent, réveillé, soufflait en rafales. En entrant tout à l'heure dans le château, il aurait pourtant juré que l'été s'installait pour toute la journée.

Dupin tourna à gauche et descendit au bord du lac. Les vagues moutonnaient sur toute la surface d'un gris foncé qui ne réfléchissait plus aucune lumière. Le spectacle était grandiose.

Le Ber et Aballain le rejoignirent.

— Qui croyez-vous, commissaire ? demanda Aballain, visiblement préoccupé. Blanche Cadiou ou Auffray Guivorch ?

— Je n'en sais rien. Il faut que je réfléchisse.

Dupin se mit en branle.

— Dans dix minutes ici. Et restez ensemble ! Ne vous séparez pas. C'est un ordre.

Aballain lança un regard perplexe à Le Ber qui répondit par un haussement d'épaules averti signifiant : « Il est comme ça. »

— Et, Le Ber, cria Dupin de loin, appelez Odinot, qu'il s'occupe des poursuites contre les chercheurs !

Il était important pour Dupin de s'isoler afin de réfléchir dans le calme. Mettre de l'ordre dans son esprit et prendre ses distances avec l'enquête, ne serait-ce que quelques minutes, c'était indispensable.

Il s'écarta du chemin – celui qu'ils avaient emprunté la veille dans la nuit pour rallier l'entrée de la galerie – et poursuivit sa marche au bord du lac, à pas lents, se méfiant des pierres lisses, des mousses glissantes et des flaques d'eau. Le vent qui soufflait de face plaquait sur lui ses vêtements encore humides, et il frissonna.

Qui croire ? Pouvait-il ne serait-ce qu'envisager de se fier à l'un d'eux ? Il avait l'intuition que non. Mais la question la plus urgente était de savoir où se trouvait le manuscrit.

Il atteignit la langue de terre qui avançait dans le lac, et qui devait se retrouver régulièrement inondée. La végétation y était aussi clairsemée que sur une île battue par les vents, sans arbres ni arbustes, et il se rappela le ponton que Blanche Cadiou avait projeté d'installer sur le lac pour son parc. Sous les nuages noirs et menaçants se dressait face à lui la bâtisse tout à l'heure si charmante qu'un mauvais sort avait transformée en château hanté. Le long de la berge pourrissaient de grosses branches couvertes de mousse, seules quelques brindilles émergeaient tels des doigts secs. La surface opaque, impénétrable, empêchait de deviner la profondeur du lac. Inconsciemment, Dupin s'était dirigé vers une branche pointue qui jaillissait hors de l'eau au bout de la langue de terre. D'un bois clair et tendre, elle se détachait sur le fond grisâtre comme une épée colossale. Mais que lui arrivait-il ? Perdait-il la tête pour de bon ? Des créatures blanches, des épées magiques…

Dupin sursauta : derrière la branche, sur la rive opposée du lac, une forme indistincte se mouvait dans la pénombre. Il mit du temps à reconnaître Labat qui agitait les bras. Le lieutenant se mit à courir le long de la rive, suivi à quelques pas par Le Ber et Aballain.

Que faisaient-ils ? Pourquoi ne l'appelaient-ils pas ? L'absence de barres sur l'écran de son téléphone répondit à sa question. Nom d'un chien ! Sa promenade se terminait là. Que s'était-il encore passé ?

Il fit demi-tour et retrouva les trois hommes quelques minutes plus tard. Hors d'haleine, Labat commença son rapport.

— Le médecin légiste… Il a trouvé des résidus de poudre. Picard a bien fait feu.

En voilà un coup de théâtre !

— Bon, ça nous avance bien, intervint Aballain. Nous sommes au courant de l'existence du manuscrit et nous connaissons le premier meurtrier, Paul Picard, qui est aussi la deuxième victime. Il a tué Fabien Cadiou. Ce qui veut dire aussi que nous cherchons l'assassin qui a tué Picard.

Dupin se frotta la nuque. Donc, Picard avait tiré sur Cadiou, ce qui accréditait la version de Blanche Cadiou, du moins jusque-là. Le reste était-il vrai pour autant ? Picard vivait-il encore quand elle l'avait quitté, ou le gros mensonge commençait-il à cet endroit de son récit ?

Le Ber avança sa propre théorie.

— Admettons que Picard tue Cadiou et s'empare du manuscrit. Il se rend sur le site des fouilles. Je remarque

que tous semblaient savoir qu'il s'y trouverait dans la matinée. Ni Blanche Cadiou, qui le rencontre vivant, ni Auffray Guivorch, qui le découvre mort, ne trouvent le manuscrit. Il est possible que Picard l'ait caché quelque part en chemin. C'est la seule possibilité ! conclut-il avec emphase.

— Ce ne sont que des présomptions, soupira Dupin.

— Il ne faut cependant pas les écarter d'emblée.

Labat soutenait son équipier. Ce n'était pas la première fois de la journée que Dupin observait ce comportement insolite entre ses deux inspecteurs. D'ailleurs, un tas de choses paraissaient insolites dans cette enquête. C'était peut-être un effet de leur nuit de détresse dans la galerie.

— Le Ber nous a bien mis sur la voie du manuscrit. Pourquoi n'aurait-il pas raison là aussi ?

Labat vantant les mérites d'un autre ? Il y avait de quoi s'inquiéter.

Le Ber s'approcha d'un rocher, sortit une carte de son pantalon et l'étala sur la pierre, aidé par Aballain. Puis il tira un marqueur de sa poche avant de remarquer le regard de Dupin.

— Ça vient de la librairie du château, expliqua-t-il. Bon, regardez.

Il traça un cercle autour du manoir des Cadiou.

— Paul Picard s'est déplacé entre ici et là.

Il dessina un deuxième cercle, dans lequel se trouvait la fontaine de Barenton. Dupin se pencha sur la carte.

— Le chemin le plus court part de Tréhorenteuc par la D 141 en direction du nord-est, dit Aballain. Puis il emprunte quelques petites routes. Cela étant, si l'on s'y connaît, on peut très bien passer directement par ces routes secondaires. C'est plus court, mais plus compliqué.

— Où se trouvent exactement les sites arthuriens ? Picard devait très bien les connaître, souligna Dupin.

— La Maison de Viviane est près de Tréhorenteuc, mais il faudrait d'abord aller un peu vers l'ouest, puis de là vers le nord. Ça ne représente pas un détour très important ; deux kilomètres, peut-être trois.

Les points dessinaient un triangle.

— La Maison de Viviane est le site de fouilles de Guivorch, murmura Dupin. Qu'avons-nous d'autre ?

Aballain désigna sur la carte quelques endroits signalés par des illustrations.

— Les autres lieux sont plus éloignés. Je ne pense pas que Picard aurait pris le risque. La journée était ensoleillée et sa voiture aurait pu être vue.

Dupin réfléchit fébrilement.

— Il faudrait savoir s'il connaissait particulièrement bien un des lieux. Mais comment ? Nous ne pouvons pas demander aux autres.

— Et il y a des chances pour qu'ils aient déjà inspecté tous les endroits, dit Labat d'un ton résigné.

— Peut-être Paul Picard était-il prêt à risquer un détour plus important, auquel cas tous les sites arthuriens sont possibles, proposa Aballain.

Dupin soupira ; cela représenterait une opération d'envergure, mais il n'y avait pas de moyen plus discret.

— Bon, nous allons envoyer de nouveau une voiture sur chaque site arthurien, celui de Picard compris. Les gendarmes devront inspecter minutieusement le chemin et la forêt en bordure entre le parking et la fontaine de

Barenton. Il se peut qu'il ait caché le manuscrit dans les sous-bois.

Dupin n'en était pas convaincu.

— Le plus probable serait la Maison de Viviane. Picard devait bien connaître le site, même si c'était celui de Guivorch, proposa Labat.

Le commissaire était d'accord, mais son regard fut soudain attiré par le nom de leur objectif d'excursion initial.

— Et le Val sans retour ? C'est à côté du manoir.

— Il n'est accessible qu'à pied, objecta Aballain. Il aurait dû laisser la voiture, et le trajet lui aurait pris dix minutes à l'aller comme au retour. De plus, il n'aurait pas été plus loin que l'Arbre d'or et le Miroir aux Fées. On peut se rendre à pied à la Maison de Viviane depuis la vallée, mais c'est nettement plus long.

Ce qui rendait l'hypothèse peu vraisemblable.

— Alors, nous allons nous concentrer sur…

Dupin se tut. Son œil avait repéré un autre nom qu'ils avaient négligé jusque-là, celui d'un lieu très proche du manoir des Cadiou et qui, du moins de nom, était lié à la légende arthurienne.

— Et l'église du Graal, alors ?

— Les chercheurs ne la prennent pas au sérieux, dit Le Ber.

— Mais elle est sur le chemin, et d'ailleurs…

Dupin s'interrompit de nouveau, les yeux écarquillés.

— Je crois que je sais ! Je… Oui, ça pourrait être ça !

Il partit au galop, laissant les trois autres abasourdis.

— Allez, suivez-moi !

Il était presque midi et la pluie tombait à verse lorsqu'ils arrivèrent à destination. Encore une fois, le mauvais temps se déchaînait dans une ambiance crépusculaire. Les nuages noirs couraient si bas qu'ils semblaient vouloir frôler le sol. En revanche, le vent était tombé et les monstrueux nimbus avançaient lentement.

Dupin, les inspecteurs et le colonel garèrent leurs véhicules pare-chocs contre pare-chocs devant l'église. La pluie crépitait sur le toit de la voiture dans un vacarme infernal. Dupin ouvrit la portière et sprinta jusqu'à l'église, où il arriva trempé. Sans attendre les autres, il entra. Ici aussi, on entendait l'averse sur le toit.

Etait-il sur la bonne voie ? Son idée allait-elle le conduire à l'objet qui se trouvait au cœur de l'affaire ? Picard avait-il caché le manuscrit ici, sur le chemin entre le manoir des Cadiou et le site de fouilles ?

A la lumière du jour, l'église paraissait plus petite, moins spectaculaire que la veille au clair de lune. Dupin s'approcha de la petite armoire de bois surmontée de la statue de sainte Onenne. Entre-temps, Aballain et les deux lieutenants, les cheveux dégoulinants, l'avaient rejoint. D'une voix trahissant à la fois la curiosité, l'excitation et la déférence, Le Ber demanda :

— Vous croyez vraiment que le manuscrit se trouve ici ? Le manuscrit qui pourrait livrer des informations sensationnelles sur le Saint Graal ?

Les dernières paroles n'étaient qu'un souffle et Dupin ne répondit pas.

La porte de l'armoire était fermée. C'était une bonne cachette, puisque personne n'avait de raison d'en sortir les missels avant le prochain office. Dupin l'ouvrit et découvrit une quinzaine de piles chacune d'une dizaine de missels vert foncé d'un format compact et couverts d'un film plastique résistant qui rappela à Dupin son enfance. Un interstice était visible au-dessus des piles.

— Ici ? Vous pensez que le manuscrit est là-dedans, avec les missels ? demanda Labat sans cacher son scepticisme.

Au lieu de répondre, Dupin s'agenouilla et examina les ouvrages coiffant chaque pile.

— Patron, qu'est-ce qui vous fait penser que le manuscrit se trouve justement ici ? insista Labat.

Dupin se dressa, le front plissé.

— Hier soir… non, en fait, ce matin, quand je vous cherchais… (il se rendit compte que ses lieutenants ignoraient tout de ses activités de la veille)… la porte de l'armoire était entrebâillée.

— Et il vous est venu à l'esprit que Picard avait pu la laisser ouverte ? demanda Labat, toujours pas convaincu.

Dupin se sentait d'humeur rétive, pas seulement vis-à-vis de Labat mais vis-à-vis de tous et aussi de lui-même. Pour toute réponse, il se remit à genoux et écarta quelques missels. Il sortit son portable, activa la fonction lampe de poche et poursuivit jusqu'à ce qu'il puisse regarder derrière les piles.

— Alors ? dit Le Ber, fiévreux.

Dupin l'ignora et réitéra l'opération de l'autre côté de l'armoire avant de se redresser.

— Rien ! Nom d'un chien.

— Nous nous sommes peut-être quelque peu précipités, déclara Labat. Nous devons réfléchir : dans quel autre endroit peut-il se trouver ? En tout cas, il faudrait envoyer des voitures sur les sites arthuriens.

— Faites-le tout de suite, dit Dupin à Aballain.

— D'accord.

— Attendez, encore une chose : donnez l'ordre aux gendarmes de se faire discrets. Faisons croire aux suspects que la surveillance a été suspendue, ou qu'ils peuvent s'y soustraire. Que les gendarmes se concentrent sur leurs escapades possibles, qu'ils essayent de voir où ils se rendent et qu'ils les suivent sans se faire remarquer. S'ils ne se sentent plus observés, nous pourrions éventuellement découvrir où ils vont. Vos hommes ne doivent pas se montrer, c'est compris ?

Cela prendrait sûrement un peu de temps, mais Dupin était certain que tous les membres du conseil allaient se remettre à chercher.

— Il est possible qu'ils en sachent quand même plus que nous, du moins l'un d'entre eux. Une chose est certaine : si l'assassin n'est pas encore en possession du manuscrit, il voudra le récupérer au plus vite, ne serait-ce que par crainte qu'un autre puisse avoir la même idée. Un autre… ou nous.

— Tel que je vois les choses, nous devrions nous focaliser sur Sibylle Bothorel. Elle pense que le mérite de la découverte lui revient, dit Le Ber à voix basse.

— Ce qui signifie que nous devrons aussi garder un œil sur Denvel. Il se peut qu'ils travaillent ensemble, ajouta Labat.

Pendant quelques instants, tout le monde réfléchit en silence.

— Cela dit, reprit l'inspecteur, madame Noiret aussi me laisse dubitatif. Tout à l'heure, on ne la sentait pas vraiment submergée par l'émotion après la perte de son mari… Sans parler de Guivorch… Celui-là figure en tête de ma liste. Et les conteurs non plus ne sont pas tirés d'affaire. (Il poussa un soupir théâtral.) Mais la plus suspecte de tous est Blanche Cadiou.

Ce qui les ramenait à la case départ. Génial.

— Changeons de tactique. Colonel, demandez à vos hommes de se rendre dans tous les endroits susceptibles d'offrir une cachette, et de placer quelqu'un à proximité pour annoncer l'arrivée d'un des suspects. Ceux-ci ne doivent en aucun cas remarquer la présence de la gendarmerie.

Ils prenaient un grand risque, mais c'était le moyen le plus simple et le plus efficace – à condition que le raisonnement se tienne.

— Très bien, concéda Aballain.

Il se dirigea vers la sortie, téléphone en main.

— Quant à nous trois, nous allons à la Maison de Viviane.

Objectivement, c'était l'endroit le plus plausible.

— Juste un instant, dit Le Ber.

Il s'était agenouillé et sortait les missels de l'armoire.

— J'aimerais finir avec ça, patron, juste pour être sûr.

— La Maison de Viviane pourrait… commença Labat.

Mais il fut interrompu par son équipier.

— Il y a quelque chose ici.

Pendant un instant, Le Ber resta immobile, puis il poursuivit son exploration sous l'œil de Dupin et de Labat. Il plongea le bras profondément dans le meuble jusqu'à se trouver presque allongé, tenant dans l'autre main son téléphone en fonction lampe de poche. Dupin avança d'un pas.

— Que voyez-vous ?

— Une enveloppe marron, un peu plus grande qu'un format A4.

L'instant d'après, ils étaient à plat ventre à côté de Le Ber qui sortit lentement l'enveloppe de l'armoire. Tous les trois retenaient leur souffle. Le Ber se mit à genoux et manipula la pochette. Elle ne portait aucun signe particulier et n'était pas fermée. Il se leva, suivi par Dupin et Labat, et, soulevant le rabat, jeta avec précaution un coup d'œil à l'intérieur, comme si son regard pouvait endommager le contenu. Il glissa la main dans l'enveloppe.

— Une pochette d'archivage, dit-il lentement. Une poche d'archivage professionnel, avec un zip et une sorte de valve par laquelle on peut aspirer l'air. On l'utilise pour des objets et des manuscrits très anciens.

Il sortit la pochette. Elle était opaque, et on devinait les contours du contenu : un objet de vingt-cinq centimètres de long environ sur une vingtaine de large, et d'une épaisseur de quatre centimètres.

— Ça… pourrait… être… ça, murmura Le Ber en détachant chaque mot.

— Vous… vous croyez vraiment que… ?

Dupin se ressaisit.

— Ouvrez-le.

— Mais…

— Ouvrez-le, Le Ber.

Il leur fallait des certitudes.

Le Ber appuya sur la valve et la pochette se gonfla avec un lent sifflement. Puis il ouvrit le zip avec douceur et jeta un regard à l'intérieur.

— On ne peut pas faire plus vite ? intervint Labat. Allez !

Il ne tenait plus en place, et c'était la même chose pour Dupin. Avec d'infinies précautions, Le Ber tira l'objet de la pochette.

— Ça y est ! C'est ça ! Nous avons trouvé le mystérieux manuscrit !

Dans le silence dramatique, l'exclamation de Labat banalisait presque l'importance de leur découverte.

L'objet était composé de deux plaques de bois foncé, aux coins protégés par des ferrures en cuivre. Entre les plaques apparaissaient des pages aux bords irréguliers de couleur marron clair. Une ferrure circulaire ornait le centre de la couverture.

— Le cercle… Le symbole de la Table ronde, de l'union éternelle… La communauté fraternelle et inséparable… C'est… Oui… ça doit être ça. C'est la source !

Dupin se mit à réfléchir ; il fallait absolument garder la tête froide et penser à la suite.

Aballain réapparut dans l'église.

— J'ai donné toutes les instructions, dit-il. Nous…

Il s'arrêta et posa un regard ahuri sur l'ouvrage que tenait Le Ber, lequel dit d'un ton inspiré :

— Le manuscrit qui fait l'objet de tant de spéculations depuis presque mille ans… Il existe ! Il est bien réel, je le tiens dans mes mains… C'est… fantastique !

— Mais… Où avez-vous… ? bégaya Aballain.

— Dans cette armoire, répondit fièrement Labat, comme s'il y était pour quelque chose.

— Incroyable ! fut tout ce que le colonel put prononcer.

— Nous allons le faire examiner le plus rapidement possible, déclara Dupin, mais, pour l'instant, concentrons-nous sur la question du criminel. C'est tout ce qui nous intéresse dans l'immédiat ! Nous devons nous mettre à l'affût ici même.

Quelle que fût leur fascination, ils n'avaient pas de temps à perdre en élans mystiques. Restait à savoir si l'assassin songerait à l'église comme cachette du manuscrit. Ils ne pouvaient qu'espérer et attendre. Quoi qu'il en soit, c'était là l'endroit le plus indiqué et peut-être leur seule chance d'appréhender le coupable.

— Nous devrions vite déplacer nos voitures, fit remarquer Le Ber.

Son pragmatisme avait repris le dessus ; le fonctionnement de l'inspecteur était aussi changeant que la météo bretonne.

Dupin s'en voulut de ne pas y avoir pensé. Personne n'approcherait de l'église en voyant leurs véhicules. Lui qui d'habitude ne laissait personne toucher à sa Citroën fit une exception et donna les clés à Labat.

— Déplacez aussi la mienne, et revenez tout de suite.

Le Ber avait remis le manuscrit dans la pochette et celle-ci dans l'enveloppe.

— Le mieux serait que je le garde sur moi, dit-il, non sans hésitation.

Dupin hocha la tête.

— Moi, je vais annuler les recherches, déclara Aballain, revenu de sa surprise.

— Il faudra quelqu'un pour surveiller l'église et nous avertir de la moindre approche.

— Bien sûr.

— Et pas un mot sur notre trouvaille. Personne ne doit être au courant pour le moment. Personne !

Leur stratégie comportait une part de risque. C'était tout ou rien, mais il arrivait que ce soit la seule manière de procéder. Ou, en d'autres termes, il fallait parfois compliquer une situation qui l'était déjà pour résoudre un problème.

Le commissaire se mit à faire les cent pas dans l'église en réfléchissant. Où allaient-ils se cacher ? Ils devaient trouver un endroit d'où ils pourraient observer l'armoire sans être repérés. Si le tueur venait, il s'assurerait certainement qu'il était seul, peut-être allaient-ils devoir attendre un bon bout de temps.

Les possibilités étaient réduites. Sous le grand cerf blanc se trouvaient trois petites niches que Dupin n'avait pas remarquées la veille ; il y avait aussi l'annexe. Celle-ci était fermée et Dupin envoya Le Ber chercher la clé.

En dépit du temps maussade, le cerf blanc brillait, tout comme la coupe du Graal sur le vitrail opposé, même si l'éclat de celui-ci était différent de celui qu'ils avaient vu la veille, aussi limpide mais moins mystique, comme si chaque morceau de verre avait été équipé d'une diode électroluminescente. Dupin dut admettre que lorsqu'il avait contemplé l'image du Graal un frisson lui avait parcouru le corps. Toute cette histoire était dingue… Certes, ils n'avaient pas trouvé le Graal, mais peut-être un document dévoilant sa vraie nature, voire l'endroit où il se trouvait. Et si le manuscrit ne traitait pas du Graal, il se rapportait peut-être à un autre grand mystère, la réalité historique du roi Arthur. Ce qui était à peine moins spectaculaire…

Il devait cesser ces divagations qu'il avait interdites à ses lieutenants. Ceux-ci firent irruption dans l'église, accompagnés d'Aballain.

— J'ai la clé de l'annexe, patron, dit Le Ber. Et aussi une idée : la petite pièce serait une planque idéale. Comme le coupable va sûrement tout inspecter, nous pourrions fermer la porte de l'intérieur et placer discrètement un téléphone portable dans l'église qui ferait caméra, avec un autre comme écran récepteur.

Ils entrèrent l'un après l'autre dans l'annexe. L'aménagement était spartiate : un grand bureau datant des années 1960 sur lequel gisaient un livre de prières relié de cuir et quelques papiers ; un large fauteuil de bureau près d'une étagère supportant livres et classeurs. Ici aussi, une statuette de saint surmontait une commode. Une fenêtre en hauteur perçait le mur de pierre brute. Cela sentait la poussière, le bois et l'humidité. A gauche, derrière une porte étroite, on trouvait des toilettes et un petit lavabo.

Le Ber s'approcha du bureau et Labat lui remit son portable, non sans une certaine solennité. Le Ber posa le téléphone contre le livre de prières. Sous les yeux attentifs de ses collègues, il le raccorda à son propre portable via la connexion Bluetooth que Nolwenn et lui avaient installée pour relier leurs appareils.

— C'est bon, ça fonctionne ! Je vais placer mon téléphone dans l'église. Je laisse la porte ouverte, vous me direz si c'est bon ou pas.

Dupin, captivé, fixa le petit écran.

— Où sont les voitures ? demanda-t-il.

— Aballain m'a aidé à les déplacer au bout du grand parking d'où part le chemin vers le Val sans retour, répondit Labat. Nous les avons cachées derrière de gros buissons. Deux voitures avec quatre hommes chacune vont arriver d'ici peu, au cas où nous aurions besoin de renforts. Et pour l'arrestation.

L'inspecteur se détourna et cria en direction de l'église :

— C'est pas mal !

L'armoire et la statue étaient visibles de face, ce qui empêcherait de voir les mouvements de quiconque se posterait devant.

— Essayez une perspective latérale, Le Ber, suggéra Dupin. Et si possible de manière à voir si quelqu'un entre dans l'église.

— Ça va poser un problème de luminosité, mais je vais essayer…

Le Ber se déplaça en direction du cerf. Presque au bout de la nef, dans le coin, il souleva son portable à titre d'essai, mais Labat lui fit remarquer qu'on ne voyait plus rien. Il avança alors dans l'autre direction et plaça le portable sur le cadre massif d'une scène arthurienne.

— Oui, pas mal ! annonça Labat.

— Oui, c'est bon comme ça, renchérit Dupin en étudiant l'écran.

Ils verraient la personne plutôt de côté, la porte était à peine visible, mais c'était suffisant.

— D'accord ! Je stabilise le portable et j'arrive !

Labat prit place devant l'écran en s'asseyant dans le fauteuil comme sur un trône. Dupin se posta à côté – il ne tiendrait de toute façon pas en place. Aballain prit l'autre côté, de façon à laisser un espace pour Le Ber, qui arrivait dans la pièce en disant :

— Si personne ne sort, je vais fermer la porte à clé.

La tension s'accrut : ils n'avaient aucune idée de l'attente qu'ils allaient devoir endurer.

— Il est possible que le tueur arrive par le petit square autour de l'église, par exemple, ou par-derrière. Dans ce cas, nous serons avertis très tard. (Le Ber inspecta la porte en bois.) Je pense qu'il faudra parler à voix basse.

Il verrouilla la porte et gagna sa place.

Cela pouvait durer des heures. Dupin sortit son portable et entra dans la petite salle d'eau. Il devait mettre Nolwenn et Jean Odinot au courant des derniers développements, mais il prendrait soin de parler à voix basse.

Cela faisait une heure qu'ils patientaient dans la pièce confinée dont la fenêtre était close. La pluie torrentielle avait tambouriné contre la vitre, puis, par un changement plus radical encore que le matin, les rayons du soleil de midi chauffèrent rapidement le local malgré les épais murs de pierre.

La longue attente ne fit qu'accentuer leur nervosité et Dupin ne cessait d'aller de long en large. Tous les quatre prirent conscience de leur fatigue.

Le commissaire se sentait dans un état horrible, à la fois épuisé et extrêmement énervé, à bout de patience. Il avait l'impression que ses membres pesaient une tonne. L'unique aperçu du monde extérieur s'affichait sur le petit écran du portable.

Dupin était en proie au doute : avait-il eu raison de s'isoler ici, en laissant le groupe de suspects vaquer tranquillement à ses occupations ? N'aurait-il pas été plus astucieux de confronter les chercheurs avec le manuscrit qu'ils avaient déniché ? De plus, en théorie, il pouvait se passer des jours avant que le coupable ne se décide à venir, le temps qu'il se sente suffisamment en sécurité – et en supposant qu'il sache où se trouvait le manuscrit. Il se pouvait aussi – Dupin venait de s'en rendre compte – que le coupable envoie un complice.

Il se secoua.

— Bon, laissons tomber. On annule l'opération, retrouvons-nous au château.

Il s'attendait à un concert de protestations, ou du moins à une rafale de questions, et, de la part de Labat, à une remarque cinglante du genre « Nous aurions pu commencer par ça ». Mais rien ne vint, il crut percevoir au contraire du soulagement dans le petit groupe.

— D'accord, dit Aballain, le téléphone déjà en main. Je préviens tout le monde. Disons quinze heures ? Dans trois quarts d'heure ?

A cet instant, son portable se mit à vibrer.

— Allô, oui ?… Que s'est-il passé ?… Merci. A plus tard !

Le colonel raccrocha et se tourna vers les autres.

— Un taxi s'est arrêté devant l'église. Quelqu'un en est sorti. Une seule personne. Les gendarmes n'ont pas pu l'identifier…

Au même moment leur parvint le grincement lourd du portail et ils se figèrent. Le Ber ressortit son portable et le posa sur le bureau en réactivant la transmission. Ils se groupèrent de nouveau devant l'écran, aux aguets.

Ils ne distinguèrent rien. Rien du tout. Pourquoi la personne n'était-elle pas visible ?

Les secondes s'écoulèrent au ralenti. Dupin avait les nerfs à fleur de peau. Et toujours rien. L'inconnu était-il seulement entré dans l'église ? Et si oui, que faisait-il hors champ ?

— C'est peut-être un simple touriste ? murmura Labat.

— Ou alors notre suspect examine d'abord les lieux pour être sûr d'être seul, murmura Le Ber.

Une ombre venait de traverser l'écran. L'individu avait dû passer près du portable face à l'armoire et se dirigeait vers le vitrail et l'annexe. Quelqu'un tenta d'ouvrir la porte de leur local, comme ils l'avaient anticipé. Elle fut énergiquement secouée et les policiers retinrent leur souffle. Non, il ne s'agissait pas d'un simple touriste.

Quatre paires d'yeux étaient braquées sur l'écran – et ne voyaient toujours rien. C'était insupportable. Que faisait donc le mystérieux visiteur ? Il ne restait rien à inspecter de ce côté de l'église, et il ne s'était toujours pas approché de l'armoire, il semblait même éviter l'endroit. Pourquoi ? Avait-il remarqué le portable ? Mais, dans ce cas, il aurait immédiatement quitté l'église. Peut-être s'était-il enfui sans qu'ils le remarquent ?

Dans la tête de Dupin, les scénarios se succédaient à toute vitesse. Il tenta de retrouver son calme, en vain : quelque chose clochait.

Sans réfléchir, il se précipita si brusquement sur la porte que les autres durent faire un saut en arrière. Il tourna la clé, ouvrit grand la porte et s'écria :

— Nous entrons !

Dupin se précipita dans l'église – et s'immobilisa.

L'église était vide. Il n'y avait personne.

En un clin d'œil, il fut rejoint par ses lieutenants et le colonel.

— Où est…

Le Ber ne termina pas sa phrase. Un bruit de pas leur parvint et, l'instant d'après, une silhouette émergea de la petite aile. Les quatre hommes tirèrent leur arme. Puis Dupin la reconnut.

C'était Marc Denvel.

Il portait une chemise blanche aux manches retroussées jusqu'aux coudes ; il avait dû retourner dans sa chambre pour se changer.

Labat réagit en premier.

— Restez où vous êtes ! Et levez les mains ! Je veux voir vos mains, paumes vers nous !

Le voilà, leur coupable ! Celui qui avait transformé les dernières vingt-quatre heures en un cauchemar meurtrier – l'élégant, l'aristocratique Marc Denvel !

— Pourquoi ces armes braquées sur moi, messieurs ?

Denvel était tout à fait maître de lui, ni choqué ni même énervé, s'exprimant avec la même supériorité policée que lors de leurs précédents entretiens. Dupin remarqua l'appareil photo – à en juger par son aspect, un modèle professionnel, avec un gros zoom – qui pendait à son épaule.

— La comédie est terminée, monsieur Denvel. Nous savons que c'est vous qui avez tué Paul Picard et Bastien Terrier, et tenté de tuer madame Noiret ! lança Dupin, prêt à en découdre mais la tête claire.

— D'où vous vient cette idée ?

Il jouait très bien son rôle. Quel culot !

Labat et Aballain se postèrent de part et d'autre de Denvel, qui feignit de ne rien remarquer. Le Ber, à côté de Dupin, lui faisait face.

— Qui donc, en dehors du meurtrier de Picard, pouvait savoir où celui-ci avait caché le manuscrit ? Vous lui avez extorqué l'information en le menaçant de le tuer – ce que vous avez fini par faire.

Denvel ouvrit de grands yeux.

— Ici ? Le manuscrit se trouve ici ? La « source » ? Dans cette église ? C'est absurde ! Je suis venu pour prendre quelques photos du vitrail. J'écris un essai dans lequel j'évoque cette image extraordinaire dans une note. Je vous le ferai volontiers parvenir. J'avais inscrit la photo sur ma liste des choses à faire pendant mon séjour, et comme nous allons bientôt repartir et que je ne reviendrai pas de sitôt, j'ai pensé que ce serait le bon…

— Vous êtes en état d'arrestation. Nous allons vous mettre les menottes.

Dupin fit signe à Labat et Aballain et rangea son pistolet.

Il était convaincu que Denvel était leur coupable, mais ils avaient commis une erreur : ils l'avaient appréhendé avant qu'il ne s'approche de l'armoire. Cela aurait constitué une preuve tangible pour n'importe quel juge d'instruction, mais son impatience les en avait privés. Denvel était intelligent : en se rendant compte qu'il n'irait pas loin avec son histoire de photo, il déciderait d'« admettre » que lui aussi était à la recherche du manuscrit mais qu'il avait choisi l'église au hasard. Malgré l'accumulation de « hasards », il adopterait certainement cette ligne de défense. Dupin s'en voulut de s'être précipité.

Denvel souriait presque.

— Ne craignez rien, commissaire, je n'opposerai pas de résistance. Mais je…

Pour la deuxième fois, la porte de l'église s'ouvrit en grinçant.

Quelqu'un cherchait à entrer, et Le Ber s'approcha.

— Vous ne pouvez pas entrer, c'est une opération poli…

Adeline Noiret venait de franchir le seuil.

Vêtue d'un imperméable noir, elle faisait penser au Chevalier noir dont Inwynn avait parlé.

Elle réagit plus vite qu'eux tous. D'un geste rapide, elle tira un pistolet de son imperméable. Dupin, qui avait fait un pas en avant en portant la main à son arme, se figea.

Le pistolet était un Glock – probablement celui de Fabien Cadiou.

— Lâchez votre arme, madame ! Maintenant ! ordonna Le Ber.

— C'est vous qui allez poser la vôtre, je crois, dit Adeline Noiret d'un ton froid et calme.

— Cela n'arrivera pas, madame, jamais, et vous le savez, répondit Dupin, mâchoires serrées.

Elle tourna alors son pistolet vers lui et le tint en joue. L'espace d'un instant, Dupin remarqua son regard qui déviait vers la gauche, là où se trouvait le meuble contenant les livres de prières – et, jusqu'à peu, le manuscrit. Elle cherchait à savoir s'ils l'avaient déjà découvert, si quelqu'un s'était intéressé à l'armoire. Dupin ne la quitta pas des yeux en disant à voix basse :

— Il n'est plus là. Nous l'avons récupéré. (Elle ne manifesta aucune émotion.) C'est vous qui avez tué Paul Picard.

C'était absurde, il venait de prononcer les mêmes paroles à l'intention de quelqu'un d'autre.

— Et Bastien Terrier, votre propre mari. Pour brouiller les pistes, vous avez simulé une agression en vous infligeant à vous-même des blessures sanglantes mais pas vraiment sérieuses.

Il passa en revue le déroulement des événements. Quel idiot il faisait ! Pourquoi n'avait-il pas envisagé cette hypothèse ? Madame Noiret ne démentit pas. De toute façon, c'eût été inutile.

— Lâchez vos armes ! les somma-t-elle. Messieurs, vous allez maintenant me laisser partir. Sinon, je tue le commissaire.

Dupin fixa l'arme. Il la croyait sur parole ; son regard vide, entièrement vide, faisait peur.

— Je vais compter jusqu'à trois. Un… Deux… Tr…

Une détonation retentit, puis une seconde, une fraction de seconde plus tard.

Dupin s'était jeté sur le côté. Labat, le plus éloigné de la femme et de plus partiellement masqué par Denvel, avait fait feu en premier. Madame Noiret l'avait imité presque à l'instant où sa main était atteinte par la balle de Labat. Un tir d'une admirable précision.

Elle poussa un cri et laissa tomber son arme, qui atterrit plus loin sur le sol pierreux. Elle grimaçait de douleur. Son regard se posa sur Dupin qui, dans sa chute, s'était cogné l'épaule gauche contre le mur et s'était immobilisé, plié en deux.

Le Ber, Aballain et même Marc Denvel – menotté et livide – semblaient paralysés et un silence de mort s'abattit dans l'église.

Personne n'aurait su dire combien de temps il fallut à Dupin pour sortir de sa torpeur, se retourner et s'asseoir en s'appuyant sur les mains. Il vérifia qu'il était indemne avant de lancer :

— Tout va bien !

Prononcées d'une voix forte, ses paroles résonnèrent dans l'église. Il ajouta, en baissant la voix :

— Je vais bien.

Puis il se leva et bondit au côté d'Adeline Noiret, qui cherchait son arme des yeux, malgré sa main blessée.

— Maintenant, c'est terminé !

Il l'attrapa par le bras avec force et elle poussa un cri avant de s'affaisser. La tension avait tout à coup quitté son corps. Elle capitulait.

Labat, Aballain et Le Ber les rejoignirent.

— Comment ça va, patron ? demanda Le Ber avec inquiétude.

— Je vais bien, je n'ai rien.

La balle l'avait manqué – de très peu. Il s'en sortait sans dommage mais se trouvait dans un état bizarre.

Labat observa la blessure d'Adeline Noiret, qui saignait abondamment.

— Je vais chercher un linge et appeler une ambulance, dit-il en s'éloignant.

Dupin inspira à fond. La minute qui venait de s'écouler était irréelle, un moment hors du temps et du monde. Il fit face à la femme.

— Nous connaissons maintenant les tenants et aboutissants, madame. Et c'est tout ce qui m'intéresse.

Labat revint avec une serviette. Sans mot dire, il banda le bras qu'Adeline Noiret lui tendait à contrecœur. L'ambulance ne tarderait pas.

Dupin fut pris de nausée ; il ne supportait plus cette femme et il avait besoin d'air frais. Il se détournait pour sortir de l'église quand elle commença à parler d'un ton posé, neutre. Il fit volte-face.

— Paul avait promis de m'intégrer à l'équipe qui examinerait le manuscrit. C'est moi qu'il voulait. Il a voulu me reconquérir. Il m'a appelée il y a quelques semaines et m'a tout raconté. Depuis la dernière réunion du conseil, il sentait que mon mariage avec Bastien battait de l'aile.

Que voulait-elle dire ?

— Qu'est-ce que ça signifie ? demanda Le Ber d'une voix coupante. Paul Picard voulait vous récupérer et il vous a promis une part de la notoriété escomptée ?

— Et puis, tout à coup, il a voulu se livrer aux autorités et tout abandonner, alors que ce n'était qu'un accident. Il n'avait pas l'intention de tuer Fabien Cadiou.

C'est Cadiou qui l'avait menacé, il refusait de partager la gloire, il ne me voulait pas avec eux. Si Paul parlait à la police, tout était terminé, pour toujours.

Cette fois encore, les actes étaient motivés par le narcissisme. C'était à vomir. Le Ber ne lâcha pas le morceau :

— Donc, Paul Picard avait pris l'initiative de vous associer sans se concerter avec Cadiou ? Tel qu'il le voyait, vous auriez été présentés tous les trois comme les découvreurs officiels ? (Elle hocha la tête.) Vous lui avez donné rendez-vous à la fontaine de Barenton. Il vous a dit où il avait caché le manuscrit ?

— Oui. Il était bouleversé. Tout ce qu'il voulait, c'était mettre le manuscrit en sécurité.

— Et vous l'avez tué quand il a changé d'idée et voulu se rendre.

Elle ne répondit pas.

— Et que s'est-il passé avec Terrier ? Avec votre… mari ? demanda Labat, incrédule.

— Il s'est aperçu que j'étais de nouveau en contact avec Paul. Depuis quelque temps déjà. C'était stupide, complètement stupide. Tous les deux étaient des idiots. (Elle secoua la tête.) Quand il a appris la mort de Cadiou et de Picard, il m'a tout de suite soupçonnée. Il avait tout deviné, toute l'histoire. Le soir, il m'a dit qu'il voulait prévenir la police. J'ai bien sûr tout démenti mais il ne m'a pas crue.

C'était incroyable : elle semblait indignée par la réaction de son mari ! Cela étant, Dupin connaissait les raisonnements tordus et délirants de certains criminels, si imbus d'eux-mêmes qu'ils construisaient un univers parallèle dans lequel ils évoluaient dans l'isolement le plus total, n'admettant comme valables que leurs propres pensées, émotions et actes. Ces personnes-là ne doutaient jamais d'elles-mêmes, et le crime n'y changeait rien.

— Et en simulant l'agression sur vous, vous vouliez nous mener en bateau ! cracha Labat.

— Là encore, mon mari ne m'a pas crue.

Ecœuré, Dupin gardait le silence.

— Alors vous deviez vous débarrasser de lui. Tout à coup, il n'y avait plus que vous ! Et le manuscrit, qu'il vous fallait toutefois récupérer, résuma Le Ber.

— Vous ne pouviez pas prévoir que nous le trouverions avant vous ! ajouta Labat avec jubilation.

— Vous auriez sûrement trouvé un moyen de mettre en scène la découverte du manuscrit par vous seule, compléta Le Ber.

Dupin n'en était pas si sûr. En fin de compte, trop de monde était au courant de trop de choses. Blanche Cadiou, par exemple, n'aurait plus trouvé de raisons de se taire. Bien sûr, elle aussi aurait pu mourir brusquement… Mais quand même : la conviction de leur propre génie pouvait abolir le sens des réalités chez les gens les plus intelligents, surtout dans les moments critiques. Et ça leur était fatal.

Mais tout ça n'avait plus d'importance. Adeline Noiret recevrait ce qu'elle méritait, sans indulgence. Il n'en demandait pas plus.

Il s'éloigna, ignorant les questions que ses lieutenants continuaient à poser. Une fois dehors, il se mit à marcher au hasard. Il traversa la pelouse, le petit square de l'église, et émergea dans la lumière éblouissante du soleil que réfléchissait toute cette eau qui, peu de temps auparavant, tombait à seaux. Le ciel était de nouveau d'un bleu resplendissant.

Tout s'était passé si vite que Dupin mit du temps à prendre pleinement conscience de la tournure des événements.

Il n'était pas autrement perturbé par la balle qui l'avait manqué de peu et qui aurait pu le tuer. Non, ce qui le préoccupait était cette histoire cruelle, démente, et son dénouement – bref, Adeline Noiret.

Il n'aurait su dire depuis combien de temps il marchait. Il était déconcerté, exténué, et le manque de sommeil le submergea d'un coup. C'était toujours comme ça : on ne s'effondrait qu'une fois la tension retombée. Mais à plusieurs reprises, comme la nuit précédente dans le souterrain, il avait connu de légers malaises et avait eu l'impression de perdre pied.

Il appela Nolwenn, qui décrocha immédiatement, d'excellente humeur.

— Chapeau, commissaire ! L'affaire est résolue, le manuscrit est en sécurité et la criminelle a été arrêtée. Et l'autre criminel est déjà mort. *Ret eo terriñ ar graoñenn. Evit kaout ar vouedenn.* Il faut casser la noix pour atteindre sa substance. Tout est bien qui finit bien !

Dupin sourit.

— Je vois que Le Ber vous a déjà…

— Oui, bien sûr. Brièvement, mais je suis au courant.

Dupin contourna un énorme figuier chargé de fruits mûrs d'un violet sombre et découvrit la vue fantastique sur la forêt, sur le dragon allongé sur les collines plates, très proche.

— Aballain emmènera personnellement madame Noiret à Rennes. Eh bien, quel monstre, cette femme ! En fait, un gendarme va raccompagner Marc Denvel à l'hôtel. Il paraît qu'il est très pâle, le pauvre a subi un choc.

Dupin l'avait complètement oublié. Mais, malgré l'arrestation d'Adeline Noiret, sa colère à l'égard de l'homme était toujours vive.

— Le Ber apportera d'abord le manuscrit à Concarneau, continua Nolwenn. Odinot devra s'occuper de la suite.

Dupin voulait se débarrasser de cette affaire qui, en principe, était celle de la police parisienne.

— Vous devez être épuisé, commissaire. Accordez-vous un peu de temps.

— Tout va bien, dit Dupin pour la rassurer.

Nolwenn poursuivit d'une voix guillerette :

— Bon, pour commencer, nous allons manger quelque chose à la Maison des Sources, et après nous rentrerons tranquillement à Concarneau.

Sur l'instant, l'idée de s'asseoir dans un café lui parut absurde, et la première réaction de Dupin fut de s'y opposer. Au lieu de cela, il dit :

— Je pense… eh bien… oui, très bien.

— Voulez-vous que je mette Odinot au courant ?

— Non, c'est à moi de le faire.

— Très bien, mais abordez alors avec lui la question des informations à donner à la presse. Il nous faudra bientôt faire une déclaration, j'ai déjà des appels de journalistes.

— D'accord.

— Nous nous verrons à la Maison des Sources. Vous êtes juste à côté, dégourdissez-vous les jambes encore un peu. Ça vous fera du bien.

Nolwenn raccrocha. Dupin s'arrêta pour respirer à fond, laissant le temps à la réalité de refaire surface. Puis il appela Odinot.

— Salut, Georges ! Quoi de neuf ?

— Ça y est, nous avons terminé.

Le silence à l'autre bout traduisit la stupéfaction de son ami. Puis :

— Comment ?

— L'affaire est résolue. Nous avons le manuscrit et la…

— Vous avez le manuscrit légendaire ? Il existe vraiment ?

— Oui. La meurtrière aussi. Adeline Noiret.

— Noiret ? Mais elle a été elle-même victime d'une agression, non ?

Dupin lui résuma rapidement le déroulement et le résultat de l'enquête. Il ajouterait les détails plus tard, de retour à Concarneau.

— C'est fou ! Alors c'est la mort naturelle de Laurent qui a déclenché une série de crimes, récapitula Odinot.

— Encore une chose, Jean. Il faut que tu viennes par le prochain train et que tu prennes le relais, que tu t'occupes de la conférence de presse et du reste.

— Bien sûr, j'arriverai dans la journée.

La réponse positive d'Odinot fut un soulagement, le moral de Dupin remonta.

— Mais d'abord, reprit Odinot, j'appelle mon chef, et aussi le frère de Laurent. Il sera très satisfait.

Devant le caractère bizarre et macabre de sa réflexion, il ajouta :

— Je veux dire, soulagé de savoir que la mort de son frère était naturelle.

— Tu ferais bien d'appeler aussi le préfet pour en discuter directement avec lui. Je pense qu'il n'aura pas besoin cette fois de parler à la presse.

Il devinait le sourire moqueur d'Odinot, qui dit :

— Je m'en occupe, fais-moi confiance !

— Merci.

— Tu as réussi, Georges. Tu as gagné la partie.

En dépit de son épuisement, Dupin eut lui aussi un sourire. C'est comme ça qu'ils avaient l'habitude de commenter la résolution d'une affaire, à l'époque où ils travaillaient ensemble à Paris : gagner la partie. Il fut pris d'un accès de nostalgie.

— La police parisienne te doit une fière chandelle.

— A plus tard, Jean, conclut Dupin avant de raccrocher.

Il lui restait à passer l'appel le plus important, celui qui le soulagerait d'un poids énorme. Même si cela paraissait bizarre, cela avait été sa plus forte motivation pour résoudre l'affaire promptement et « gagner la partie ».

— Claire, c'est moi.

— Dis donc, Georges, ç'a été rapide ! Vous avez résolu l'affaire ?

Ce n'était pas vraiment une question, plutôt une affirmation – Claire n'en avait jamais douté.

— Résolu. Oui.

Cela avait été une affaire brutale dans des conditions brutales. Dupin était soulagé de pouvoir bientôt quitter la forêt. Elle était magique, oui, et unique, mais elle possédait un double visage : la belle forêt lumineuse et interminable peuplée peut-être d'elfes joyeux et la forêt obscure appartenant à un autre monde, un théâtre d'ombres, de sortilèges sinistres et de dangereux secrets, l'univers des druides et des fous, un tourbillon noir qui vous entraînait dans un monde d'esprits et de démons. L'histoire d'Yvain l'avait hanté. Mais Dupin avait respecté l'ultimatum : il rentrerait à temps. Chez Claire, dans leur foyer commun.

— C'était dur ?

— Plus tard, Claire. Je te raconterai plus tard. Une dernière réunion, puis nous rentrerons.

Que cette phrase était agréable à prononcer !

— Je dois avouer que je ne comptais pas vraiment sur toi. Je m'étais déjà préparée à passer seule quelques jours. (Elle rit.) Mais c'est bien mieux comme ça. Tu penses arriver à quelle heure ?

Dupin calcula.

— Vers dix-neuf heures, je dirais.

— Alors retrouvons-nous à l'Amiral. Nous mangerons un morceau et nous continuerons à déballer les cartons.

La proposition de Claire lui fit l'effet d'une dizaine de cafés, surtout le mot magique : l'Amiral.

— Excellent.

Il était de retour dans le monde. Avec Claire. Dans sa vie.